历历晴川

刘汉俊 文化随笔集

刘汉俊 著

天津出版传媒集团

百花文艺出版社

图书在版编目（CIP）数据

历历晴川：刘汉俊文化随笔集 / 刘汉俊著. —— 天津：百花文艺出版社, 2023.4
ISBN 978-7-5306-8498-6

Ⅰ.①历… Ⅱ.①刘… Ⅲ.①散文集-中国-当代 Ⅳ.①I267

中国国家版本馆 CIP 数据核字(2023)第 040609 号

历历晴川:刘汉俊文化随笔集
LILI QINGCHUAN LIUHANJUN WENHUA SUIBIJI

刘汉俊　著

出 版 人:薛印胜
策划统筹:王　燕
责任编辑:王　燕　　装帧设计:彭　泽
出版发行:百花文艺出版社
地址:天津市和平区西康路 35 号　邮编:300051
电话传真:+86-22-23332651(发行部)
　　　　　+86-22-23332656(总编室)
　　　　　+86-22-23332478(邮购部)
网址:http://www.baihuawenyi.com
印刷:山东临沂新华印刷物流集团有限责任公司
开本:880 毫米×1230 毫米　　1/32
字数:300 千字
印张:12
版次:2023 年 4 月第 1 版
印次:2023 年 4 月第 1 次印刷
定价:68.00元

如有印装质量问题,请与山东临沂新华印刷物流集团有限责任公司联系调换
地址:山东省临沂市高新技术产业开发区新华路 1 号
电话:(0539)2925886
邮编:276017

目录

历史钩沉

晋商春秋

性情写作

历/史/钩/沉

孔子的天空

　　山水造神化圣，天地钟灵毓秀。尼山的秋月朗照中华大地，华披四表，光亮千年，依然皎洁如初，鲜亮如洗。泗水的波光粼粼漾漾，不舍昼夜，泽润万物，依然微澜不惊，碎浪无言。因为这里诞生了孔子，尼山泗水便成了神山圣水。月光与波光之间，浩渺苍穹与古老大地之间，构成一个深邃而透彻、明亮且坦荡、静谧但永恒的空间，空明澄碧，玄机深奥，只有月华如瀑，洗尽红尘。

　　那是孔子的天空。

　　孔子生活在公元前 551 年至前 479 年的春秋晚期，中国社会正由漫长的奴隶社会向封建社会转型，步履跟跄而急促、踌躇而坚定。铁器、牛耕技术广泛使用，农学、医学科技水平普遍提高。政治改革上由分封制向郡县制转变，土地改革上从井田制向私有制发展，各国争先恐后变法图强；旧有生产关系正土崩瓦解,新兴生产力如春笋破土;旧制度被摧毁,新制度尚待建立;主流思想发生深刻变化,从天命思想向人文意识转移、从尊神敬鬼向天人合一过渡,许多思想观念被质疑、被抛弃。统一意志尚未形成,思想纷争、学术纷繁、文化纷呈,必定带来社会行为的纷乱和意识形态的纷杂。春秋三百年,从周王室衰微到诸侯国争霸,齐、宋、晋、秦、楚五大霸主国相继崛起,兼并征战,合纵连横,天下烽烟四起、战火连年;政治松弛,民生凋敝,社会动荡不宁、矛盾丛生,处处有炸雷,时时有爆点,一触即发。

天下大乱,乱的是思想;礼崩乐坏,坏的是秩序。春秋时期的社会动荡为文化激荡铺垫了产床,历史变革为思想解放提供了机遇。仕人阶层从贵族宗法压制下走向精神自由,从宫廷学府的束缚中走向民间底层,引发了文化思想的潮涌与私学集团的兴起。肇始于春秋末年的"百家争鸣",是中国先秦时期第一次思想大爆炸、文化大解放、学术大自由,王公贵族招士纳贤,学馆宫庠林立,诸子各竖其帜,政客仕子各立门户,门客贤人各显其能,各种政治学说、学术流派、思想主张竞相登场,著书立说纷繁,诘难争辩风行,这种空前盛况一直延伸到战国时期。"百家争鸣"的文化成果,是形成了以儒家、法家、道家、墨家、名家、阴阳家、纵横家、农家、杂家等为代表的思想家群体和思潮流派,构建了中国文化史最初的文论框架,建立了中国思想史最早的学术体系。

回望那个时期,文化的天空群星灿烂,知识的银河波光潋滟、思想的峰峦山外有山;学术交流、思想交锋,伴随政治的争霸、经济的争强、军事的争战,思想文化领域发生着只有量子物理学才能比拟的反应过程,释放出只有热核反应才能产生的能量,中华文明的天空绚丽灿烂,世界文明的天空流光溢彩。

苍穹在上,天光闪烁,有一片星空是属于孔子的。

孔子的思想是一个浩大的银河系。他研究阐述的思想体系涉及政治学、经济学、教育学、文学、史学、美学、语言学、艺术学、医学等多门学科,知识点多如繁星频闪,思想性势如天体高悬,峰峦耸立。孔子虽然论而不著、述而不作,但他的思想体系有着明确的语意、清晰的结构、分明的层次、完整的谱系,辐射出强大的光能、强大的磁场。徜徉在孔子的思想星空、智慧树下,只感觉那一星一光饱含高超的智慧、渊博的学识、高洁的情愫,那一枝一叶深蕴周密的布局、缜密的思维、严密的逻辑。道德文章锦绣灿烂,哲思文理通达晓畅,金声而玉振,登高而望远,纲举而目张。语境瑰丽奇幻,思维廊腰缦回,灵感神奇精彩,有星团锦簇、意象雄奇,有双星缠绕、能量互补,有星云翻滚、景象万千,有星系绵延、余韵绵长。

　　中华文化是世界文化的高原，孔子思想是人类文明的高峰。一部《论语》，区区万言，行文要言不烦，简若微信微博，却站位高深、内涵专博，微言大义巍如醒世恒言，句句是治国理政的秘笈，篇篇是定国安邦的宝典。评点兴衰治乱如开济世良方，字字点穴、条条切脉；表达褒贬抑扬，满怀赤诚坦荡，其情也真、其意也切、其言也净，是孔子的政治宣言书、治国策。思想的能量在这里聚集、交换、转化，文明的光和热在这里加热、升温、传导，一个民族的高度、深度、厚度、温度在这里找到基点，所以后世评说"半部《论语》治天下"；《论语》是一罐心灵鸡汤，其香也醇、其味也正，既适合全民共享又宜于独自品尝。论道说理如行云流水、通俗易懂，又如饮珍醪陈酿、耐人寻味，帝王将相能用，才子仕人能学，妇孺童叟可诵，每一个读者都能从中读到自己，芸芸众生又能读出不同的《论语》。雨打芭蕉夜，鼓敲三更时，沐浴焚香净心，合掌捧读《论语》，那每一个字都是敲落在琴弦上的音槌，每一章语意都像小提琴 G 弦的旋律直抵人心。孔子语录乃人间之指南、人生之信条，大道至简、真水无香，是泱泱华夏民族世代子孙做人做事的教科书、求知求学的思想库，一读几千年，百读不厌。

　　孔子的天空，绽放着仁爱之光。

"仁"是孔子思想的第一粒种子,儒家思想大厦的第一块基石、第一个原点。儒家学说的核心是"仁爱",孔子思想的中心是"仁政"。他蘸"仁"为墨,执"爱"为笔,为苍苍众生画了三道线。

第一道是重点线。《论语》万言二十篇,"仁"字出现了110回,他在"仁"字下画了重重的一笔,表明这是关键字、高频词,为"仁"字下了一个定义:恭、宽、信、敏、惠,注释曰"恭则不侮,宽则得众,信则人任焉,敏则有功,惠则足以使人",君子之"仁"当上通下达、惠济四方,无处不在。"仁者先难而后获",是谓先有奋斗才会有收获;"己欲立而立人,己欲达而达人",是仁者的胸怀;克己复礼,天下归仁,是仁者的目标;仁者爱人,仁者无敌,是人生的高境。

孔子思想的星空里有无数颗星在发光,其中最亮的恒星是仁、义、礼、智、信。五星闪耀,普照中华,五常定天下,一掌执乾坤,一切的鸿篇巨制在这里起笔,一切的光芒与温度从这里出发;温、良、恭、俭、让,五星闪烁,聚星成团,仁爱的光芒照耀碌碌的苍生、指点迷茫的心灵。

"百事孝为先,孝是百善源",在孔子看来,尊孝道、守孝悌乃仁之始、爱之初,德之本、行之道,是至德、本根、要道;只有从侍奉双亲、心守孝道开始,才能忠君爱国为民、建功立业报国,一个不孝敬父母的人不可能爱国爱社会，一个不孝顺长辈的人不可能遵从国家、服务社会，是谓不仁、不爱。

第二道是警示线。"战战兢兢，如临深渊，如履薄冰"，是状态，更是心性；处尊位而不闻其过，得志便骄狂，闻天下之大道却不去做，都是不仁的表现。孔子致力办学，但教书是手段，目的是教人、育人、劝人、度人，是爱人，是"垂世立教""务乎政术，存乎劝戒"。他认为，传习经典、研习礼乐、服习孝道是必不可少的教化过程。他时而潇洒地伫立杏坛传道授业解惑；时而狼狈地奔突于陈蔡之间、尴尬地护着自己的书囊；时而孤独地守在雨夜的渡口，抚一支更加孤独的老桨，等候一身泥浆的过客做迷茫的觅渡。他执着地站在历史的断壁前、社会的残垣处，为躁动的社会、烦恼的人生、困顿的心灵们，在利与义、善与恶、智与愚、文与质、治与乱、欲与刚、忧与乐、劳与怨、进与退、周与比、乐与淫、俭与奢、骄与泰、本与末、始与终，君子与小人、益者与损者、有道与无道、兴邦与丧邦的分界处，画下一道警示线，深刻而分明，森森然，危危乎，灼灼焉。

第三道是标高线。根往深里扎，人往高处走，人生要有自己的高度。孔子是教书先生，认为思想比知识重要、品格比成就宝贵。他标定的理想人格是君子品格，当立志于求仁道，立足于修仁德,立身于讲仁义,游走于学技艺;他传授的理念是君尊民亲的"仁学",倡导的观念是行大德大道之事、做大忠大勇之人,坚守的信念是"大道之行,天下为公"。这是一个民族传承千年、接续万代的精神高地。

孔子以仁施爱、因爱施教,从上古经典遗籍中整理出《诗》《书》《礼》《易》《乐》《春秋》"六经"作为教材,经中有史,论中有艺,诗中有学,述中有理,博览群书之后你能做的姿势只有一个:仰望星空;掩卷而思时你大彻大悟的只有一个字:道。在这里,孔子教导你要对亲爱、对人仁,要志于道、始于学,为你提炼了许多温暖的词汇,道与德、爱与亲、富与贵、贤与能、宽与恕、善与诚、孝与悌、恭与俭、敬与慈,一组组、一队队泛着柔和温婉的星光,读得你慈眉善目、温情满满;然后为你准备了许多励志的词汇,学与思、志与行、忠与勇、敏与慎、知与识、使与事、和与同、修与齐、治与平,一对对、一串串贮满强劲的能量,如桨如翼,如风如电,读得你意气风发、心劲满满,立志做仁人志仕,只等一声"出发"。

三道线三重景,有为、有守、有目标,孔子的仁爱之光成就你的人生、温润你的心灵。

孔子的天空，绽放着道德之光。

君子当以道自立、以道立人，这是求道的使命；"朝闻道，夕死可矣"是求道之精神。修己、安人、安百姓是君子之道；"无求生以害仁，有杀身以成仁"，是志士仁人之道；孝悌忠恕是凡人之道；贵和中庸是处世之道。"人无德不立，国无德不兴"，"德"是孔子思想的硬核，德治思想贯穿孔子思想的全部，道德教化、道德标准、道德规范、道德约束构成孔子德治思想的四梁八柱。孔子学说中德目众多，归纳起来可分三类，即国有政德、官有公德、人有私德。

孔子强调政德为先，推崇为政以德、以德治国。他为中国古代的士、农、工、商"四民社会"确立了一系列道德标准、精神标高、行为标本。"譬如北辰，居其所而众星共之"，驭民之术当以仁德为先，礼、乐、刑、政各有其用；既讲"道之以政""齐之以刑"，更要讲礼乐教化，要"道之以德，齐之以礼"。以仁生义，由仁及德，做到恭敬、宽厚、诚信、积极、恩惠在怀，"君使臣以礼，臣事君以忠"，方能政通人和。政德是国之大德，德治是国之本根。孔子的政德观构成最早的政治观，是中国古代政治文明的天空上明亮的星辰。

孔子强调公德为要，要求以上率下。他主张德治当从统治阶级开始,君王、官吏、贵族做道德自律的模范、道德引领的表率;"大旨谈人""以德取人",是选官用人的原则、法则和准则;政者正也,子帅以正,孰敢不正?心正方能行正,德高才能望重。孔子注重道德引领,把上古司法鼻祖、为官典范皋陶所推崇的"为政九德"送给文武百官,告诫做官者当"宽而栗,柔而立,愿而恭,乱而敬,扰而毅,直而温,简而廉,刚而塞,强而义";君子要"非礼勿视,非礼勿听,非礼勿言,非礼勿动"。孔子告诫正人君子们,要行必恭、事必敬、养必惠、使必义,要畏天命、明天理、敬天道;告诉凡夫俗子们,要做"老者安之,朋友信之,少者怀之"之人;鼓励强健奋进者要"知者不惑,仁者不忧,勇者不惧"。语重心长,苦口婆心,其言谆谆,其心拳拳,其意眷眷。

孔子强调私德为本,主张以德修身。幽兰君子性,虚竹学士风,是古代仕儒们崇尚的品格与风度,是孔子推行德教想要达到的境界和高度。修己以敬人,修己以安人,修己以安百姓,是孔子对君子修身的要求,好学、自省、改过、力行、克己、守善、行道,是修身的方法。孔子提醒说,君子说话要防止三种错误,没到该说的时候说了,是"躁";该说而不说,是"隐";不看时机场合就乱说,是"瞽",是谓"三愆"。君子要少时戒色、壮时戒斗、老时戒得,是谓"三戒"。君子要敬畏天命、敬畏高贵之人、敬畏圣人之言,是谓"三畏"。君子要做到视思明、听思聪、色思温、貌思恭、言思忠、事思敬、疑思问、忿思难、见得思义,凡事皆思,才能保持君子的智慧、君子的仪态、君子的素养、君子的高贵,是谓"九思"。对内讲仁德,对外讲义德,父圣、子仁、夫智、妇信、君义、臣忠,此"六德"搭建成社会关系的桥梁,"君君、臣臣、父父、子子"的伦理纲常织成社会秩序的纽带,圣生仁、智率信、义使忠,"六德"相互关联、交织耦合,维系着父慈子孝、君义臣忠、夫敬妇顺的道德社会与和谐世界,"忠""恕""孝""悌""爱""义"则是赋予这"六德"的具体内涵,德抚人心,德服人心。

孔子认为,官有官德,民有民德,君子之德如风,小人之德像草,风吹草动,草随风行。爱、惠、恕、孝、信、勇、俭、无怨、直、刚、恭、敬、宽、庄、敏、慎、逊、让,是社会个体应该保持的品德;教化民众要向善去恶、尊德守法,见义勇为、待人忠恕,上下同德方能万众一心,君民同心方能无坚不摧。虽然孔子勘定的一个个人生觇标和道德高度凡人难以企及,但作为人人心中皆有的纤绳,它们牵引了一个民族整体素质和人文高度攀升的方向。

银河九天皆高远,月霞铺地洁如霜。中国人有自己的信仰,同样讲求心灵的净土、精神的乐园、灵魂的忏悔,无须教堂弥撒,无须晚祷钟声,无须牧师神父,"六经"就是《圣经》,"论语"便是教义，"仁爱"就是"博爱"，修德便是礼拜，修身就是修善，天人合一便是天道与神性的天堂。只要心诚意切，个个都是道德的教民，人人都是自己的牧主。

星星点灯，月光指路。人在月光中走，心在星辉下读，道德之光牵引人心。站在道义制高点的民族，不惑。

孔子的天空，绽放着人性之光。

孔子思想的基础是民本，民本思想的底色是人性，人性观念的张扬是对上古神本思想、鬼神文化的反叛。"民以君为心，君以民为体""君以民存，亦以民亡"的君民观，既是孔子对上古传说中"抚万民、度四方"等人道意识的挑灯拨捻、凿壁借光和拨云见日，对三皇五帝、贤王明君们人本意识的提炼、梳理和厘清，对夏商周民本意识滥觞的引流、扩源和澄清，开掘了"君轻民贵"思想体系的源流，也是对奴隶社会以来君本思想的反思与批判，代表了那个时代先进文化的前进方向。孔子躬耕《诗》《书》，皓首《礼》《乐》，从"重民""安民""富民""教民""为民""爱民"出发，整理出"民惟邦本，本固邦宁"的民本理念，呼吁制定宽政于民、德政于民、仁政于民、藏富于民、施教于民的政策，对后世民本思想的形成与承继，发挥了奠基性作用，做出了历史性贡献。

　　孝悌忠信是人之四本,礼义廉耻乃国之四维。教化人心、驯化人性、尊重人道,是孔子教育思想的主体。知识、德行、忠诚、守信是孔子施教的重点,他是古代史上第一位真正意义上的学校教师,以道育人、以德化人、以术授人,是孔子教育思想的三个层次。孔子认为当官者要崇尚惠而不费、劳而不怨、欲而不贪、泰而不骄、威而不猛这五种美德,要摒弃对人不加以教导只知道杀戮、不加以警醒而坐视其成、政令迟缓却要求限期完成、送人以物却非常吝啬,这一虐一暴一贼一吝,是四种恶行。君子做到尊五美、摒四恶,才能从政当官,这是人性的温度、人性的方向。

　　三教九流可入座,四面八方皆有学,孔子是第一位发现社会的一切不公平首先源自教育不公平的政治家。他设坛开讲、诲人不倦、乐此不疲,是想让人性回归苍生、让社会走向有序;他试图把仁义道德等元素注入人心的营养素、品格的培养基,培植起人格的参天大树;他的"有教无类"观念和首开私学的创举,以及招生不分对象、授学不问出身、学问不求一律等举措,表明他能因材施教、培苗助长,正一锄一镐地填埋人间沟壑、铲平世上坎坷;他周游列国、施爱布道,试图以人性的暖光缩小一切尊卑、贫富、贵贱、智愚、善恶、孝逆、雅俗造成的温差;他主张"师道尊严",让教师有尊严、让知识有价值,是想让教育受重视、受教育的人有体面的人生;他蹲守在黑夜的河边、迷茫的渡口,用思想的星光点亮文明的航标灯;他跋涉在丛林与沼泽的蛮荒之地,开辟蹊径,插上路标,以筚路蓝缕以启山林的使命感,让混沌的社会、野性的群氓在朦胧的月色下走向人性的曙色。

今天的人类天空,乌云翻滚,硝烟弥天,月颤星抖。霸权主义灾难、强权政治行径搅得周天寒彻,恐怖主义灾祸、人道主义危机如幽灵游荡。比疫情更严重的是人灾,比病毒更险恶的是祸心。物质的丰富与经济的发达,不一定带来文明的进步和人性的高贵,人类翘盼洁净的天空上洒满和平的阳光,飘着吉祥的云朵。人心思和、人心思稳、人心思进的趋势不可逆转,世界的目光投向东方、投向中国。天空是人类的,孔子是世界的,人性之光不会泯灭,相信中国的月亮依然朗照乾坤。

孔子的天空,绽放着理想之光。

"天下大同"是政治理想,以德治国是治政方略。孔子是中国历史路线的初绘者、人类命运走向的引航员。国与国之间彼此尊重,人与人之间相互敬重,和而不同,求同存异,则天下和谐、海内承平,这是理想世界的愿景。孔子是有政治抱负的文化人、有文化思想的官员,他创立的思想体系高瞻远瞩、深谋远虑,有鲜明的国家观、社会观、人类观,有正确的发展观、价值观、利益观,禁得起风吹雨打、天长日久;他制定的纲常伦理有深厚的实践基础、理论基础,有广泛的民心基础、文化基础,是国之大者、民之本者,导引了中华民族几千年的政治取向、思想导向、社会走向。孔子的"克己复礼",是试图复兴昔日尧舜禹、汤文武的盛世景象,这是中国人最早的复兴梦。

中国古代每一位帝王都是伟大的理想家。秦始皇嬴政实现了统一天下的理想,能打天下、得天下,却不能守天下、治天下,根本原因在于他不善于驾驭"法治"与"德治"的双轮战车,他的"焚书坑儒"碾压了知识分子,也导致了大秦王朝的倾覆,二世而亡。一个错误的指导思想,葬送了一个强大的帝国;汉高祖刘邦也有远大理想,虽然无知少识,却善听擅断,受到儒生幕僚陆贾和叔孙通的儒化教育,采纳儒仕们的治国之谏,还专程到曲阜以太牢之礼祭祀孔子,成为中国历史上第一个祭孔的皇帝。两个儒生,改变了一个皇帝;汉武帝刘彻接受大儒董仲舒"罢黜百家,独尊儒术"的建议,结束了先秦以来"师异道、人异论、百家殊方",主张五花八门、人心四分五裂的局面,用儒家思想一统民心,缓和了阶级冲突与矛盾,推进了社会和谐与稳定,国力强劲,国势兴旺。他乘势扬鞭探戈、攘夷拓土、国威彰昭,奠定版图、开凿西域，开创了西汉王朝的鼎盛期和中国封建王朝全面发展的高峰期。他是有理想也实现了理想的帝王，大汉王朝赓续发展420年之久，与董仲舒倡导、历代汉王汉帝们推行儒家思想打底不无关系，此所谓"秦行霸道而亡，汉行王道而兴"。一个大儒，帮扶了一个王朝。儒生可为，儒学有道。

孔子的价值没有被他那个时代的君王们所认识、所重视，他的理想没有立即兑现，但开启了后世的梦想。秦始皇立朝以来的2200多年中，无论朝代如何更替，400多位帝王都在试图接力描绘孔子擘画的蓝图，努力实现天下一统、江山永固的帝国梦，但他们的帝国梦是帝王的梦、权贵集团的梦、统治阶级的梦，不是人民的梦，注定要幻灭。

孔子生在春秋、存于千秋，功在古代、利在万代，是中国古代社会核心价值体系的主要缔造者、中华民族长远发展的早期规划者、全人类共同命运最初的构建者。他设计的理想社会，不同于古希腊哲学家柏拉图虚设的"理想国"，有别于英国古代思想家莫尔虚拟的"乌托邦"，区别于意大利古代哲学家康帕内拉虚构的"太阳城"，也不是中国东晋时期文学家陶渊明的梦中仙境、太虚幻景"桃花源"，孔子试图在春秋社会的现实泥浆里搭建一座理想大厦，尽管像古希腊神话里推石上山的西绪弗斯，像西班牙作家塞万提斯笔下持长矛与风车对战的堂吉诃德一样徒劳，但他毕竟脚踏实地扎根实际，只是无力改变沉重的现实罢了。孔子深耕于政治思想、国家意识、文化观念、哲学思想、社会伦理、道德建设领域，锤炼出讲仁爱、重民本、守诚信、崇正义、尚和合、求大同的文化特质，绘制出中华文化的基因图谱，涂抹了中华民族的文化底色，浇铸出中华民族的性格模样，激发了中华儿女的理想追求，虽经风雨、久历磨难，却弥足珍贵、青史留存。孔子也因此而雄踞中国思想的高峰，他的地位无可撼动、不可替代。

理想是星，点亮你的心灯；理想如月，透亮你的心空；理想之光照亮你夜行的路，理想之舟载你驶向成功的彼岸。孔子是一位理想坚定、人格高贵、道德完美的先贤、先哲、先师、先驱，他对理想社会的设计、理想人格的建树、理想制度的创立，以及他为理想而奋斗的精神，如光如炬，亘古不泯，照耀着中华儿女一路向前。

孔子是思想圣人，更是乱世英雄。重大的社会转型必定造就伟大的思想家。作为没落贵族阶层新兴地主阶级的代言人，孔子要维护他们的封建统治的既得利益，作为先进文化进步思想的发言人，不得不在先进与落后、理想与现实、黑暗与光明中尴尬前行、踯躅移步，他是乌云之上的皓月当空、迷雾之中的北斗导航。

没有孔子就没有《论语》，没有《论语》就没有《孔子》。客观地说，孔子并不是句句皆真理、字字皆秤星，他超越不了历史的局势、政治的局促、文化的局限，挽救不了理想的颓局、制度的败局、现实的残局。不可否认，孔子对周礼的过分尊崇导致了后世对复古循旧的固守；他对官本位、权力遵从、纲常等级的过分强调禁锢了人的主观能动性；他对愚忠愚孝愚贞的过分点赞被后人用作束缚和剿杀人性的桎梏。"爱亲"与"利国"、"忠君"与"爱民"、"德治"与"法治"、"精神"与"物质"、"人文"与"技术"等诸多两难，一直无以解题，儒学的入世导致儒家对政治的干预，给了秦始皇一个迫不及待要焚书坑儒的理由，而汉代对儒学的过分推崇，又使经书、经师、经学被过度追捧，导致了对经学的繁琐注释和离经叛道。孔子编经，秦人灭经，汉人尊经，唐人注经，宋人疑经，今人读经，一些要素被提炼、被光大，一些精华被毁灭、被异化，一些糟粕被渲染、被放大，甚至成为文化垃圾。

但这不是孔子的过错，更不是孔子思想的污点。乌云盖月不是月的错，月隐星稀也不是月的过，孔子的论点不一定都站得住，但他的《论语》经过了弟子们的提炼打磨，是智慧的结晶，价值不容低估，作用不可否定，孔子思想是崇高而圣洁的。孔子不齿于"怪力乱神"，从来没有把自己当神，儒学是人学不是神学，儒教是教化不是宗教。儒家是思想论坛的主角,但不是政治舞台的主角;孔子是儒家文化的创始人,却不是中华文化的全部代表,更不是唯一代表。研析孔子思想,要去伪存真正本清源,把精华加以圈点画线、标点注解,把不属于孔子的表层剥离删除,把溅泼在孔子衣袂上的污秽洗去。中国只有一个孔子。

天下一轮春秋月。

孔子是中国的,也是世界的。公元前500年前后人类文明的天空,群星闪耀,古希腊先哲、以色列犹太教先知、古印度佛祖、古波斯先知与中国的孔子、老子等先贤几乎同时出现,各自绽放、相互辉映。中国的孔子,点亮世界文明的东方圣火,温暖人类,照亮环宇。世界只有一个孔子。

孔子的天空是开放的。大约在400年前,《论语》等儒家经典就以法文、德文、英文、拉丁文出现在欧洲,影响过一批西方思想家。100多年前,中国的孔子在自己的故土"接待"了一位同样著名的西方思想家,这位蓄着大胡子的德国人的一本书,转道日、法、俄传入中国,与以孔子思想为代表的中华传统文化握手相知,共同打造了中国化的思想成果,创立了属于中国人民和无产阶级的政党。这个人叫马克思,这本书叫《共产党宣言》,这个政党叫中国共产党。马克思主义中国化的历程,是与中国具体实际相结合、与中华优秀文化相融合的过程。最新理论成果之所以生机勃勃,是因为中华文化的底蕴深厚。阳光普照,万物葱茏。

千江有水千江月,万里无云万里天。尼山的月光,穿越历史烟尘,行走亘古长河,洁净、明亮而坚定;孔子的天空,因高远而圣洁,因博大而隽永,是中华民族的文化星空,是中华儿女的心灵禅房。一路走一路走,便是一个日月同辉的清朗世界。

丝路情歌

远古的一位君王,正渐渐被我们淡忘。

当我们在西部正午的烈日下,热火朝天地谈论汉朝的丝绸之路时,却不知道周朝的他一大早就坐上马车出发了,一个人孤独地走着。他是这条道上的早行人,背上已落满了三千年的风尘。

他叫姬满,3000年前西周朝廷的第五任君王,史称周穆王,或者穆天子。他50岁登基,执政55年,是中国古代上位时年纪最大、在位时间最长的君王之一,据说从公元前1054年活到公元前949年,105岁。

君王远足,周行天下,首推周穆王,他是中国历史上巡游最早、最广、最远,规模最大的君王。

据《史记·周本纪》载,周穆王的父王周昭王姬瑕南巡荆楚,遭船工暗算,用胶水粘成的船在汉水江面突遭解体,一代君王不幸淹死。这就是史载的"昭王南巡狩不返,卒于江上"。

父王罹难,并没有阻遏住周穆王的脚步,反而激发了他的远征梦、天下梦。

遥想先祖当年筚路蓝缕开创基业,到立周为朝,经过了多少代人的赓续奋斗,今天如何开疆扩土,再兴伟业,是有作为的一朝之君必须思考的大事,百年大计,不思为患。

周人的始祖是后稷,黄帝的后裔。后稷是舜治天下的五臣之一。后稷之名为弃,弃的出生有神迹,马牛不敢践踏,飞鸟悉心翼护。弃成人后好务农耕,擅长种植麻菽,"民皆法则之"。消息传到尧帝耳中,尧帝举荐弃为农业大臣,令他"播时百谷",于是"天下得其利"。尧帝对后稷的表现大为赞赏,赏赐封地,赠姓姬氏。姬氏一脉绵延下来,在禹、夏时期都曾兴旺发达,只是在夏朝太康时期略有闪失,但后来在公刘时期又重操务农本业,"百姓怀之",多有投奔。姬人后代多积德行义,受到国人拥戴,古公亶父主政期间达到高峰,周边国家百姓都来归附。古公之子季历继位后,"笃于行义,诸侯顺之",周国继续处在兴旺期。等到姬昌出生时,已是殷商朝设立450年,周国从一个落后小国发展成为一个先进大国,呈现祥瑞太平景象。姬昌被立为国君,他沿用后稷、公刘、古公、季历的治国理政法则,"笃仁、敬老、慈少""礼下贤者",

天下之士多归之，国运日隆。周国的兴起和姬昌的威望，引起了一些人的嫉妒，更引起商纣王的警觉，他感到了周国的威胁，于是他下令把姬昌囚禁在羑里。周国的大臣们赶紧设计营救，用美女、宝马、珍宝等献给纣王，换出了姬昌。商纣还赐给姬昌弓箭刀斧等兵器，让他征伐他国。姬昌借势连克多个诸侯国家，势力逐渐做大，三分天下有其二。与此同时，姬昌在周国悄悄实行仁政善治，国运昌盛，周边国家有了纠纷都来请周国断个公平。与周国的崛起相对比的是殷商的日益衰败，商朝政治上日益腐败，内部矛盾日趋复杂，处在崩溃的边缘。周国已蓄势待发，在等待时机。后来，姬昌驾崩，被谥为周文王，享年97岁。

文王之子姬发，即武王继位，他联合诸侯发起了伐纣的战斗。牧野一战，武王领导诸侯推翻了历时六百年的商朝，建立了周朝，经过周成王、周康王、周昭王，再到周穆王姬满，周朝已历五代君王八十多年。尽管从父亲姬暇手里接过的周朝非常强大，距周幽王葬送西周还有二百年，但姬发不敢懈怠，并且保持一种忧患意识和危机感。

不敢懈怠的原因之一是来自朝廷的颓势。周穆王对近臣伯冏说了这样一番心腹之言："伯冏啊，我没有修好我的品德，却继承了先人的大位，诚惶诚恐啊，我常常因此而夜不能寐，思考怎样免除发生过错。遥想文王、武王当年,高瞻远瞩,耳聪目明,身边所有的大臣都是忠良之人,全力辅佐君王,所有作息进出没有不恭恭敬敬的,所有发布的政令没有不正确的,所有臣民没有不遵从的,所有国家没有不美好的。而现在呢,只有我一个人没有良好的品德修养,依赖你们这些近臣来帮助我、纠正我,只有这样才能完成祖上交付的大业。

"伯冏啊,现在,我请你来帮助我匡正臣子们的行为,提高我的品德,不要任用那些花言巧语、阿谀逢迎之人。身边人都正直,君主才能端正;身边人都善于谄媚,君主也会自以为是。不能亲近奸佞小人啊,他们会引诱君主违背先圣法规的。"

周穆王看到了和平环境里的忧患和来自朝廷内部的威胁。他必须走出去,安内同时攘外,以消除外患来释放内忧。

不敢懈怠的原因之二是来自西部的威胁。周地、周国、周朝一向受到西域犬戎的侵扰,自始至终,一直到西周的覆灭,都没有摆脱过这一隐患,可谓与犬戎同生同灭。

周穆王上任伊始,就想除去心头之患,但遇到了阻力。《国语·周语》中载,周穆王想西征犬戎,祭王力劝他说"耀德不观兵",不要穷兵黩武。周穆王不听,执意远征,而且是两征西戎。

尽管春秋时期鲁国的左丘明和汉代的司马迁异口同声地讥

讽周穆王,说他的西征劳民伤财,只捞回来了"四匹白狼、四只白鹿",而且把犬戎等游牧部落后来的不归顺,怪罪于周穆王的征伐。

周穆王的举动是英明的。西征的意义,不在于获取多少,而在于实力的展示和势力的扩大。即使周穆王不发兵西征,中原王朝也面临犬戎的骚扰,外患必然引发内患。伴随着周王室的强大,披发左衽的"鬼戎"渐渐强大起来,对周不贡、不王、不朝、不服已成事实。周穆王认为,靠先王"修意、修言、修文、修名、修德",最后才"修刑"的办法,已经解决不了问题,除了"攻伐""征讨"别无选择,以攻为守,攘外安内,未必不是英明的战略。

西周王朝后来200年的历史也证明了这一点。正是逐渐强大的犬戎举兵攻周,夺取周朝国都镐京(今西安长安区),立朝285年的西周灭亡,西周的最后一个君王周幽王被犬戎逼进骊山后杀掉,留下了"烽火戏诸侯"的故事和"千金一笑"的成语。

周穆王的西征是正确的,西征之后的西巡也是正确的。浩浩荡荡的西巡,还留下了一段千古佳话。这段佳话使周穆王雄风猎猎的战旗上增添了一抹柔光。

这段佳话,便是周穆王与西王母的"敖包相会"。

据古本《竹书纪年》记载:"穆王十七年西征,至昆仑丘,见西王母,乃宴。"战国的《穆天子传》、汉代的《史记·秦本纪》《史记·赵世家》中对此也有记载。

从这些史料看,"穆王西巡"并不是神话传说,民间故事更是十分生动。

两次西征之后的某天,周穆王开始了气势磅礴的浪漫西行。他以著名驭手造父——秦始皇的先祖为车夫,驾着赤骥、盗骊、白义、逾轮、山子、渠黄、骅骝、绿耳等八匹最健壮的千里马,携大量奇珍异宝,在七队最彪悍勇士的护卫下,从东都成周,即今天的洛阳出发,一路往北,经今天的山西到达今天的内蒙古境内,再西折穿越今天的甘肃、青海,进入今天的新疆境内,辗转抵达昆仑山西王母国。

在这里,周穆王受到神女西王母在瑶池的热情款待,品茗饮酒,歌舞仙曲,缠绵不返。

没过多久,得报徐国叛乱,周穆王才不得不匆匆返回,日行千里前往平叛。

临别,西王母情意绵绵地歌曰:"白云在天,山陵自出。道里悠远,山川间之。将子毋死,尚能复来。"意即山高路远,苍天在上,希望周穆王能再来看望她。"其辞哀焉",让人柔肠百转,潸然泪下。

周穆王情真意切地答曰："予归东土，和治诸夏。万民平均，吾顾见汝。比及三年，将复而野。"意即"我先回东方，把国家治理好。把万民安顿好，我就回来看你。等我三年，我们再在这里相见啊！"肝肠寸断，不忍泪别。

西王母感动于穆天子的情系人民、心系国家，劝慰曰："徂彼西土，爰居其野。虎豹为群，乌鹊与处。嘉命不迁，我惟帝女。彼何世民，又将去子。吹笙鼓簧，中心翱翔。世民之子，惟天之望。"意即"我虽然居住在虎豹乌鹊群居的蛮荒之地，但我是天帝女儿，要固守在西天不能随你而去。可怜的是我的百姓将要与你离别了。你是万民的君主，是天下的希望啊！"

一唱一和，难分难舍，有情有义。中国周朝一首经典的西部情歌，从此世代流传，此后的《康定情歌》《何日君再来》《草原之夜》等情歌都不过是它的翻版和老歌新唱。

唱罢，周穆王挥笔勒石"西王母之山"相赠，二人还共同植树以记。敦煌 423 号洞窟壁画中，有对这个故事的形象再现。

后来周穆王因公务繁忙食言，西王母却主动登门来探望了。史传西王母入周朝觐见，周穆王以贵宾相待，赐居昭宫。后人亦有猜测，周穆王的长寿与西王母传授道术有关。

浪漫归浪漫，史实归史实。

传说中的西王母之国、瑶池在哪里？专家各有说法。

有人认为，按史传一万二千里的行程计算，西王母之国应在西亚或东欧；有人推测准确地点在阿富汗；还有人认为"瑶池"就是今天的哈萨克斯坦、土库曼斯坦、阿塞拜疆、俄罗斯和伊朗环绕的里海，一个世界上最大的咸水湖；或者是今天俄罗斯、格鲁吉亚、乌克兰、土耳其、保加利亚和罗马尼亚环绕的黑海，一个能连通爱琴海、地中海的内海。

准确位置虽具争议，但大致方位却是相同的。

后来有专家指出，先秦时期的"里"只有今天的 77 米长。那么，折算下来，西王母之国应在今甘肃、青海一带，中心位置可能在敦煌、酒泉附近。考虑到具体行程史记未必准确、真实线路缺考等因素，瑶池应该远不出新疆、近不过蒙古。由此推论，"西王母之国"并非一个西方缥缈的"极乐世界"，而极有可能是一个实实在在的西戎部落，而"西王母"也并非不食人间烟火的仙女，而是一位貌美、聪慧、多情且有正义感、责任心的女酋长。她喜欢与青鸟为伴，在瑶池沐浴，修炼道术，有腾云驾雾之功。

这里想说的是，当时周穆王"宾于西王母。乃执白圭玄璧，以见西王母。好献锦组百纯，素组三百纯。西王母再拜受之。"周穆王献给西王母的礼物，除了玉石珠宝，还有"锦组""素组"，就是丝绸,"纯"应该是丝绸的计量单位。也就是说,周穆王到西域,是带去了大量锦帛丝绸的。

不必质疑周穆王时期是不是有了丝绸。中国发明丝绸起于何时,难以界定,但上古神话传说中黄帝的妻子嫘祖发明"养蚕取丝",就表明了丝绸的"线头"很遥远。新石器时代,黄河、长江流域出现家养桑蚕并缫丝织绢,距今约7000年至5000年的仰韶文化半坡时代、距今5300年至4200年的良渚文化遗址,都发现过蚕丝实物标本。再往近,殷商时期的甲骨文中,与丝相关联的偏旁部首或独立字有100多个。到了周朝,作为一朝之君的周穆王,当然要给美女送最好的礼物了。

故事虽然浪漫,但若止步于瑶池,那周穆王就不是君王。

西巡,只是周穆王行走天下的线路之一。

周穆王堪称君王中的旅行家典范。据史料记载,他常常出远门,一走就是两年之久、三四万里之遥。传说"穆王西征,还里天下,亿有九万里""穆王东征天下,二亿二千五百里,西征亿有九万里,南征亿有七百三里,北征二亿七里",当时的路程如何转换成现在的里程,尚没有人能考证准确,但他巡游范围之广、距离之远、规模之大,简直是前无古人、后无来者,光随行官员和将士就达三四万人,相当于朝廷搬家,当然惊天动地、轰轰烈烈。

　　话说穆天子一举平定徐国之乱后,挥师东进,抵达九江,继而南征。《太平御览》卷七四引《抱朴子》说:"周穆王南征,一军尽化。君子为猿为鹤,小人为虫为沙。"可见吾王威武。西周十三王,武王、成王、康王、昭王、穆王各有成就,其他各王尽显荒废,周朝末年虽有宣王的中兴之景,但已回天乏力。

　　因此,有人认为周朝的颓势是从周穆王开始的。《列子》《左传》《史记》中有一些对他的诟病,如"不恤国事,不乐臣妾,肆意远游""欲肆其心,周行天下""昔穆王欲肆其心,周行天下,将皆必有车辙之迹""乐而忘归"等记载。

　　这也难怪,天子长期不在朝,必然导致朝政松弛。但他的一些"游玩",并非真正的游山玩水,而是志在天下,行通八方,是为王朝振兴所计,为天下殷实而谋,是很勤奋、很辛苦的君王。更多的史学家认为,周穆王姬满是一位充满智慧和雄才大略,而又能统御四方威震宇内的君王。是他打开了周朝以降中国的大格局,打通了中原走向外界的道路。

　　评价周穆王的西巡,有三点是应该把握的:

　　一是周穆王据中原之地,通过南征北战、东讨西伐,扩大了周王朝基业,巩固了统治地位,畅通了黄河流域、长江流域与西部的往来,促进了中原农耕文明与西北游牧文明及东夷南蛮之地文明的交流,功莫大焉。

二是周穆王调整了周昭王"重南轻北""征南守北"的政策,在保持南方、东南方向扩张压力的情况下,加大了对北方、西北方向"荒服之地"的震慑。这对自古受到戎、狄欺负,靠着向东拓展起家的周王朝来说,是一次伟大的战略调整。这一调整影响到中国几千年的战略,每一个朝代都不敢轻视中国的西北方向。

三是周穆王与西王母之间的故事,智者见智,俗者见俗,但他的浪漫之旅开凿了最早的西域之路,也为后世寻访丝绸之路留下了念想;为汉代打通丝绸之路披荆斩棘,铺垫了最初的基石,西行路上不再寂寞;为一切关于西部、西域、西天、西方的故事起了一个好头,西行文化成为中国文化的一道经典风景。

从这个角度说,周穆王的丝绸之路比汉武帝的丝绸之路,要早 800 年。

一个浪漫的约会,牵动了一个民族几千年的脚步。

躬谢周穆王。

一个酷毙了的转身

自古英雄辈出，每一个时代都有自己的代表。2000 多年来，有两个人物一直为人们念念不忘、唏嘘不已，永远有说不完的故事、道不尽的评点。

他们生活在同一个时代，先是为着同一个目标而携手奋斗，后来又为了同一个位置而厮杀争斗，联袂主演了一场推翻王朝伟大斗争的生动话剧，一幕争夺帝位惨烈战斗的经典戏码，大开大阖地改写了中国历史，其波澜壮阔的气势和惊心动魄的程度，史无前例，亦无后例。

他们的结局都很精彩：一个登上皇帝宝座，成为中国历史上第一个由农民身份上位的开国皇帝，开创了一个前后长达四百多年的王朝；一个虽然壮志未酬、饮恨自刎，但英名流芳千古，成为古来杀身成仁的烈士们所敬重的悲情英雄，也成为历代红颜知己们所倾慕的真心英雄。

他们的志向趋同却性情迥异,人生篇章各有异彩。他们曾齐心协力又彼此征伐,既惺惺相惜又恩怨交加。他们相互映衬、彼此成就,成为中国历史天空上一对明亮的双子星。

是的,一个是刘邦,一个是项羽。

公元前223年,秦灭楚国时,楚国曾有阴阳先生预言:"楚虽三户,亡秦必楚!"无论是复仇誓言还是一语成谶,"奋六世之余烈,振长策而御宇内"的大秦王朝果真覆灭于楚人之手。率先发动农民起义的陈胜、吴广是楚国子民,起义军打出的国号就叫"张楚",意在张大、复兴楚国;最终联手摧毁秦朝政权的刘邦、项羽也是楚国后裔。复兴故国是他们共同的梦想。

西汉司马迁的《史记》,北宋司马光的《资治通鉴》,以及大量的典籍诗文、考古遗存、逸事稗史等,复活着两位英雄的形象。

先说项羽。

公元前232年,项羽出身于楚将世家,楚国虽然已被秦灭近十年,八百年楚国雄风不再,但是楚脉不断,项羽正是楚国最后一个战将项燕的孙子,楚将项梁、项伯的侄子。项羽年少时不好学文,虽爱好剑术却是"略知其意,又不肯竟学",不过从他沉迷于兵法战术来看,还是少有所思的。他说"剑一人敌,不足学,学万人敌"，长辈闻之大喜，觉得孺子可教，便举全家族之力专教他用兵之道。公元前210年，秦始皇巡游过会稽（今苏州），20岁出头的项羽夹在人群中观望。秦始皇的气派让项羽惊羡不已，他的脑海浮现出祖父项燕被秦将王翦所杀的场面，感觉到血管里的反秦基因忽然躁动起来，骨子里有一颗帝王梦想的种子在发芽，他对叔父项梁脱口而出道："彼可取而代之也。"吓得项梁赶紧掩其口。此时，陈胜、吴广斩木揭竿而起抗秦，起义军如燎原之火点燃了被强秦所灭六国的复兴之梦。当起义的浪潮狂飙突进，前锋抵达会稽时，会稽太守想约项梁、项羽一同起兵反秦，没想到一下子触发了叔侄俩久伏的野心，项羽一刀先杀了太守，二人降了太守的全部人马，直接举起了反秦大旗。项羽此举，显示出他作为贵族之后不甘人下的心气和过人胆识，展示出他做事果敢、心狠手辣的风格。

项羽骁勇善战，是打仗的一把好手，有一股子不服输、不怕死的拼劲，常令敌军闻风丧胆。《史记》记载了项羽两次瞪眼却敌的故事，一次是与汉军对垒，项羽披甲持戟单骑挑战，汉军著名神箭手楼烦拍马迎战，"项王瞋目叱之"，竟吓得楼烦"目不敢视，手不敢发"，躲进障壁不敢再出来了；还有一次是在项羽生命的最后时刻，在逃往乌江的穷途末路上，数千汉兵围战项羽，汉将赤泉侯追上了项羽，"项王瞋目而叱之，赤泉侯人马俱惊，辟易数里"。英雄就是英雄，目光如电，摄人心魂。公元前208年，项羽与秦国大将章邯鏖战于巨鹿，为达到置之死地而后生的效果，项羽率部渡漳河后干脆一不做二不休，"皆沉船，破釜甑，烧庐舍，持三日粮，以示士卒必死，无一还心"，结果是"楚战士无不以一当十"。正是凭借这种"破釜沉舟"的绝地反击，项羽所部九战皆胜，彻底击败秦军、迫降章邯，致使秦军主力尽失，从此一蹶不振。要知道，这个章邯正是曾杀陈胜、斩项梁、刀劈楚军诸多名将，使楚军七战皆败，令各诸侯国肝儿发颤的秦军猛将。"巨鹿之战"是项羽在历史画幅上留下的辉煌一笔，也成为秦亡而楚兴的历史转折点，是中国战争史上以少胜多的经典战例。而此时的项羽年仅25岁，少年得志，意气风发。秦末之际项羽的"破釜沉舟"与春秋时期越王勾践的"卧薪尝胆"并列为励志故事，一同进入了中国历史的教科书。后世有对联曰："有志者，事竟成，破釜沉舟，百二秦关终属楚；苦心人，天不负，卧薪尝胆，三千越甲可吞吴。"

项羽"力能扛鼎，才气过人"，是那个时代的男神。战马与利器，是那个时代男神的标配。他的宝马乌骓"日行千里"，飞快好比闪电，破阵势如劈竹；他的画戟重若千钧、锋利无比，无数遍地被敌人的鲜血擦洗，冷霜锃亮、寒光闪闪。一个人、一匹马、一柄画戟,搅得周天寒彻,年轻的项羽无疑是中国历史上最著名的战神之一。但他像古希腊神话里的英雄阿喀琉斯一样有自身的致命伤,"阿喀琉斯之踵"最终夺去了那位希腊军中最勇猛战士的性命,而诸多的"软肋"使项羽最终完败。

"软肋"之一是心软。秦朝被项羽、刘邦合力推翻后,天下只剩了这两位楚汉骁雄。此刻刘邦屯兵灞上,项羽率四倍之兵峙立关中,本来这是围歼刘邦的极好时机,七旬军师、亚父范增数次力谏项羽不能手软,但项羽妇仁慈心,执意不听。他甚至没有想到他的帐下也演起了《潜伏》的谍战片。那天深夜,刘邦让谋士张良约了项羽的叔叔项伯来密见。一见面,刘邦便信誓旦旦地对项伯说:"我刘某人本来就是一个农民,一个无所事事、连父母都瞧不起的混混儿,能有今天这个样子就心满意足了,不像您家项王,本是贵族之后代,在反秦斗争中又立下显赫战功,天下非他莫属,您让项王放心,我没有那个野心。项伯呀,您要是看得上我寒门刘家,我愿意与您结成儿女亲家。"项伯听了刘邦的表白,信以为真,回来跟项羽鼓噪一番,项羽果然更加放松了警惕。不但如此,项羽还在距离刘邦屯兵仅几十里处的鸿门请刘邦喝酒。刘邦当时的境遇相当于300年前齐鲁两国"夹谷会盟"时的鲁国国君,明知不是对手却不得不从,但脚跟发虚、心里有数的刘邦貌似大摇大摆地赴宴来了。二人虚情假意推杯换盏称兄道弟，酒酣耳热之际，范增几次示意项羽杀掉刘邦，还请项羽的堂兄弟项庄以舞剑助兴之名想趁机"一失手"行刺刘邦，共同创演了成语"项庄舞剑，意在沛公"的现场版，但项羽佯装不知。范增之意却被"内贼"项伯识破，项伯拔剑起舞来保护他未来的亲家刘邦，使得项庄难以近刘邦之身。这一切端倪当然都逃不出刘邦谋臣张良的眼睛，他不动声色地呼来大力士樊哙。这个威猛的卫士一手操剑一手执盾，冲破刀丛林立的卫队，旁若无人地进入宴会厅保护刘邦。项羽一见樊哙"头发上指，目眦尽裂"的气势，吓了一跳。刘邦赶紧借口说要上厕所，屁滚尿流地逃出鸿门，惊出一身冷汗。

正是这一次，项羽心一软，放走了最终葬送自己性命的对手。回看项羽一生，他似乎没有不敢杀的人，为什么独对刘邦"心软"？想必一是英雄观使然，当面鼓、对面锣，英雄决战在战场，不搞暗事、不使阴招，不背负这个骂名。二是轻敌心作怪，项羽天时地利占绝对优势，灭秦的功劳最大，天下舍我其谁？刘邦不过是瓮中老鳖，能往哪儿逃！三是世界观不同，楚汉相争，刘邦一直想干掉项羽，但项羽似乎没有杀刘邦的念头，项羽自认为不能下没有对手的棋，驱赶着刘邦这个老师围着九宫田字团团转，这才是项羽的乐事。除掉刘邦，天下无棋，项羽有独霸一方之心，无一统天下之力。四是时机不成熟，秦朝大势已去，但秦王犹在，秦兵未尽，项羽需要刘邦共同制敌，且与楚怀王有约在先，待尘埃落定后各分天下。总之，这场惊心动魄、危机四伏的"鸿门宴"，让仓皇中的刘邦摸到了项羽的"软肋"。

"软肋"之二是虚荣。灭秦后，项羽气势磅礴地杀入咸阳，有谋臣说，关中地带山势险峻、川流阻隔，易守难攻，而且这里地广物美，整个儿就是您霸王的立都之地啊。但项羽不屑一顾地说，我富贵发达了不衣锦还乡显摆一下，就像穿着绫罗绸缎走夜路，哪个能看得见我！胜利的荣耀偾张了项羽的贵族血脉，烧烤着一颗霸王之心。当那个谋臣犯颜进谏说，霸王您这样做不是真正的英雄，不过是沐猴而冠罢了，我蔑视你。项羽勃然大怒，果真把这人给煮了。而当刘邦派张良通过项伯给项羽送来"霸王您放心，我不会跟您争天下"的"迷魂汤"时，这个傻大个儿竟感觉良好地一饮而尽了。骄横虚荣之心，使他不知道自己贵姓，更不知道今后的天下贵姓。垓下之战，风声鹤唳，四面楚歌，是项羽领兵八年以来的第一次败仗，也是他人生的最后一战。蓄势已久的刘邦积七十万大军压境，而项羽只有区区十万之兵抵抗，最后只带了二十八骑杀出重围，而刘邦的五千精锐还以"宜将剩勇追穷寇"的劲头紧追不舍。项羽逃到乌江边上，气数几尽。想当初，八千江东子弟跟随我项羽打江山，此刻却只剩下这群伤痕累累的残兵败将，何颜见江东父老啊！英雄气短，来日无长，唯有一刎谢万罪。一腔热血衷肠，满腹爱恨情仇，凝成乌江风寒霜晨月。历史没有如果，但假设一下也无妨。走到乌江绝路的项羽当时不过31岁，而刘邦时已55岁，乌江对面不远，是项羽的家乡，"江东虽小，地方千里，众数十万人，亦足王也"，留得青山在不怕没柴烧啊。放下面子，项羽未必没有东山再起的机会。倘真如此这般，楚汉相争的连续剧可能还要上演许多集，司马迁的《史记》也会是另一番表述，项羽留给后世的形象也许要逊色一些。但项羽就是项羽，一刀给自己的青春戏杀了青。

"软肋"之三是残暴。仁义者无敌，残暴者无友。项羽一生打了七十多场仗，除了最后一仗，几乎战无不胜。勇猛是凶残的代名词，项羽杀气腾腾、威风凛凛，令敌军、友军心惊胆战。残暴行径丝毫不亚于被他推翻的暴秦。作为楚军次将，项羽竟然敢一刀杀了自认为说了他坏话的上将军宋义，还追杀了宋义的儿子。襄城屠城，项羽坑杀全城平民；城阳之战，项羽对居民实行"三光"政策；巨鹿之战，项羽杀得兴起，连诸侯国的盟军都"无不人人惴恐"，吓得作"壁上观"，"无不膝行而前，莫敢仰视"；新安之战，项羽一夜之间把秦军二十多万降兵全部活埋；攻入咸阳，项羽一刀杀掉早已投降的秦王子婴,继而滥杀平民百姓,像当年秦人一样"伏尸百万,流血漂橹";秦宫一炬,大火连烧三月,只剩一把焦土。虎狼之师所向披靡,但仁义之师更能天下无敌,项羽没有悟出"牧民之道在于安民"的道理。对弱者、降者和无辜者杀伐成性,使他失去了道义,失去了民心,也就失去了执政的基础。自古没有暴君安天下的先例,历史不会给残暴者一统天下的机会。

"软肋"之四是多疑。猜疑与多心的人必定没有朋友。刘邦身边,文有张良、萧何、陈平,武有韩信、樊哙、彭越,谋臣猛将的辅佐使刘邦如虎添翼;项羽全凭单打独斗,身边仅有谋士范增和那个吃里爬外的项伯,还有那个空有一身武艺却始终无法击中要害的傻堂兄弟项庄。刘邦采纳了陈平的离间计,成功地挑拨项羽与范增的关系,项羽果然以暗通汉军之名,逼走了这位忠心耿耿的老将,使范增"行未至彭城,疽发背而死"。分析项羽的多疑,部分地源自他的贵族血统,对既得利益的患得患失,终日的惶恐不安,必然导致狭隘阴暗、狐疑多端、睚眦必报的心理,不相信任何人。垓下一战,项羽被刘邦亲率韩信、彭越、英布等四路大军围追堵截死捶烂打,孤立无援,无人可求,最后只能仓皇东逃,走上不归之路。

"软肋"之五是自大。少有宏志固然好,但少不读书就可能狂妄自大,缺乏判断能力与人文精神,更别说战略思维了。当范增提醒项羽说:"刘邦在山东时,贪财好色,但是一进了函谷关却不抢财不劫色,必有大计,你还是赶紧灭了他吧!"但项羽不以为然,终留致命遗患。刘邦是政治家,有着必须的深谋远虑和谨小慎微,而项羽只能算作军事家,鼠目寸光,高傲而自负。一个志在天下,一个满足一役,孰高孰低,在楚河汉界两旁一目了然。项羽的屡战屡胜在为他赢得巨大声誉的同时,也带来严重的负面效果,他的刚愎自用、独断专行常常发挥到极致。张狂地排斥他人,无端地猜忌下属,结果是众叛亲离。自古骄兵必败,项羽每仗皆胜却丢了天下。胜利,一旦吞噬了胜利者的理智,失败便在乌江边张开了血盆大口。

性格决定命运,短板决定容量。项羽的这五根"软肋"被刘邦捏在手里,动哪一根都致命。如此看来,项羽是一个"残疾"英雄,还真不是刘邦的对手。

这说明了一个道理:真正的敌人是自己。

尽管如此,我们还应该给项羽一个客观公正的评价。无论从哪个角度讲,项羽都是一个精神价值极其富有的人。他既有独霸天下的远大抱负,也身体力行、奋勇当先。没有项羽的楚,就没有刘邦的汉,更不可能颠覆强大的秦;没有项羽的霸业,就没有刘邦的王业;没有项羽的致命伤,就没有刘邦的帝王梦。他既叱咤风云又儿女情长,被重重围困在垓下,仍然字字滴血、行行淌泪地慷慨悲歌:"力拔山兮气盖世,时不利兮骓不逝。骓不逝兮可奈何!虞兮虞兮奈若何!"一首《垓下歌》,何其高贵,几多惆怅!悲痛欲绝的美人虞姬泣泪唱和:"汉兵已略地,四方楚歌声。大王意气尽,贱妾何聊生!"遂拔剑自刎,忠烈殉情,以断项羽后顾之忧。刀光剑影血雨腥风中,堂堂伟岸男儿对爱人既爱且痛的深沉,美艳专情而又刚烈坚毅的女子对夫君以生命相许的贞义,因虞姬的壮烈一刎而成就了爱的崇高与纯洁,令古往今来多少海誓山盟中的爱恋男女们泪奔!坦荡直率不矫情,赴汤蹈火不惜命,爱就爱得深沉,别就别得悲壮,活就活得任性,死就死得壮烈,这就是项羽的性格!饮恨乌江边,引颈向长天,身负十多处创伤的项羽筋疲力尽心灰意冷了。楚地不再,江山易主,美姬不再,情无所依,江东兄弟百战死,东山再起恐无多。男儿柔情,烈士多义,进入生命倒计时读秒阶段的一代骁雄,无不爱怜地把随他出生入死满身血渍的五岁战马乌骓,赐给了欲渡他过江的好心人。然后,项羽凭借一个潇洒的 90 度转体自刎,把一身戎装满怀雄风凝固成一尊英雄的雕像,铮铮铁骨,铁骨铮铮。乌江一刎,把项羽的高贵定格在最高值。项羽以降,历代英雄豪杰都在他酷毙了的一转身寻找自己的影子。

项羽是楚的,是虞姬的,更是历史的。项羽是一位伟大的革命者,与农民出身的刘邦不同,他是站在六国贵族阶级立场上来反对秦朝贵族阶级的。如果不反,项羽作为贵族后代的利益是可以有保证的,要舍弃既得,需要牺牲精神和无畏勇气,这与同样出身贵族,为了维护统治阶级利益的屈原、孔子有着本质的不同。贵族所有的先天弱项在项羽身上都有遗传,最终这些天生"软肋"的集体溃烂和痼疾的集中发作,成了他事业的"短板"和人生的"天花板"。

有缺点的战士终究是战士,再完美的苍蝇也是苍蝇。铁血冷戟霸王心,柔肠侠义儿女情,这就是项羽,一个长处与短处都十分鲜明、血肉丰满、可爱可恨的钢铁战士。躬谢司马迁,握如椽之神笔,蘸浓墨与重彩,为我们刻画了一个神采飞扬的英雄形象和文化符号。

一个低起点上的飞扬

说项羽，必说刘邦。

与项羽相比，刘邦出身微贱。他与项羽一样，也是胸怀大志之人。

做大事的人，一定要先见过大世面。刘邦曾见过秦始皇巡游，发出过"大丈夫当如此也"的感叹，这种气魄比项羽的"可取而代之也"略逊三分，但似乎胸怀更宽广、视野更宏阔、城府更高深。

刘邦颜值很高，"隆准而龙颜，美须髯，左股有七十二黑子"，既仪表堂堂又奇人异相。他生性仁爱，乐善好施，豁达大度，不是那种专嗜杀伐的草莽英雄。刘邦气质很好，不拘小节，与民同乐，亲和力强，具备领袖人物的先天条件和群众基础。刘邦胆子很大，当亭长时，刘邦奉命往骊山押解囚徒，因逃跑的人太多而完不成任务，干脆一不做二不休把人都给放了，自己逃亡于芒砀山中。陈胜率兵逼近,沛县县令想对抗但又害怕,县衙主吏萧何、典狱曹参建议与刘邦联手,县令开始同意又出尔反尔,还要杀萧何、曹参。两人翻墙逃至城外刘邦营中,刘邦向城里射箭携书鼓动百姓造反。民众起来杀掉了县令,开门迎接刘邦,从此沛县成为刘邦的早期革命根据地。这一年,刘邦已48岁。

刘邦不囿于出身,敢打敢拼。他与项羽奋力攻秦,率先攻入关中,生擒秦王子婴,为推翻秦王朝立下首功。51岁时被楚王封为汉王,率汉军与西楚霸王项羽相持日久、"中分天下",最后决战垓下,全歼楚军,逼得项羽殒命乌江边。56岁那年,刘邦登上帝位君临天下。

与血统高贵的项羽相比,刘邦有何德何能可以称帝?这是古今之人常常议论的话题。

刘邦与项羽一样,年少时都是不读不耕之流、不安分守己之徒。与项羽相比,刘邦起点低,四十多岁才谋了个亭长的闲差,大约相当于现在的股级干部,起步并不算早。

但是,时势造英雄,乱世出豪杰。燕、赵、齐、楚、韩、魏等六国虽已不在,但六地民众仇秦久矣。陈胜、吴广领导的农民起义引发了天下同心并力攻秦的愿望,应者云集。神州板荡、天下大乱,为刘邦、项羽提供了舞台。英雄相聚,风云际会,中国历史因此而好戏连台。

《史记》对刘邦、项羽的记载，斗争多于合作，这可能是历史的真实。楚汉相争，既是双方政治、经济、军事实力的大比拼，更是两人谋略、智慧和人格魅力的大较量。但命运往往更垂青那些有特质的人，刘邦就有不少过人之术。

一是用人术。这是刘邦的第一大本事。得天下后，刘邦在洛阳南宫设宴与群臣弹冠相庆，酒酣兴至，问左右："吾所以有天下者何？项氏之所以失天下者何？"左右纷说，似都有理，但没有人搔着刘邦的痒处。他终于憋不住了："夫运筹帷幄之中，决胜于千里之外，吾不如子房（张良）。镇国家，抚百姓，给馈饷，不绝粮道，吾不如萧何。连百万之军，战必胜，攻必取，吾不如韩信。此三者，皆人杰也，吾能用之，此吾所以取天下也。项羽有一范增而不能用，此其所以为我擒也。"这一段深刻、精辟和经典的自白，给历代政治家们以深刻启示。谋士陈平、武将韩信过去都是项羽的手下，因不受重用、颇受轻慢，才投奔了刘邦，韩信最终还要了项羽的小命。将这些人中骄子拢在自己麾下，刘邦的驭人之术不可谓不高明。

二是怀仁术。当初刘邦决定违抗官命放走囚徒时，一些人深受感动，不走反留，百十号人成了刘邦的家底，刘邦可谓起于"仁"。当秦兵以强势逐北，楚怀王熊心想派兵入关，并颁令谁先定关,就封谁为关中王。项羽势在必得,但是多位老将军进谏楚王说:"项羽剽悍,今不可遣;独沛公素宽大长者,可遣。"刘邦的"仁"使他赢得了机会,可谓成于"仁"。刘邦每略一地,一定打开牢狱大赦罪犯,安抚当地父老。这些动作,为他赚得了仁义之名。公元前206年10月,刘邦率先攻下灞上,"秦王子婴素车白马,系颈以组,封皇帝玺符节,降轵道旁",多位将领建议杀掉子婴,但刘邦说不,人家都降服我了,还杀他作甚?此举可谓王于"仁"。而后来,子婴却被项羽毫不留情地杀了。项羽的残暴,反衬了刘邦的仁心。刘邦虽然没读什么书,还讨厌儒生,曾把儒生的帽子揪下来往里面撒尿,但他登基后听从儒生陆贾"马上得天下,岂能马上治天下"的劝告,开始敬重和尊崇儒学,成为中国历史上第一位亲赴山东曲阜孔府祭孔的皇帝。刘邦颁布休养生息、轻徭薄赋、释放奴婢、招贤纳谏、孝治天下等政策,可谓仁政。当然,这是后话。也有人说刘邦的"仁"是虚情假意,但如果一个人能假装仁义一辈子,你能说他不是真仁义吗?如果一介平民能心怀仁心,当了皇帝还能永葆仁德,你能说他是假仁义吗?

三是取义术。先有仁而后有义,仁守内而义主外。刘邦怀仁取义,把自己的军队打造成正义之师。在楚汉两军对垒之际,刘邦亲赴阵前搦战,当面历数项羽十大罪状:"始与项羽俱受命怀王,曰先入定关中者王之,项羽负约,王我于蜀汉,罪一。项羽矫杀卿子冠军而自尊,罪二。项羽已救赵,当还报,而擅劫诸侯兵入关,罪三。怀王约入秦无暴掠,项羽烧秦宫室,掘始皇帝冢,私收其财物,罪四。又强杀秦降王子婴,罪五。诈坑秦子弟新安二十万,王其将,罪六。项羽皆王诸将善地,而徙逐故主,令臣下争叛逆,罪七。项羽出逐义帝彭城,自都之,夺韩王地,并王梁、楚,多自予,罪八。项羽使人阴弑义帝江南,罪九。夫为人臣而弑其主,杀已降,为政不平,主约不信,天下所不容,大逆无道,罪十也。"这篇战斗檄文从义出发,为义而战,可谓字字如匕、句句如枪,戳到了项羽的痛处,也激怒了项羽,刘邦借此宣告自己是天下正义的化身。刘邦的举义旗、兴义师、为义战,为他赢得了高分。

四是严法术。刘邦重视制定法律军规,以法治军、以法治民。每略一地,他警告军队不得侵害当地百姓,不得恣抢财物。占领灞上后,他召集各县官员说:"吾与父老约法三章耳:杀人者死,伤人及盗抵罪。"严明的号令整肃了军纪,安顿了民心,树立了刘邦的威信,于是出现"秦人大喜,争持牛羊酒食献飨军士",而刘邦还不让收受秦人礼物的感人场面,以至于秦人生怕沛公走掉不当秦王了。当上皇帝后,刘邦汉承秦制,颁布了诸多法令,推行依法治国,法制建设保证了大汉王朝的长治久安。

　　五是隐忍术。刘邦能成帝王之业，与他的能隐善忍有极大关系。刘邦的"忍经"是敢于示弱、决不逞强，表面看似无争，背里磨刀霍霍。最经典的一场戏当是鸿门宴。明知凶多吉少、险象环生，但毅然屈尊前往，能隐能忍的背后是大智大勇。当忍得忍，忍而不发，小不忍则乱大谋。他学越王勾践"卧薪尝胆"，学部下韩信不惮"胯下之辱"。当然刘邦也不是一味地忍气吞声、隐忍无度，"隐"是为了"现"，"先忍"是为了"后发"，该出手时就出手。刘邦韬光养晦、蓄势待发，是在等待时机，阵前宣战、垓下决战，都是大爆发、总动员。

　　六是造神术。刘邦为自己编写了一部关于"龙的传人"的神话。《史记》里记载："父曰太公，母曰刘媪。其先刘媪尝息大泽之陂，梦与神遇。是时雷电晦冥，太公往视，则见蛟龙于其上。已而有身，遂产高祖。"刘邦好酒及色，常从王媪、武负那里赊酒喝，醉卧不起，却被人看见有龙附体；刘邦夜行泽地，听说前面有巨蟒挡道，便拔剑斩杀之，被夜哭老姬暗示为赤帝（即炎帝之子）下凡。刘邦聚义之初，没有什么资本，常常藏匿于芒砀山中。夫人吕雉给他送饭，凭着头顶上方的祥云紫气，一找一个准儿。此闻一传十、十传百，"沛中子弟或闻之，多欲附者矣"。相信刘邦的父母也好，邻居王媪、武负，路上的老姬、老婆吕氏也罢，都不过是刘邦的"托儿"。古代帝王惯用这些小把戏，表明自己命系天赐、君权神授，让天下人臣服。

七是施巧术。奸诈巧取是刘邦的一大才能。早在当亭长时，吕雉的父亲吕公寄宿在沛县县令家中，达官显贵们上门道贺，管事按送礼轻重排席位。没有地位的刘邦一分钱也没带，却诈称"贺钱万"，骗得吕公亲自到门口迎接，这一招果然奏效，喜欢相面的吕公一眼就发现刘邦器宇不凡，不但引为座上宾，还把女儿嫁给了他。可谓施诈成功。俗话说"兵不厌诈"，在与秦兵、与项羽的争战中，刘邦的施诈术、离间术、心理战、情报战运用得十分娴熟、相当频繁。不光施诈，刘邦还擅长巧取。灭秦战进入最后阶段，项羽指挥千军万马展开巨鹿之战，杀得昏天黑地、血流成河，却不料刘邦精兵快骑，直取秦王，夺得秦之传国玉玺，算是先入关者。此举必然导致了项羽的不服气。刘邦善于取巧，其实是一种高超的智慧与胆识表现。

八是谋略术。从《史记》里看，刘邦用计远远多于项羽，每到关键必设计，每次用计必灵验。二人都是杰出的军事家，但项羽是以征服对手为目的，刘邦是以征服天下为己任。项羽攻城略地、杀人如麻，几无败绩，每一仗打得都很漂亮，强悍的秦兵主要是被项羽打下来的。所以有人赞曰："羽之神勇，千古无二"；而刘邦仅有打下咸阳、受降秦王之功,但他擅长从长计议,从战争一开场就筹划好了过程与结局。项羽重谋一役,在乎战斗之胜负;刘邦重谋全局,讲究战略之得失。项羽虽意气风发、斗志昂扬,却常常布局失策、经纬失序。刘邦虽屡遇狼狈与尴尬,动不动就"复入壁,深堑而自守",却屡屡失而复得、有惊无险。与项羽斗智斗勇,刘邦总是借项羽之勇克自己之难,以自己之长制项羽之短,虽然不道德,却符合兵法,是军事家、战略家的谋略。年龄决定阅历,资历决定资本,一个年轻气盛,一个老谋深算,项羽自然搞不过长他 24 岁的刘邦。老将克新锐,应验了那句俗话"姜还是老的辣"。项羽是豪情万丈的伟丈夫,刘邦是心怀天下的大丈夫;项羽谋事,刘邦谋势,在对与错、赢与输、得与失、胜与负、成与败这五个层面上,项羽看重前面三个,刘邦则看重后面三个,城府不同,境界不同,结局当然不一样。历史舍项羽而选刘邦,无疑是正确的。在好人中选能人,在能人中选正人,这是兴国立朝之要。

自古帝王多英雄。毛泽东说,刘邦是"封建皇帝里边最厉害的一个。"这是史家的功劳。

史笔如刀,刀下有情,故事里藏掖着臧否褒贬,史家的价值观决定着民族的历史观。司马迁笔下,项羽虽然没有刘邦的高瞻远瞩、深谋远虑,却活得潇洒与率性、尽情与坦荡,比刘邦高贵。

《史记》记载说，刘邦被项羽追击到灵璧东睢水上，楚军骑兵追上来，刘邦为了逃命，情急之下竟把儿女们推下车。历史真相是不是这样，无从考证，但司马迁的爱憎却是跃然于笔端的。司马迁还收录了刘邦为报复嫂子当年对他不好而迟迟不封其侄，不善待功臣，好色无赖、拥戚姬而骑周昌的脖子等故事，想说明刘邦既有仁义表象，也有"两面人"表现的复杂形象。再譬如，《史记》里还说，公元前206年，刘邦与项羽对峙于广武，派彭越数次堵截项羽的援粮，项王急了，抬来高脚桌，扛来大砧板，把刘邦的老父亲绑在上面，派人告汉王说："你还不赶紧臣服，我就煮了你爹！"刘邦却说："我与你项羽都面北受命于楚怀王熊心，拜结过兄弟，我爸就是你爸。你如果一定要煮了你爸，就请分我一杯羹。"从中可以看出，项羽以仁义之心度刘邦之腹，而刘邦不但不急，反以流氓嘴脸应对，两个人的心理素质和品质泾渭分明。如果说二人都有流氓习性的话，项羽充其量是一个小流氓，而刘邦则是一个大流氓。《史记》中的项羽形象似乎更加丰满而正面，他既刚烈勇武，又柔情似水、情意缠绵。宁可壮烈牺牲，决不苟且偷生，羞愧感代表了高贵心、纯洁度。直到生命终结，项羽还不忘将自己的头颅馈赠故人。刘邦和项羽都曾以诗言志。刘邦得胜还军路过家乡沛县，宴请父老乡亲时作《大风歌》曰："大风起兮云飞扬,威加海内兮归故乡,安得猛士兮守四方!"项羽被困垓下,夜闻楚歌,心境凄凉,作《垓下歌》。两首诗赋都有气势,但刘诗是起势、开势,心气高涨;而项诗是收势、颓势,其势有衰,其鸣也哀,多少有些匹夫之勇和儿女之情,能赚足女人的眼泪,但时运不济、气数已尽。因此,在司马迁笔下,项羽是一个有精神、有魅力的汉子,各个侧面都很酷,但整体形象是悲剧;刘邦各个场景都不怎么光彩,但最终光彩夺目。

从这个角度上说,历史是司马迁写成的。他有没有把因李陵事件受腐刑而对汉武帝的怨恨,转嫁到汉高祖刘邦的身上,从而削低了刘邦的高度?我认为很难说没有。不但刘邦受损,秦始皇、吕太后等都受到影响。但是,不可否认,司马迁有一双洞察人类社会发展规律的眼睛,让我们看到了以项羽为代表的贵族阶级的没落与以刘邦为代表的农民阶级的崛起。同样是推翻暴秦,项氏领导的是一场六国贵族阶级的复国之战,而刘邦是为农民阶级利益而战,是革命的战争。不同的群众基础早就决定了战争的性质、民力的多寡和最终的结局。尽管后来刘邦也形成了新的地主集团,但这不是战争的出发点。项羽的本性,暴露了他作为贵族阶级的软弱性和不彻底性,刘邦的战略眼光反映了无产者的无畏和对社会本质的认知,看到了历史的走向。一定程度上说,刘邦是那个时代先进生产力的代表,推动了历史的发展,也留下了一部厚重的教科书。一个不知道来路的民族,是没有出路的民族,后来的革命者、统治者都试图从刘邦身上找教训、找经验。这叫作"以史为鉴"。

刘邦是真正统一天下的第一个皇帝。秦始皇不算,充其量是预演。秦灭六国,六国虽不存但人心并不归秦,复兴之梦想从未断绝,族秦之浪潮此起彼伏。秦始皇在位仅11年暴卒,二世胡亥被奸臣赵高所诛,三世秦王子婴只在位46天,"孤立无亲,危弱无辅",被刘邦约降,后被项羽刀斩,整个秦朝生存不过15年。秦朝的覆灭,内因在于朝纲不振、国力式微,君暴臣奸民反,苛政严刑峻法。刘邦一举平定天下,遂六国之遗愿,延楚国之福祚,施善政良法,济苍生百姓,开创了两汉400多年的基业,为大汉王朝同罗马帝国一起跻身世界强国,准备了足够的政治制度、物质基础和文化条件。此所谓族秦者秦也、兴汉者汉也。

两个人的战争浪激云涌、惊尘蔽天,终结了一个统一王朝,开启了另一个统一王朝。刘邦和项羽,是中华民族史上推动历史、改写历史、创造历史的双雄。

对刘邦来说,他因为一个低起点上的飞扬,永远留在历史的天空。

皋陶的四千年

故事从舜开始讲起吧。

但是这个故事实在不好讲。

话说舜是尧帝亲自物色的接班人。尧帝把帝位禅让给舜，后来舜帝又把帝位禅让给了禹。这是中国古代两次最伟大的政治事件，确立了中国政治在继承人问题上的高峰。

关于尧帝、舜帝、禹帝的故事，《尚书》里有描述。这部书能成形并流传于世，功劳当推孔子。孔子编纂《尚书》之前，书中内容略有散见，是此前史官们收集并撰写而成的宫廷文件，孔子进行了整理、润色、提炼和集大成，这也是孔子创立儒学的基础。孔子曾赞曰："大哉尧之为君也！""巍巍乎，舜禹之有天下也而不与焉！"他在《尚书》里收录了一篇《尧典》，记录的便是尧和舜的故事。

《尧典》成于何时？有人认为是西周时期，有人认为是战国时期，有人认为是秦汉时期。传说中尧的父亲是黄帝的曾孙，《尧典》篇中讲述尧的故事发生在什么年代？国内史家各执一言、尚无定论，一般认为在4200年前，法国人卑奥根据前人对《尧典》里"四仲中星"天象的解释，推论尧的时期应为公元前2357年，即4300多年前。

如果此说靠谱，舜的时期就在这之后不久了。

从尧说起，是为了引出舜。

舜生于姚墟，往上五世祖都是平民，自小历尽磨难却能以善处世，曾辛勤耕耘于历山，渔猎于雷泽，制陶于黄河之滨，在寿丘制作生活杂品，在顿丘、负夏一带经商。从中不难看到，舜有着艰难的人生经历和丰富的生活积累。舜尽管身处底层，但品德高尚，受人尊敬，他走到哪里，哪里就停止纷争，哪里就谦和相处，哪里就兴盛发达。尧帝风闻舜的故事，就把他当作帝的人选来考察培养。

从舜说起，是为了引出皋陶。在这里，"皋陶"二字读"gāoyáo"。

皋陶的言论，在没有发现商代以前文字的情况下，是没有记录的，但口口相传的歌谣传说是最好的记载。孔子整理的《尚书》

中,也有三处辑录了皋陶的言论,一处是今文尚书中收录的《虞书·尧典》,一处是今文尚书中收录的《虞书·皋陶谟》,一处是古文尚书中收录的《虞书·大禹谟》。其中内容是从传说中梳理而成的。

中华民族是一个有品质的民族,这种品质常常体现在帝王将相的品德上。没有高德的圣君贤臣是不能千古流芳的,能令世世代代缅怀的屈指能数。

皋陶就是其中一位。

舜的第一次全会

某年正月初一,吉日良辰,舜帝登临太庙。

他深情地凝视天上的北斗,君临天下,环视四方。

三十一年前的今天,太庙还是这座太庙,北斗还是那方北斗,尧帝把帝位禅让给了他。二十八年的摄政经历,三年为尧帝守丧的静悟,舜帝觉得该有一番作为了。

回想先帝尧的恩德,舜恭谨不已。自己出身贫寒,本是一介瞎子乐官之子,父亲心术不正,母亲喜欢说谎,弟弟态度傲慢,一家人对自己不亲不爱,还常常处处被刁难,处境困苦,好在自己不计较不自馁,以美德孝行感化他们。尧帝听说后,派人来考察,还以两个女儿相许,以进一步考察自己的德行,看看能否堪当大任。尧帝让舜以父义、母慈、兄友、弟恭、子孝等"五德"教化民众,让舜行使总理百官事务的权力,让舜在明堂的四门接待四方诸侯听取意见,还让舜到茂密的山林里,在雷电交加的考验中而迷失方向。如此这般三年之后,"光被四表,格于上下"的尧帝决定,把坐了七十年的天子大位禅让于舜。舜自忖:"我何德何能,受此恩德啊?"坚辞不就,无奈尧帝信任有加,圣意难违,美意难却。舜帝思忖,尧帝如此大恩大德,自己唯有勤勉以报。

回想当年隆重的禅让大典上,恢弘的尧乐《咸池》回响于天地之间、苍茫之中。在尧帝的主持下,舜虔诚地祭拜上天,祭祀天地四时、山川诸神,开始行使帝权。登基第二个月起,舜帝就开始到东方巡视,祭祀东岳泰山,协调日月四时,统一音律和度量衡,制定礼仪规范、礼物规定等。之后,又南巡到南岳衡山,西巡到西岳华山,北巡到北岳恒山。最后回到太庙,设礼向尧先帝报告。可谓风尘仆仆行万里,殚精竭虑为苍生。

回想30多年来励精图治、克勤克俭而积下的功业,当倍加珍惜、不敢懈怠,否则就辜负了尧先帝的重托。他把全国划分成十二个州,封十二座山设祭坛,疏通河道,以畅其流;每五年把全国巡视一遍,身体力行,体察民情;让四方诸侯分别集中到四岳来汇报工作,借此检视诸侯的政绩得失,论功行赏;他设立了刑罚,儆戒民众,整饬社会,又告诫刑官要谨慎用刑、善待人民;他整肃吏治,把阳奉阴违、阿谀奉承的共工流放到幽州,把与共工沆瀣一气、相互吹捧的骧兜流放到崇山,把犯上作乱的三苗驱逐到三危,把违法乱纪、为害四方、治水九年而无功的鲧流放到羽山,处置了这四大罪人,民众心诚悦服,拍手称快。

此刻,《韶》乐袅袅,日照朗朗。

舜帝决定,按照惯例,在太庙与四方诸侯君长谋划国事。他命人打开明堂的四门,以倾听四方声音,明察四方政务。冀州、兖州、青州、徐州、荆州、扬州、豫州、梁州、雍州、幽州、并州、营州的君长们垂袖屏立,肃穆以侍。

"啊,十二州的君长们!"舜帝说:"朕召你们来,是要讨论天下发展的长计啊。生产衣食必须遵守时节,这是老百姓的根本利益,你们要安抚远方的臣民,爱护身边的臣民,厚德行,任善良,拒绝那些邪佞之人,只有这样,边远外族的人才能臣服。"

众君长点头称是。

舜帝目光逡巡四周,关切地询问道,四方诸侯们啊,你们有谁能够总理国家事务,率领百官勤奋敬业、奋发努力,有序有效地工作,光大先帝的基业呢?

"禹可以啊,他担任治理水土的任务,干得很好!"

"禹治水有功,有统率百官的才能。请帝明察善任!"

各方诸侯众口一词。

舜帝点点头,赞许地看着禹。

见此情形,禹顿感诚惶诚恐,赶紧叩头拜谢,连声说:"帝啊,稷、契、皋陶三人比我有德才,还是让他们来吧!"舜帝慈祥地说:"禹啊,你的态度很好,但还是你来干吧!"

舜帝把目光停留在稷身上,说:"稷啊,百姓饥馑,你负责社稷事务,主抓农业,教人们播种各种谷物吧!"然后转向契,说:"契啊,现在百姓不亲,人伦关系不顺,你任司徒,负责对民众进行道德五常的教育吧,注意要以宽厚为本啊。"

说罢,舜帝长时间注视皋陶,这位尧帝时期就担任理官的贤臣,端坐前排,恭敬地仰望舜帝,目不斜视。

舜帝语重心长地说:"皋陶啊,南方外族部落经常来侵扰我华夏,杀人越货无恶不作,希望你来担任司法官,依法管理社会,好不好?"舜帝顿了顿,继续说:"你可以依法管事,在野、朝、市三种场合使用墨、劓、剕、宫、大辟五种刑罚惩处有罪之人,按五种罪行把罪犯流放到三类地方,要明断是非,维护公允,让百姓信服啊!"

皋陶俯首领命。

于是,中国古代历史上第一个大法官皋陶,就这样出场了。

接着,舜帝又给垂、益、伯夷、夔、龙等二十二位大臣一一安排职责,要求众臣各司其职,恪尽其守。舜帝还颁布了奖惩办法。

这次会议,十二位封疆大吏到齐了,二十二位朝廷大臣到齐了,还现场推选任命了总理大臣、大法官、农业大臣、教育大臣等。

舜有五臣而天下治。禹、稷、契、皋陶、伯益这五臣悉数齐聚,帝臣共同研究制定了天下发展战略,确定了接班人,选贤任能一批干部,全面体现民主集中制。

天下渐渐兴旺起来。

这是4000多年前,中国上古时期一次重要的会议!

没有这次会议,皋陶还如囊中之锥,难以脱颖而出。

舜的皋陶

英雄当生逢其时。

舜帝的知人善任,给了皋陶一个舞台。

　　四千年前的另一场高层闭门会议，则给了皋陶一个独舞的机会。

　　这次会议上皋陶的德政思想、法治思想、民本思想一一展示，凝成了千古经典。

　　会议的主要出席人是三位：舜、禹、皋陶。

　　一位是天下大帝，一位是百官总理，一位是司法重臣。

　　舜帝让皋陶首先发言。皋陶说："舜帝啊，禹啊，我讲三个问题——

　　"第一，关于以德治国。先帝尧帝圣明，确立了许多道德标准，后世当继承光大先帝的传统，诚实地推行德政，决策谋略要明智，百官要团结和谐，同心同德。"

　　禹插话说："所言极是，但是如何才能做到这样呢？"

　　皋陶回答说："舜帝圣明，关键在统治者自己，首先要自修其身，有高尚的道德。"

　　哪些道德要求呢？皋陶以为，为官者要遵循'九德'：一是宽而栗，即既宽宏又有原则；二是柔而立，即既温良又有主见；三是愿而恭，即既谨慎又庄重；四是乱而敬，即既有才干又认真；五是扰而毅，即既善听意见又果敢；六是直而温，即既正直又不傲慢；七是简而廉，即既宏大又简约；八是刚而塞，即既刚正又不鲁莽；

九是强而义，即既强勇又正义。

君王如果能做到这九德，就能处理好天下大事；能做到其中三德的人，就能做卿大夫了；能做到其中六德的人，就能当诸侯了。

所有官位无论大小都是上天安排的，众官都要兢兢业业不懈怠。按照这些道德来谨慎修身、坚持不懈，功业就可以建成了。

帝啊，我以为，要亲近九族，这是我们部落形成的亲缘关系，是联盟中最核心的部落，是我们赖以存在的基本力量和核心骨干。厚待他们，使他们贤明起来，辅佐我们一同治理国家，然后由近及远，影响其他所有的人。

"帝啊，禹啊，我要谈的第二个问题，是关于依法治国。"

"舜帝啊，您让臣负责刑罚、监狱、法治，帝命在身，臣一定唯命是从，当好这个司法长官。臣以为，法是协调人际关系的规则，天秩有礼、天命有德、天讨有罪，是上天规定了的人伦秩序，父义、母慈、兄友、弟恭、子孝，君臣之间当和衷共济、互相恭敬、团结一致。上天用天子、诸侯、大夫、士人、庶人五等服装来彰显不同德行，又用五种刑罚惩治五种罪人。这是天意啊！"

"还有，要建立一个最重要的治国理政理念，那就是要德与法相结合！"

舜帝闻言,频频颔首。

"臣的这些话,是顺从天意的,应该可行啊!"皋陶说。

禹附和道:"您的这些话的确可行,而且一定能取得实际成效。"

皋陶谦虚地说:"其实臣什么也不懂,只不过是整日想着如何协助帝王治理国家,不辱使命罢了。"

舜帝、禹都点头,敬重地望着皋陶。

那张脸,色如削瓜。几分坚毅,几分自信。

"臣想谈的第三点,是关于以民为本。

"臣以为,治国理政,关键是把臣民治理好。要安民,得让百姓得实惠,他们就会把帝的恩惠记在心里。

"上天听取意见、观察问题,都是从百姓中听到的、看到的。上天褒扬好人、惩罚坏人,也是根据民意来进行的。所以说,上天与下民是通达的,只有敬畏民意,才能保住疆土啊!"

听罢,舜帝若有所思,"禹啊,你认为呢?"

禹顺着皋陶的思路,谈了自己带领民众治理滔天洪水的过程,讲了自己如何教民播种百谷的故事,应验了皋陶的说法。皋陶对禹的作为表示了由衷的赞叹。

会议结束,舜帝感慨万千地对禹和皋陶说:"像你们这样正直能干的大臣,是朕的左膀右臂。朕要治理好天下,需要像你们这样的助手。让我们紧紧地团结起来,为民造福吧。"

君臣一干人豪情万丈,作歌唱和。乐官夔命人演奏乐器,《韶》乐响起九遍,百官相互揖让,并肩坐下欣赏,百鸟起舞,凤凰双飞,景象吉祥。

舜帝唱道:"敕天之命,惟时惟几""股肱喜哉! 元首起哉! 百工熙哉! "意思是,遵照上天的命令行事,时时事事都要谨慎恭敬;大臣们欢愉啊,君王的事业就发达,百官们就精神振作。

皋陶受到感染,拱手叩首道:"舜帝的教导啊铭记在心,君王做表率啊万事将兴,慎重行事,遵守法度,不断反省自己就能修炼成功。"

皋陶登上歌台,唱道:"元首明哉,股肱良哉,庶事康哉""元首丛脞哉,股肱惰哉,万事堕哉",意思是,君王神明啊,大臣贤德,才有万事安宁。君王如果琐碎大臣们懒惰,万事一定颓废!

圣坛下,一片和声。

舜帝点头称赞,行礼答谢。群臣或歌或舞,或吟或诵,一派歌舞升平、政通人和的吉相。

禹的皋陶

舜帝九十岁那天,把禹和皋陶召集跟前。

舜帝说:"禹啊,朕在天子之位已经三十三年了,而今是耄耋之人,精力不济,难以勤政。而你不懒惰、不懈怠,你来接朕的天子之位吧,率领百官,把天下治理好!"

禹推让说,我的德行还当不起如此重任,怕人民不服啊,"让皋陶来吧,他勤勤恳恳,德高政显,民众都感恩戴德,您把帝位给他吧!"

舜帝欣赏地望着二让其位的禹,想到禹总理文武百官以来,治理山川河流有功,管理稼穑万物有方,呈现了地平天成的繁荣景象,官僚机构六府三事也井井有条,为长治久安万世太平打下了基础,彰显出不凡的德才。舜相信,天下若得此贤明之人,何愁不治!

但是,明君也须贤臣助。舜要为禹选一位好助手。他把目光转向那张色如削瓜的脸。

"皋陶啊,朕任命你当法官以来,干得不错,臣民们没有闹事,是因为你彰明五刑,推广五常教育,德、法结合非常有效。施刑是为了无刑,民众和睦。这是你的功劳,做得很好啊!"

皋陶躬身作谢："帝啊，那是因为您的大德大恩，弘德无边啊。简约治民，宽厚民众，实施刑罚不株连他们的子孙，而论功行赏却惠及他们的后代；宽待人的过错失误，不论他的过失有多大；处罚那些故意犯罪的人，不管他的罪责有多小；追究人的罪责有疑虑时从轻发落，奖励人的功劳有疑虑时宁可从重行赏。与其错杀没有罪的人，宁可陷自己于不善管理的责怪。您爱护臣民的生命，合民意，得民心，所以人民就不冒犯国家的管理。这都是您的功德啊！"

舜帝听得耳顺，圣心满满，说："假如说我能够遵从人民的意愿来治理国家，像风一样鼓动四方的人民，那都是因为你的美德啊！"

那年正月初一的早晨，禹在尧庙接受了舜的任命，像当年舜受命于尧一样。皋陶和其他百官受命辅佐帝禹。

当年禹受舜之命治理江淮水患时，婚娶三天就出发了，后来因任务繁重过家门而没有回家。孩子出生了，禹也没顾上回家看一眼。由于兢兢业业地治水，业绩明显，赢得上下群臣的称赞。

皋陶由此对禹的德行由衷地敬佩，他到了禹治水的地方，召集当地民众，说："长者们啊，贤人们啊，禹做的事是关系你们生命财产的大事，你们要支持他，服从禹的领导啊！""你们要不听禹的话,不支持他治水,作为法官,我会用刑法来惩罚你们的。"

当年正是在皋陶的支持下,禹取得了治水的丰功伟绩,舜帝的圣德也就彰显出来,得到民众的拥戴。

如今,皋陶决心像辅佐帝舜一样跟随帝禹,于是创造和制定了一系列德治与法治的条文,以达到天下大治、天下兴旺的目的。

譬如,继续推进"五典五惇",即让人们都遵守君臣、父子、兄弟、夫妇、朋友的伦常次序,而且使这五种关系固定下来,社会就和谐稳定了;"以弼五教",即树立五种教义:父义、母慈、兄友、弟恭、子孝等五种伦理道德规范;"天秩有礼",即定下"吉、凶、宾、军、嘉"共"五礼",吉礼即祭礼,凶礼即丧礼,宾礼即对外交往礼仪,军礼即约束部落成员形成战斗力的纪律,嘉礼为民众日常中的喜礼。礼制的确立,从此规范了国家的礼仪、社会的秩序。

譬如,继续实行"五刑五用""五刑有服、五服三就,五流有宅、五宅三居"等政策,即设五种刑律用于五种用途,这五种刑律分别是墨刑、劓刑、剕刑、宫刑、大辟刑。分别在野外、朝上和市区三个地方执行。对五种罪行实行三个远近不同的、有住所的流放。"五刑"还有甲兵、斧钺、刀锯、钻笮、鞭扑五种刑法之说,甲兵,即对外来侵犯和内部叛乱的讨伐;斧钺,系军内之刑,属军法;刀锯,系死刑和重肉刑;钻笮,是轻肉刑;鞭扑,是对轻罪所施的薄刑。让民众"明于五刑",知罪而不犯罪,"五刑"首创我国刑法之始,是依法治国的开端。

皋陶奉行先帝尧、舜确立的道德标准,制定出现实社会的行为规范。为让天下民众遵从道德礼仪,皋陶强调天人合一,主张"天命有德""天讨有罪",同时还告诫帝王臣民要修身、明德、敬天、慎罚和安民,遵循天道、自然之理。

皋陶设计的这些法律制度,强调了司法公正与审慎司法的原则,层次严谨、逻辑严密,严而不酷,疏而不漏,在社会上推广效果很好。

皋陶还做了两件事。

第一件事,他把经过周密思考、严密论证的法律条文,归纳成《狱典》,刻在树皮上,呈给帝禹审阅,禹看后觉得很好,就让皋陶实施。中国古代第一部法律文书《狱典》就这样诞生了。

第二件事,他发明了一种办案的方法:在大堂中供奉一只独角兽獬豸,一旦发现谁有罪,独角兽就用独角顶撞谁,十分灵验。"獬豸断狱"体现了皋陶的铁面无私、秉公执法、断案如神,更彰显出司法公正、社会公平是皋陶司法的终极目标。

"皋陶制典""獬豸断狱"成为中国历史上依法治国的经典。

皋陶辅佐尧、舜、禹三帝,克己奉公,呕心沥血,为天下大治、万民和谐立下汗马功劳。

正当禹帝想第三次举贤于皋陶,把皋陶作为帝位继承人时,皋陶却因积劳成疾病逝,终年 106 岁。

皋陶的四千年

历史长河浩浩汤汤,思想峰峦泆泆苍苍。

回望中国的古代思想史,2500 年历史须看孔子,4000 年历史当看皋陶。

皋陶,是中华民族的第一个思想高峰。

皋陶勤王有功,德高望重,虽然没能最终登上帝位,但后世把他与尧、舜、禹一同并列为"上古四圣"。东汉时期的思想家王充把皋陶与"五帝、三王、孔子"并称为"人之圣也。"

中国历史上,皋陶是唯一被誉为"圣臣"的人。

皋陶之所以为"圣",是因为他的思想。

皋陶生于今山东曲阜,葬于今安徽六安。他生活的尧舜禹时代,是中国原始社会的晚期,天下无序,部落林立,有"万国"之喻。信仰习俗不一,苍生无范,蒙昧混沌。他制定的"五教""五礼"

"五刑""九德""九族",规范了部落之间、部落内部的政治、经济、文化的秩序,形成了新的联盟制度和文化形态,并固化为治世方略。先进的生产关系为生产力的进步创造了条件。

皋陶的一系列动作,为融合夷夏关系,形成华夏民族,产生国家形态,奠定了原始的、最初的基础,他是人类社会秩序拨乱为正最早的归顺者、社会阶层框架最早的创立者、依法治国方略最早的实施者。

这是先秦社会的第一次政治和社会改革,一段影响了中国四千多年的历史。

皋陶的思想是中华文明的第一抹曙色。

四千年后的结论

我们可以给皋陶这样一个评价——

他是中国文字记载中第一位政治家、思想家、法学家,是思想家辅佐政治家模式的开启者,是中国上古时期政治文化的拓荒者,是4000多年来依法治国和以德治国的首倡者,是中华文化儒家思想和法家思想的首创者,是古代治国理政思想,尤其是民本思想的开源者。

　　皋陶创造了中国上古到先秦时期政治文化史上的诸多第一。

　　譬如,皋陶是中国古代民本思想的贡献者。作为辅佐过三代君王的重臣,皋陶有着深深的民本情怀,主张明刑弼教、以化万民,强调既要治民、管民、驭民,又要重民、安民、爱民、惠民,关注民生,听取民意,这些理念成为中国春秋战国民本思想的起源。孔子在《尚书》中专辟《皋陶谟》以提炼皋陶治国安民的经典言论,孟子“民贵君轻”的思想也来源于皋陶的“天聪明,自我民聪明”。历代思想家的民本思想莫不是皋陶思想的延续和注释。

　　譬如,皋陶是中国古代儒家思想的创立者。用系统的道德理念约束人的行为,用完备的礼仪制度规范社会秩序,从德行中引申出仁政,从礼制中提炼出法治,这是皋陶的贡献。君德、臣贤,方能民安、世治。儒家思想的核心,就是一个字:“仁”。皋陶思想萌发于尧、显绩于舜,正是因为皋陶对仁政的提炼与倡行,才有了《尚书》所说“德自舜明”、《史记》所说“天下明德皆自虞舜始”的局面。皋陶的思想被孔子继承和发扬光大,成为儒家理论学说乃至中国先秦以降古代封建王朝治国理政思想的基础。

　　譬如,皋陶是中国古代哲学思想的奠基者。他提出了不以人的意志而存在、为转移的“天意”。这个“天意”实际上是我们现在说的客观规律,这一伟大的发现,标志着中国先圣先民对自然规律的探索，以及对社会运动规律和人类发展规律的认识，因而具有哲学意义上的思想启蒙和观念革命。皋陶的这一伟大认识，如一缕晨曦照耀了中国上古朴素唯物思想的幼芽，对孔子"不语怪力乱神"、不主张崇拜鬼神的思想产生了深刻影响；尽管皋陶没有直接指出司法运行与四季变化之间的关系，但可以从他的言论中提炼出"天人合一""德配天地"的观念，这成为汉儒董仲舒"天人感应"思想的理论基础。

譬如，皋陶是中国古代法治思想的先行者。他是中华法系的开山鼻祖，面对上古时期的自然异象环生、社会混沌无序，他兴"五教"、定"五礼"、创"五刑"、立"九德"、亲"九族"，建立了上古社会最早的纲纪，划定了中国社会最早的人际关系原则和行为规范，规整了天人关系、神君关系、君臣关系、臣民关系等，从此天下有"法"可循，使社会和谐稳定、有序发展。皋陶的伟大之一，还在于他看到了法治与德治相结合的力量，法治思想必须体现人道主义、民本思想的道理；看到了于法周延、于事简便、重在执法的道理。"皋陶制典""獬豸断狱"的故事，体现了皋陶对公正司法与秉公执法的理解。皋陶天生一副法官相。荀子在《非相》中描述"皋陶之状，色如削瓜"，一个面色青绿的法官形象跃然而出，这正是"铁面无私"的由来。作为一个司法文化符号，皋陶被自古以来的监狱奉为狱神，建庙造像以祭，狱吏和犯人都要顶礼膜拜。宋代《泊宅篇》里记载："今州县狱皆立皋陶庙，以时祀之。"皋陶也因此被称为中国的"司法鼻祖"。

皋陶是中国历代思想家、政治家的楷模，他的立言、立功、立德表现在治国理政的嘉言、良法、善政，对政治文化和司法制度的开拓。他的贡献功在当时、利在千秋，主导了中华民族文化的发展走向，奠定了华夏文明基本框架的最初范式。他留下了思想，留下了业绩，也留下了口碑，为世代政治家、思想家所景仰，成为圣贤形象的重要代表和主要角色之一。除了本文所引用的《尚书》，还有《史记》的《五帝本纪》《夏本纪》、儒家经典《荀子》、道家经典《淮南子》、佛家经典《牟子理惑论》，春秋时期《左传》、唐代《后汉书》、清代监狱管理著作《提牢备考》等都留下了关于皋陶的记载。史册留名，流芳千古。

孔子说："舜有天下，选于众，举皋陶，不仁者远矣。"孟子称赞皋陶说："尧以不得舜为己忧，舜以不得禹、皋陶为己忧。"这些论述说明了皋陶仁政思想对孔孟思想的影响。爱国诗人屈原在《离骚》称赞皋陶："汤禹严而求合兮，挚咎繇而能调"，挚是伊尹、汤的贤相，咎繇即是皋陶，意思是，成汤和夏禹都能和帮助自己治理天下的人志同道合，伊尹和皋陶也能和他们的君主和衷共济。这正是屈原所憧憬的君明臣贤、海晏河清的政治局面。

无有皋陶,何来孔孟;无有皋陶,何来清明!

关于皋陶的故事像是讲完了,但的确晦涩难懂。史料就是这样晦涩,历史就是这样难懂。

混沌初开的历史天空,皋陶是第一颗启明星。

一位面色如削瓜的先圣,屹立在历史先河遥远的源头。他像一尊文化符号,历经4000多年风尘的磨洗依稀泛亮,身后的长河汩汩滔滔,两岸葱茏……

说秦

功过是非，任由后人评说。这几乎成为历来政治家们和史学家们的一句口头语。

但如何评说，却不是一句话能说清楚的。离开人类社会发展的规律和当时的历史条件来评价一个人，或者说从某个政治家的目的、政治学说的需要出发，给某个历史人物一个定论，不符合唯物史观。

人民群众是推动历史前进的巨大力量，这是马克思主义群众观的基本点。历史人物是人民群众的杰出代表，他们具有对时代的重要引领作用和对社会的巨大影响力，这是马克思主义的唯物史观。否定他们的功绩和贡献，是历史虚无主义的表现。

很长一段时间，我们对一些历史人物的评价不客观、不公正，或功过颠倒，或以偏概全，如孔子、曹操、朱元璋等都曾英名蒙尘。误读和曲解，甚至刻意否定我们历史上的人物，对继承民族珍遗没有好处。廓清历史，还原人物的本来面目，往往要花更多的精力、更长的时间。

比方说，对秦始皇。

长期以来，历史判官似乎对他没有什么好印象，"暴君""酷秦"几乎成为他和他那个帝国的代名词。

这是不准确，也是不公正的。

他是我们的先人，一个创造了国家、推动了社会进程的伟人。他把一堆杂乱纷繁的韩砖、魏瓦、赵石、楚梁、燕柱、齐栋们推倒重来，收拾停当，搭建起一座结构宏伟的帝国大厦，并且给这座大厦里里外外抹上了文化的腻子，同迅速崛起与扩张的罗马帝国一道，成为公元前 2 世纪两道绚丽的风景。尽管大秦帝国在农民起义引发的硝烟中土崩瓦解，但大厦一些钢筋铁骨还很结实，2200 多年过去了还坚硬如初。譬如，我们在治国理政上，还在沿用并修订、完善秦朝创造的制度；譬如，每当我们仰望长城，不能不遥念建造了这尊历史巨构、人间奇迹的祖先。

所以说，秦始皇和他所创造的帝国，是一部藏满历史教科书的博物馆。走进去，随意打开一部书，能追根溯源或者顺流而下找到古今通用的文化船票。秦始皇所创立的封建制度具有强大的结构力量,使中国社会保持稳固的状态而不发生离散,这是中国文化传承至今而不曾走失的深层次原因。秦国发展的历史,是一部从弱到强的历史,值得今天的发展中国家借鉴。秦国的兴起让人感叹,秦朝的覆灭让人悲叹。春秋末期鲁国史官左丘明用"其兴也悖焉,其亡也忽焉"来总结禹、汤、桀、纣的经验教训,用这句既精辟又深刻的话来形容大秦帝国,同样准确而生动,一个经历了几百年艰苦卓绝打拼出来的庞大帝国,十年峙立,三年而亡,教训惨痛。

哪一个国家的强大都不是与生俱来的,秦国也不例外。

秦始皇的祖上勤耕善牧、能征善战,靠实力获得了周王室的封王。周朝是中国远古社会的鼎盛时期,但周幽王是这个朝代的终结者。公元前771年,为博得王妃褒姒"千金一笑",周幽王举烽火戏诸侯,终被申侯和犬戎斩杀。公元前770年,周平王被迫从西安东迁洛阳,周王室开始衰弱,诸侯混战,号令无人尊听。中国历史在这种"天下共主、等于无主"的尴尬状况下,走进春秋时期。

历史总是给英雄提供舞台。孱弱的东周政权很快被逐渐强大的诸侯国所控制,"诸侯恣行,政由强国",大国强国左右着天下格局,于是,齐桓公、宋襄公、晋文公、楚庄王、秦穆公相继出现在历史舞台,并称"春秋五霸"。一个偌大的王朝,权不在王室而在属国,令不在君王而在诸侯,这是一种奇特的现象。各大版块相互冲撞,大危机、大动荡酝酿着新的版图。公元前475年,韩、魏、赵、楚、燕、齐、秦"战国七雄"出现,新版块继续冲撞,众枭雄各霸一方,连年征战,相互攻伐,一直打到嬴政时代。

综观世界各国历史,从原始社会到奴隶社会再进入封建社会,甚至进入资本主义社会,战争往往是解决问题的主要手段。中国从奴隶社会逐步向封建社会转型,也主要是靠战争来实现的。春秋战国550年,几百个方国逐渐兼并整合成七个大国及其卫星国,这是自上古以来最大规模、最深刻的政治力量、军事力量和经济力量的大比拼、大整合。胜者为王,败者成寇,是历史的进步。战争,是当时社会的基本状态。不能因为有战争、有杀戮就否定人类社会发展的规律。

但这种进步也只是暂时的、相对的。七分天下,是难以为继的。

秦国,是笑到最后的一个。

由于在周王室东迁过程中,秦襄公护王、助王有功,秦国凭借政治资源迅速崛起。在与各强国的争霸战中,秦国高举"尊王攘夷"的旗号,挟天子以令诸侯,确定了大国地位,最后回手一刀,彻底灭掉了周王朝。在混战较量中,七雄各国一方面对外开疆扩土、攻城略地,一方面对内致力改革、以变求强。秦国"任贤使能,争霸中原,东服强晋,饮马黄河,又挥师西向,开拓疆土,称霸戎狄,建立了赫赫战功",成为少数几个有可能统一天下的国家之一。

大秦帝国不是一日建成的,它经历了七代君王的艰苦奋斗。秦穆公之霸业、秦孝公之王业、秦始皇之帝业是秦氏家族发迹的三个高峰。值得一说的是秦孝公,是他在秦穆公奠定霸业的基础上,把秦国推向了强国之路。之所以推崇秦孝公,是因为他启用了一个被后世列为"中国古代六大政治改革家"之一的商鞅。商鞅提出强化中央集权的方案,全面革新政治统治体系、土地制度和社会经济关系,废除世卿世禄制度,奖励耕战,改革家族制度,统一制度、统一法令、统一思想等,形成了新的政治体制、经济体制等社会关系和结构,以国家法令形式统一全国的度量衡。商鞅变法,使秦国一跃而成为七雄之首。而且,他的改革思想对后来的秦始皇产生了深刻影响。

从公元前356年变法开始,到公元前338年秦孝公殁,商鞅执政十九年,两次变法,是中国历史上第一次最深刻、最彻底的一次改革。司马迁在《史记》中这样称赞商鞅变法的效果:"行之十年,秦民大悦,道不拾遗,山无盗贼,家给人足。民勇于公战,怯于私斗,乡邑大治。"但历史仿佛总是这样,由于触及顽固派和势力集团的利益,改革者总是没有好下场。秦孝公尸骨未寒,继位的秦惠王即处商鞅以车裂的酷刑。尽管商鞅已死,但是他的思想被后面几代君王沿用,秦国物质财富继续快速积累,军事实力大大增强,与赵、楚、齐并称"四强"。到此时,历经了几百年的艰苦奋斗的秦氏家族和秦氏集团,已经具备睥睨诸雄、笑看天下的资本了,而且这种实力持续了一个多世纪。

秦王政是继承秦孝公精神遗产最多的人。他不光是笑在后,也笑得最开怀、最灿烂。公元前 221 年,39 岁的他扫平六国统一天下,成为中国历史上第一个皇帝,他给自己起了一个创意非凡、霸气十足的称谓——秦始皇。

秦始皇当然不会忘记秦始祖。秦氏家族从最早授封秦地起,就加入了长达六百多年残酷的接力赛,弱肉强食,你兴我衰,血雨风霜,刀光剑影,一路走来别无退路,秦始皇是最后一棒,也是最强有力的一棒。《史记》是这样叙述这位"冠军"的:"及至始皇,奋六世之余烈,振长策而御宇内,吞二周而亡诸侯,履至尊而制六合,执敲扑而鞭笞天下,威振四海。南取百越之地,以为桂林、象郡。百越之君,俯首系颈,委命下吏。乃使蒙恬北筑长城而守藩篱,却匈奴700余里。胡人不敢南下而牧马,士不敢弯弓而报怨。于是废先王之道,焚百家之言,以愚黔首;隳名城,杀豪杰,收天下之兵,聚之咸阳,销锋镝,铸以为金人十二,以弱天下之民。然后践华为城,因河为池,据亿丈之城,临不测之渊,以为固。良将劲弩守要害之处;信臣精卒陈利兵而谁何。天下已定,始皇之心,自以为关中之固,金城千里,子孙帝王万世之业也。"如此有气势的笔力描摹如此有气势的功业,名篇的光彩映衬了秦始皇的辉煌。如果不是"自以为"这三个字埋下伏线千里,我们对秦始皇的上述大手笔是无法质疑的。尽管司马迁在引用贾谊《过秦论》时,把"吞二周"的账也错记在秦始皇头上,但瑕不掩瑜,将错就错,也是一段历史,一种历史的表述方式。

哪一个国家的强盛都不是一劳永逸的,秦国更不例外。

秦始皇看似不可动摇的统治、军事地位,只维持了十年左右。楚南公曾言:"楚虽三户,亡秦必楚",这是预言?诅咒?志向?信念?似乎都是。公元前210年7月,秦始皇在第五次巡游途中驾崩,次子胡亥继位。不久,当年六国残余势力之一的楚人后代陈胜、吴广等起义,天下纷纷响应。继而楚国流氓无产者出身的刘邦、楚国贵族的后代项羽,先后攻入咸阳,没有多长时间,不敢再称皇帝而改称秦王的三世子婴被杀,大秦帝国在西北的肃杀秋风中轰然倒塌。

秦始皇也不是笑到最后的那个人。

硝烟远去，惊尘落定，回望那个巍然伟岸的帝影，有如一尊丰碑，孤独地矗立在历史长河的岸边。我们似乎应该以秦始皇称王 26 年、称帝 10 年的若干重大事件为横坐标，以春秋战国以来2200 多年的时间跨度为纵坐标，构建一个科学的坐标体系，审视他和他的庞大帝国。这对考察中国文化是有积极意义的。

譬如，"统一天下"是秦始皇思想的核心，为中国逐渐形成统一稳固的国家奠定了最初的基础和框架。原始氏族、原始部落大战和奴隶社会诸侯君主之间的混战，使中国远古社会在剧烈的动荡和四分五裂的局面中蹒跚前行。夏朝时有诸侯国数以万计，号称万国；商朝时有方国 3000 多个，周朝有方国 800 多个，到春秋时期还剩 100 多个。无论是春秋争霸还是战国称雄，在秦始皇拉开统一天下的序幕之前，春秋战国时期各国之间的战争主要是分裂割据之战，各自为政，争当老大。天下所有的战争，不是以土地为目的的统一战争，就是以统一为目的的土地战争。只有秦王才有唯一的目标——天下。秦国在这样一个大的时代背景、社会趋势和战争形态下，步步为营，由小到大，占据了翻覆天下风云的制高点。秦王嬴政卓越的政治才干、军事谋略、决策才能，形成了他的统一思想,所以他的眼光、他的胸怀、他的谋略要高于各王一筹。公元前237年,嬴政在罢黜吕不韦并亲自执政后,制定了消灭六国、统一天下的战略。他的目标是夺取象征国家意义的九鼎,他的计划是逐个吞并六国,他的策略是近攻远交、由近及远、各个击破。他准确判断形势,确定主攻方向,决定先搞定北方,再沿黄河流域、逼长江流域,向东扩展,最后回师北方。从公元前230年灭韩国开始,秦王用了10年时间先后灭掉赵、燕、魏、楚、齐等国,到公元前221年完成统一大业。在整个过程中,战略无懈可击,决策随机应变,稳扎稳打,步步为营,大仗胜仗不断,几乎无一败绩。战争必然是越打越艰难的,因为秦王嬴政面对的是生存、发展了几百年,各自治国理念不断完善、经济社会不断进步、军事实力不断增强的成熟国家,但各诸侯之间进行的是侵略之战、圈地之战,而嬴政发起的是灭国之战、统一之战、夺取天下之战,是以消灭对手国政权为目的的降人占地收心之战,是经济战争、文化战争和思想战争的综合立体展开,决不在乎一城一池的得失——这是他潇洒驰骋的主要原因。不仅有刀刃的交锋,更有思想的较量,他的统治思想包括对几百年来各诸侯国历史经验的扬弃,对广地域、多民族国家经济要素的激发和文化元素的整合,对建立统一的稳定的国家而采取的各项举措。"天下一统"是中国国家形成的核心思想和社会基础,秦始皇则是创造这个"中国模式"的第一人。

譬如,"以战促和"是秦始皇平定天下的手段,使建立和平、稳定、安宁的和谐世界,成为中国传统社会的共同理想。春秋无义战,各奴隶主之间的战争是争地、争霸、争当老大,掠夺城池、人口和财富的竞赛。《孟子·离娄》曰:"争地以战,杀人盈野;争城以战,杀人盈城。"春秋战国五百多年的历史中,有近五分之四的年份发生过较大规模战事,战争密度大,持续时间长,参战兵力多,涉及范围广,在有国无朝、有朝无主的奴隶社会向封建社会转型期,天下大乱是必然的。国无定土、邦无定交、人无定主,国无宁日、岁无宁日、民无宁日,生产力受影响和制约,文化遭破坏。随着秦国统一战争步伐的加快,仗越打越大,春秋时期交战双方兵力不过几万人,而到了战国时期动辄几十万人,到了战国末期如秦赵之间的长平之战,双方投入兵力达到百万之众,势在倾其所有决一死战。大面积的战乱纷争,使中国社会长期处在动荡不安的状态,纲纪不振,礼仪废坏,民不聊生,因此人心思和、人心思稳、人心思统,成为历史的发展趋势。秦始皇是最早意识到这一点的君王,他摒弃以暴易暴的做法,萌生了以战促和、以小战取代大战、以武力减少暴力、以战争抑制战争乃至消灭战争的思想。和平是相对的、短暂的,战争是绝对的、永恒的,这是人性的弱点。不战不和,敢战方能言和,这是历史的法则,秦始皇无可逃避地选择了战争,但他尽量避免因战争而造成更大的灾难。春秋时期各国混战,"弑君三十六,亡国五十二,"但秦始皇在灭六国的战争打响后,屠城现象无一发生,这与十多年后项羽攻入新安坑杀二十万秦兵、攻入咸阳火烧阿房宫三个月不止的行径是完全不同的;六国的国王他一个都没杀,而是举家迁往咸阳,他甚至还为每一位国王盖一座宫殿,迁来天下富豪十二万户之多,好吃好喝好住地供起来。所以后世指责秦始皇劳民伤财大兴土木,恐怕与此有关。平定天下后,秦始皇"收天下兵,聚之咸阳,销以为钟鐻金人十二,重各千石,置廷宫中",这种铸剑为犁的做法实质上就是一种典型的和平宣言,可谓用心良苦。从客观效果上看,秦始皇的统一战争加快了中国社会封建制对奴隶制的颠覆,地主阶级对奴隶主贵族集团的替代,是一种社会的进步。对战争的深刻理解和总体把握,使秦始皇站在了驾驭战争又不囿于战争的高处。但是秦始皇没有能够完全实现向和平、和谐、和睦平稳过渡的初衷,面对不安宁的宫廷政治斗争和不消停的社会矛盾,面对六国残余贵族势力的死灰复燃蠢蠢欲动和农民起义的此起彼伏风起云涌,他也时时举起屠刀以血祭天,以保其皇位与政权的稳定。但无论如何，"以和为贵"的思想已进入他的执政理念。面对"战争与和平"这道人类至今仍然无法破解的千年难题，秦始皇是试图正确开题的第一人。

譬如，"中央集权"思想是秦始皇的首创，开辟了中国封建社会制度的新局面，形成了中国 2200 多年以来的政治格局和统治方式。秦始皇灭六国，废除了分封制度，沉重地打击了奴隶主的利益，他创立的基本政治制度——皇帝制度，是中国历史上的一个伟大壮举。这个制度以皇权为核心，以郡县制度、等级制度、官僚制度、法律制度、文化制度、经济制度、社会制度、军事制度为基本骨干，严谨、规范、系统、庞大，涵盖到政治建设、经济建设、社会建设、文化建设、国防建设的方方面面，支撑起整个大秦帝国的政治构架。在这个制度下，秦始皇推动统一度量衡、统一文字、统一货币、统一道德和法律规范，形成全国趋同的思想文化；采取大规模移民等手段，充实边防，巩固和加强对边疆地区的管理和控制，削弱贵族豪强势力，扩展汉文化与边疆地区文化的交流；他既推崇法家思想，在全社会强化皇帝至上的观念，强调家无二主、土无二王，"六合之内，皇帝之土""人迹所至，无不臣者"，天下尺土、天下臣民莫非王有，建立起皇帝"王权至上"的绝对权威；同时又采纳儒家思想中以君为父，君君、臣臣、父父、子子的观念,以此教化天下臣民。这种法、儒相揉相济又相辅相成的思想内化、固化、泛化为维系秦朝统治的意识形态。不过,在秦始皇的统治思想中,法家思想更为明显,他首倡以法治国,立法度、行法治、任狱吏、严刑罚,被后世称为"繁法严刑而天下振""禁暴诛乱而天下服"。在法儒相济、法大于儒的思想体系框架下,秦始皇设立的政治制度具有鲜明的集权制、世袭制强制性特点。分封制不复存在,皇权至高无上,地方绝对服从中央、臣民绝对服从君王,这就是中央集权制度的主要内容。这种制度既采用了春秋战国各国之长,获得比较优势,又形成规范、长效的定制,具有一定的稳固性和连续性,产生强大的内趋力和凝聚力。秦朝以降, 历代皇帝君主都沿袭秦制, 推行中央集权制度和统治理念,形成了统治中国 2000 多年的封建专制。这种专制正是中华文明得以绵延不绝,并有别于其他失落文明的内在力量。所以说,我们不要把秦始皇仅仅看作是中国历史上专制统治的恶魔,他对中华文明的聚而不散、刚而不裂、合而不分做出了伟大贡献,是中国古代政治制度的总设计师。

譬如,"以改革促发展"是秦始皇推动经济社会进步的基本思想,解放与发展生产力成为中国历代王朝的首要任务。实力决定成败,春秋战国时期争霸称雄的各国都重视变法图强,提高社会生产力,积敛物质财富,秦国当然是一路领先。秦始皇灭六国后并没有摧毁和废除六国的经济,而是最大限度地保护和发展各国原有的生产力。统一战争期间,正是青铜器淡出、铁器和牛耕技术被广泛运用之际,抓住生产工具革命这个关键,使秦始皇获得了一个推动发展的机会,随后他把改革生产关系作为发展经济的着力点,扬长补短,革故鼎新,出台了一些具有标志意义的动作。至少有这样三件大事值得一说,第一件大事是"废分封,设郡县",他把全国分为 36 郡,后增加到 40 郡,每郡又设若干县,这些郡县的长官由中央直接任命,随时调换,彻底废除了分土封侯的旧制,既形成中央集权制度的骨架,又有利于对全国经济社会的控制。第二件大事是统一经济制度。因为当时国家虽然一统了,但旧时七个国家的经济制度仍然存在,田畴异亩、车途异轨、律令异法、衣冠异制、言语异声、文字异形的现象很明显,各拿各的号,各吹各的调,磨合起来十分困难。秦始皇下令将这一切统一起来,形成国家标准,普天下莫不遵从。光这一举措,就需要何等气魄与胆识!第三件大事是推行"黔首自实田",在全国开展土地登记工作,一改西周时期所实行的土地国有制——井田制,实行土地私有制,在此基础上确定赋税征收额度。"黔首"即百姓,秦始皇此举是中国古代最早的分田到户、私人承包制,这种以农民为本的土地改革思想标志着我国古代土地私有制的确立。这是多么了不起的创举！除此之外，秦始皇还以秦国旧制为主要依据，统一货币、统一标准、统一市场，提高生产水平，促进民间贸易，增加国家税收，修建四通八达的驿道，等等。这些改革举措，形成了大秦帝国的有机整体，促进了秦朝经济的发展，而这一切都发生在短短的十年间，不能不说秦始皇是一位卓越的改革家。

譬如，"文化革命"是秦始皇建立统一国家的思想基础，他为中国传统社会的主流意识开凿了最初的河床。一个社会、一个时代、一个国家的主流意识形态就是统治阶级的思想，在一定程度上就是领导者的思想。武力征服，文随武备，征服天下靠武力，统一天下靠文化。基于这一思想，秦始皇建立起大一统的意识形态系统，以皇帝制度、皇权意志为核心构成帝王文化；他确立的以法家为主、综合百家的思想和实践，形成了主导学术界和思想界的社会思潮；他推行的制度原则、政策规定成为全社会的共同遵循，以至于秦以降都沿袭秦制，产生了"汉承秦制""百代行秦制"的效果；他倡导的忠君思想、普适价值观、宗教信仰等构成社会的核心价值体系，影响深远；他试图推行"行同伦"政策，在全国建立统一的道德规范和是非标准体系，并以法律的形式确立了

"三纲五常"的伦理道德内核;他大力实施"书同文"政策,把在全国推广原秦国通用的小篆体作为官方规范文字,后来又推行隶书,提高了书写效率,形成了简便、易行、流畅的文字,这些文字的统一规范在很大程度上消弭着旧国之间、地域之间、民族之间、阶级之间的语言文字障碍,为形成主流中华文化奠定了传播与交流基础;他强力推进"车同轨"政策,下令在全国范围内修建大规模的通衢驿道,既强化了对政治、经济、军事的控制,又极大地促进了文化的交流与融合,产生了新的文化因子;他连接秦、赵、燕三国旧长城,修筑更坚固更高大的新长城,有效抵御了北方匈奴的南侵,使这项浩大的工程成为中华民族的巨大文化地标;他兴建的大量宫殿楼阁虽然遭到后人的批评,但毕竟为中国文化留下了丰富的文化符号。这些思想、制度、文化深刻地影响着中国的历史,可以说,秦始皇是中国历史上首位真正意义上的"文化革命"的发起人、首创者,中华文化的缔造者之一。

譬如,"民族团结"是秦始皇在扩张版图、稳定边境的宏大举措中比较注重的问题,使交锋与交融成为各民族依存关系的主要形态。秦始皇一方面大刀阔斧地开疆扩土、固守边防要塞,一方面致力于占领区的维稳治乱、固本强基。春秋时代,居住在周边的蛮、夷、戎、狄不断袭扰中原地区,中原霸主们也屡举"攘夷"

之兵相争。攻下六国之后,秦始皇腾出手来一鼓作气,挥兵扎稳边疆、巩固地盘。东南方向,他平定江淮以南的百越地区,浙江南部的东越地区、福建一带的闽越地区、岭南一带的南越地区,以及今天的广西、越南北部一带;西南方向,他加固巴蜀地区的边防,将势力范围扩大到今云南、贵州、四川的边境;北部方向,他把重点对准了威震欧亚大陆、长期困扰中国历代皇帝的匈奴帝国,修筑长城以稳定边防,积极备战以战求稳。公元前215年,秦始皇果断决定出兵匈奴,派蒙恬将军领军三十万直捣河套地区,击溃匈奴几百里,一举解除了北部这个强悍的游牧民族的威胁。不打不安宁,交锋中有交融,边境地区的基本稳定,促进了民族的团结与融合,民族大迁徙、大交流使华夏族与其他少数民族杂居共处,交往频繁,密切了关系,增进了团结。赵武灵王借鉴"胡服骑射"实现了富国强兵的目的,秦始皇也发挥了北方游牧民族的这一优势,既提升了秦朝军队的战斗力,又减弱了华夏民族对胡人的鄙视心理,增强了胡人对华夏民族的归依感和亲近感,为民族大融合和国家大统一奠定了心理基础。

还譬如,秦始皇许多高超的制胜谋略,成为中国古代的战争理念和军事思想;他的合纵连横、远交近攻、重点打击、各个击破等策略成为许多国家处理国际关系和驾驭国际形势的谋略;他的统一之战打得非常漂亮，几乎无一败绩，许多战事成为中国历史上的经典战例。

秦始皇的功绩无疑是辉煌的，一味否定他就是否定中华民族的历史。但是，秦始皇的弊政也不容粉饰。如果像刘邦临阵搦战历数项羽罪状一样，给秦始皇列出几十条上百宗罪完全没有问题。如同中国历代王朝的更替一样，君王的宝座总是血渍斑斑，秦始皇也不例外。从战争效果上看，武力意味着杀戮、战争必然有摧毁，要求秦始皇两手白净地制服天下，是一种天真的想法，但是他"强侵弱，众暴寡，兵革不休，士民罢敝"，不是仁义之举。从管理理念上看，秦始皇采用严刑酷责来鞭笞臣民，强使天下归附，他横征暴敛，搜刮民脂民膏，官风腐败，阶级矛盾加大，一些暴政、恶政、苛政、弊政激起的民怨如干柴，见火就着，遇油愈烈，直接导致了陈胜、吴广的农民起义和项羽、刘邦的响应。从文化统治上看，秦始皇推行的天道一统、天下一统、王道一统、文化一统，在一定程度上是一种愚民政策，仁义教化的"德政"背后是"暴政"的实质。他的焚书坑儒，一次坑杀儒生460人，还制造了许多冤假错案、"文字狱"，对文化的专横残暴，使天下人噤若寒蝉，敢怒而不敢言。从宫廷斗争来看，为了掌稳江山，他剿灭异己，剪除异党，而且任意扩大打击面，大开杀戒，滥施淫威；他狐疑多端,个性残暴,刻薄寡恩,睚眦必报,暴虐成性,使得政治生态阴暗凶险、危机四伏。另外,秦始皇对骄奢淫逸、纵欲无度生活的追求,对长生不老仙药的迷恋和奇异天相神灵鬼怪的迷信,对封禅颂德等活动奢华排场的痴醉,对大规模修建宫殿、陵墓的不节制,加重了社会负担,导致官逼民反。没有昌明的政治就不会有兴盛的社会,正是因为如此,天下仇秦之人甚多,既涌现荆轲持首级献图刺秦、高渐离举琴刺秦等暗杀活动,演绎了令后世嘘唏不已的慷慨悲歌,更引爆了狂飙突进席卷全国的农民起义,大秦王朝终于在多种力量的合围中轰然坍塌。

历史是需要反复咀嚼的,像一枚青橄榄,越嚼越有味道。大秦帝国除了秦始皇个人的诸多原因,还有许多历史的必然。从发动战争到和平建国,秦始皇政权有打天下的能力但没有坐天下的经验,没有做好政治纲领、政治路线和政治力量的准备;从统治一个国家到统治天下,他把秦国的管理经验推广和放大到过去的七国,没有因地制宜实事求是,更没有与时俱进;他从秦氏家族继承的最大政治财富之一是争斗,斗争性思维还没能够过渡到建设性思维,唯我独尊、刚愎自用,怀疑一切,不相信任何人;随之而来的问题是没有建立自己的政治集团和高层指挥决策机构,把国当家,以家治国,家长作风,个人意志,追随者寡,敢于诤谏者鲜。执政班底没有形成，身边除了李斯，好像再没有既忠诚不贰又富有才干的佐臣谋士，奸臣当权，欺诈者当道；他过分相信权力，过度控制和滥用权力，过分依赖以法治国，苛责臣民，失去了宽容；他善于安抚贵族集团，也想恢复民生，但他只知道"水能载舟"的常识而不懂得"水亦覆舟"的哲理，没有真正做到为了人民、保护人民、尊重人民，他实行的经济政策过于严厉，苛捐杂税争利于民，不利于民生的开掘与保护，使好不容易摆脱战乱梦魇的人民得不到休养生息，因而他得不到民心。尽管他希望以己为始，"二世三世至于万世，传之无穷"，为了达到这个目的，他相信方士们的神仙学说，向往虚无缥缈的海市蜃楼，甚至不惜一切代价寻找长生不老之药。如此这般，秦始皇自然对培养接班人没有兴趣、缺乏远见，既不想把皇位传给有能力、有声望但钟情儒学与自己政见不同的长子扶苏，也不放心让自己溺爱有加但没有治政本领的幼子胡亥接班，以至于明知自己已病入膏肓却无法指定继承人，结果让奸臣赵高钻了空子，立假诏让胡亥继位、赐扶苏自缢，致使一代王朝走向悬崖的终点。威震海内横扫六国的雷霆帝王，终在无奈中离世。

人亡而政息，历史就是这么残酷。假如秦始皇再多活 10 年，他的施政纲领得以全面落实，历史将会是怎样？历史当然是不能假设的。秦始皇把自己和亲手建造的庞大帝国的解构作为教训遗赠给了后世,留给后人评说,这未必不是一笔财富。

但评说并不那么公正。无论是贾谊的《过秦论》、杜牧的《阿房宫赋》还是司马迁的《史记》,批评都有过当之处,有渲染、丑化、妖魔化的成分居多,对他暴戾的一面夸张渲染要多过对他功绩的肯定,对他迷信思想的抨击言过其实、言不符实,消极成分大于积极意义,有的甚至把不属于他的符号强贴其身、恶意解读。同情弱者是我们这个民族的良心,在诸多文艺作品中,作为秦国对手国的故事往往更加惨烈、凄婉,更让人同情,因而也更让人憎恨秦始皇。被戏剧化、脸谱化的秦始皇让后人总有一种同仇敌忾的意思。文学不能代替历史,更不能篡改历史。

这也难怪,历史是文人记录下来的,得罪了文人就不会有好名声。在历代文人和史记面前,秦始皇是遭千夫所指而无力还击辩白的弱势者。我们民族历史上一个领导了进步战争的历史伟人被审判得一无是处万劫不复,这是世界观和认识论上的盲区。

不能因为某个文人或某位政治家的几篇文章和观点,甚至像"天下苦秦久矣"之类的几句话,就毁掉一个形象,把民族历史上一位功勋卓著的人物打入牢底,这是文化暴力,是文字狱。

秦始皇站在中国统一前后的交汇点上,他面临的任务是打碎一个旧世界、建立一个新的国家,他有许多做法在当时看来不得不如此、事后看来完全不必如此;他的探索有成功,也有失败;有彪炳史册的业绩,也有被后世谴责、唾弃的龌龊,有过用龌龊的手段对付龌龊的人——恰在这一点上被后世放大。

但是,秦始皇是历史的替罪羊,不是秦政也会有李政、马政什么的充当这个角色,中国的历史绕不过这道坎,但我们应该对这段历史、这个人肃然起敬。

秦始皇作为中国历史上第一位皇帝,无论从哪个角度看,他都堪称一位英雄,一位政治英雄、军事英雄、民族英雄,但似乎这样称呼和评价一位皇帝有失恭敬。作为一个个体,纵使地位、功业、名望再显赫,他也是一个人,有着自己的内心世界和精神追求。他创造了中国古代英雄史诗,是一个极其丰富的个体形象。长期以来,我们对他作为一代帝王、一个人所具有的精神内涵和文化价值似乎开掘不多,这不能不说是一种遗憾。不管从哪个角度上说,秦始皇都具有超越常人的、足以影响中华民族的精神力量。

我以为,至少应该包括以下方面:

一是天下归一、舍我其谁的英雄气概。英雄自有英雄的情怀,秦始皇持先祖之家承、怀统一之大业,有着一种强烈历史使命感和责任感。他虽然强行要求天下臣民效忠皇帝,狭隘地想把家业和帝位传之万代,但他视天下为家业,胸怀大国大家大一统的政治追求的彻底性、坚决性和开创性,是当时诸王乃至后世诸皇所无可企及的标杆。秦始皇的这种精神气概和英雄情怀,一直深刻地影响着历代帝王和政治家们。这不能不说是秦始皇的历史贡献。但是,后人往往用如狼似虎、野心之类的词污损他,这是不公,也是不恭的。

二是横扫环宇、不可阻挡的大无畏精神。他执政后施展其政治才能,尤其是在军事领域表现得相当充分,率金戈铁马南征北战、气吞万里如虎,挥如椽巨笔改写了国家的版图,势不可挡。在灭韩、灭赵、灭魏、灭楚、灭燕、灭齐,平百越、拒匈奴等诸多战争中,采取连续作战、连横破纵、远交近攻、挑拨离间、制造内乱、瓦解对手、安抚招降、各个击破等战略战术,军事指挥几乎无可挑剔,屡战屡胜,这种大无畏的精神气概成就了一代帝王的非凡气质。一些躲在历史的阴晦角落沾着唾沫翻点史册的历史学家们,是难以度量他的帝王气质和宏大气象的。

三是治国理政、励精图治的敬业精神。秦始皇是一位勤政皇帝,他"既平天下,不懈于治。夙兴夜寐,建设长利,专隆教诲","忧恤黔首,朝夕不懈"。《汉书》记载其"躬操文墨,昼断狱,夜理书,自程决事,日县石之一"。据说他每天批阅的文书竹简木牍达到120斤。在位十年间,秦始皇出巡五次,足迹遍布大半个中国,受尽舟车之劳顿,最后死在途中,不可谓不敬业、不勤奋,也因此成为后代帝王们效仿的楷模。但是,他的这些勤勉在一些历史教科书里,成了霸权的代名词,这不能不说是历史的遗憾。

四是气势恢弘、高瞻远瞩的文化胸怀。秦始皇不光在横扫六国统一天下的战争中表现出雄才大略,还北筑长城、南修灵渠、开辟驰道,建造阿房宫、俑坑,这些秦朝文物遗迹在今人看来,仍然是气势磅礴、空前绝后的大手笔。没有远大的眼光,没有浩大的气势,没有君临天下、傲然人世间的气魄,是不可能有如此之文化巨构的,这是何等的眼光与胸怀!但是他的宏阔格局却被后世文人以文、以词、以诗叹之诘之毁之,这不能不说是文化的悲哀和文化人的悲哀。

五是体道行德、尊奉圣德的道德追求。秦始皇在全社会标榜自己是"体道行德"的圣人、圣王,是与三皇五帝齐名的道德至善至美,是道德权威和道德楷模,与道同体、与王合一,是天道的代名词和化身。似乎遭人耻笑,但细想,天下归我,我欲何求?他无非是想以此来教化黎民百姓。秦国如果没有他的德法兼治,就不可能在诸国惨烈的竞争中逐渐强大并最终胜出。他对依法治国和以德治国理念的并重，对道德理想世界和统一道德规范的建立，成为中华民族思想道德建设上的一道文化风景。

山中无直树，世上无完人。

拂却 2200 多年的烟云尘埃，一个真实的秦始皇捧着沉重的史记，向我们走来，仿佛在问：你们读懂我了吗？

"九头鸟"的前世今生

　　"天上九头鸟,地上湖北佬",这种说法何来? 含义何在? "九头鸟"具有什么样的文化特点和性格特征? "九头鸟"与湖北人有着怎样的关联?

　　探讨"九头鸟"的问题,得先从"楚"说起。

　　楚人的先人何许人也? 屈原的《离骚》曰:"帝高阳之苗裔兮",说楚人的先祖是颛顼高阳,汉代司马迁在《史记》里说,楚人出自帝颛顼高阳,高阳是黄帝之孙、昌意之子,"颛顼生老童,老童生祝融",梳理下来,祝融是黄帝之后。我国第一部地理书籍——神话集《山海经》里说,祝融是炎帝的后代。同一个神话形象多个故事版本,是中国神话的特点。不管何种说法,楚人拜祝融为先人,自己是炎黄的后代。在南楚神话中,祝融是火凤的化身,楚人保持"尊凤尚赤、崇火拜日、喜巫近鬼"的习俗至少几千年了,所崇之凤享图腾之尊,是百鸟之王。

那么"凤"是什么样子的呢?

据我国古代最早的词典《尔雅·释鸟》记,凤形体为"鸡头、蛇颈、燕颔,龟背、鱼尾、五彩色,高六尺许";《山海经》描述曰:"丹穴之山有鸟焉,其状如鸡,五采而文,名曰凤凰。首文曰德,翼文曰义,背文曰礼,膺文曰仁,腹文曰信。是鸟也,饮食自然,自歌自舞,见则天下安宁。"也就是说,凤凰是一种美丽的鸟,它的头部、翼部、背部、胸部、腹部上的德、义、礼、仁、信这五个字,在远古时期就是楚人部族的价值取向;《山海经·南山经》注"凤,瑞应鸟",凤象征着祥和。五字安天下,瑞鸟兆太平,凤凰形象寄寓了楚地先人美好的向往和情愫。凤凰的居所在九重天之上,凡间难以企及。其"身披五彩、鸣若箫笙,非梧桐不栖,非醴泉不饮,非琅玕不食"。先秦时期南方文学的代表是"庄骚",即《庄子》《离骚》。庄子《逍遥游》曰:"北冥有鱼,其名为鲲。鲲之大,不知其几千里也,化而为鸟,其名为鹏。"庄子的《逍遥游》《齐物论》两篇文章中,九处描述了楚事,因此有学者认为,《逍遥游》里描绘的这个"鹏"就是"凤"。抱负远大、志向高洁、象征祥和的"凤"成为楚人的精神源泉和文化标识。

楚地200多万年前已有先民的足迹,对神鸟的崇拜历史悠久。南楚尊凤,各类古代文献中随处可见。从田野考古发现来看,楚地凤鸟形象居多。商周时期宫廷用的玉器、青铜器上装饰有大量的凤凰花纹图案,或呈花冠状,或勾喙翅翼爪尾鲜明,有的图案中光尾纹就有长尾、垂尾、分尾、对尾、连尾之分,造型刚健有力、稳健威严。

那么"九头鸟"从何而来,与"凤"是什么关系呢?《山海经》载曰:"大荒之中,有山名北极天柜,海水北注焉。有神,九首、人面、鸟身,名曰九凤",这是对"九头鸟"最早的直接描述,也就是说,"九头鸟"其实是一种凤。在中国历代神灵形象中,都有关于"九头鸟"的描述。宋代《太平御览》载:"齐后园有九头鸟见,色赤,似鸭,而九头皆鸣。"明代的《正字通》则说"九头鸟"是"状如鹈鹕鸟,大者广翼丈许"。

至此,可以说,"九头鸟"是九头凤的化身、别称,是一种美好吉祥、本领高强、意志坚定的神鸟,寓意安宁祥和,象征坚强勇敢。从外形上看,"九头鸟"是一只长着九个头的美丽凤凰,而不是丑陋如一些漫画所勾勒的光秃秃的短尾巴鸡。

为什么要冠以"九"呢?中国传统文化中,"九"是一个神秘而尊贵的数字。"九"是最大的个位数,凡事起于一而极于九,"天地之至数,始于一,终于九焉","九"有最大、最多、最高、最久之意。

"九"是重要的文化因子和文化符号,是数之核、道之魂、天之常,"九者,阳之数,道之纲纪也""天道以九制""周公制礼而有九数"。"九"是最尊贵的数,"禹收九牧之金,铸九鼎,象九洲",鼎立中原,天下一定;"天分九天",按高低分这"九重天"分别是中天、羡天、从天、更天、睟天、郭天、咸天、沈天、成天;按方向分这"九天"分别是东方曰皞天,东南方扬天,南方赤天,西南方朱天,西方成天,西北方幽天,北方玄天,东北方变天,中央钧天;而《吕氏春秋》则把"九天"分为"中央钧天、东方苍天、东北变天、北方玄天、西北幽天、西方昊天、西南朱天、南方炎天、东南阳天",各有含义。"地分九州",《尚书·禹贡》的划分是冀州、兖州、青州、徐州、扬州、荆州、豫州、梁州、雍州;古人以"九"设想天地之高远、广博,表达对昊天厚土的敬重与畏惧。"天子之门"有九重,分别是关门、远郊门、近郊门、城门、皋门、库门、雉门、应门、路门,喻天子之威重;九龙袍、九龙壁、九重宫阙,显皇家之尊贵;一言九鼎、九五之尊、九合诸侯,意贵者之权重,昭告天下皇权天授、奉天承运,揭示天子与天地的耦合、感应、承运关系。"九"是阳数之首,民间传说中玉皇大帝的生日是正月初九,为一年之首。"九"是大数,形容极广、极大、极高、极致,九九归一、九霄云外、九曲黄河、九死一生、九牛一毛等,既蕴含生活的哲理,又道尽人间的广大。"九"还是常数,暗藏天地万物之变数与规律,民间对气候有"三九二十七,出门汗欲滴;七九六十三,床头摸被单""三九四九冰上走,五九六九河边看柳""九尽杨花开",九九重阳、数九寒天等谚语和俗语。楚地民俗文化中多以"九"祭祀神灵,《楚辞》里"九"是高格词,也是一个高频词,如九思、九歌、九章、九辩、九怀、九叹、九天、九畹、九州、九疑、九坑、九河、九重、九山、九水、九溪、九田、九塘、九畲、九子、九则、九首、九衢、九合、九折、九年、九逝、九关、九千、九侯、九阳等,"九"在楚辞里出现的频率远远高于《诗经》。因此,"九"是一个美好、吉祥、尊贵的词,安在"九头鸟"的头上,应该没有贬义。

那么,"九头鸟"从什么时候开始,含有贬义甚至妖邪色彩了呢?商朝以前,没有发现。应该是与周王室有关。

周、楚关系不睦,由来已久,一直到周朝的终结、楚国的覆灭。

商朝末年,楚人部落首领鬻熊当过周文王的师爷,帮助周文王、周武王灭商有功,周、楚之间有过一段蜜月期,鬻熊的曾孙熊绎因此在公元前1040年前后被周成王封为诸侯、授子爵,居丹淅(今河南南阳的淅川)之地。此前,楚人部落一直受商朝的挤对,《诗经·商颂·殷武》载曰:"挞彼殷武,奋伐荆楚",从商朝武丁王伐楚到周成王封楚,楚人至少挨了150年的打,即使周朝封了楚为诸侯,周也没有停止过对楚的打击,周昭王甚至还牺牲在南征荆楚的路上。

几百年间,楚与周之间保持着亦王亦侯、若即若离,有恩有怨、时近时远的关系。楚国有一个最大的特点,不服周,但从来不反周、不打周,史载被周天子亲自打过三次,被周天子吆喝诸侯们打群架打的次数更多,但楚从来没有直接打过周。直接记载两者关系的史料不多,但寥寥几个故事就管窥一二。

譬如,会盟事件。据《春秋》经文和《左传》记载,春秋时期诸侯国及各部族会盟有九十多次,其中比较重要的有二十次,但是楚国只参加了三次,而且很多次盟会都是商量怎么打楚的。比方说,春秋战国历史上有两次召陵之盟,一次是公元前656年,齐桓公率八国军队攻打楚的小兄弟蔡国,威逼楚国,楚国不甘示弱,陈兵相对,齐国一看拿不下来,赶紧邀楚开会,与楚国订立互不侵犯盟约;另一次是公元前506年,晋国主持的召陵会盟,十八个国家共同商量怎么灭楚。无论是犯楚、灭楚之战,都是经过周王室点过头的。这说明,楚国根本就不在周王室的朋友圈里,而且一直是被打击目标。周朝的中原礼乐文化一向以华夏主流文化自居,看不上蛮夷之地的楚文化。周成王封熊绎为诸侯但没有给予更高的礼遇,熊绎偶尔受邀参加周成王举行的诸侯会盟,但连桌席名签筷子盘子都没有,受了冷遇、有羞辱之感的熊绎回来后告知群臣,楚国上下群情激昂义愤填膺,立志要发奋图强,抗周的种子从此发芽、疯长。

譬如,封王事件。周不待见楚,楚也不买周的账,最具标志性的事件是楚国竟然不向周王室进贡。挟天子以令诸侯的齐桓公,正是以此为借口想出兵楚国。楚国却有自己的小九九,心想,尽管你周王室授我爵位,却是最低一等;虽然封我为楚,但不是靠你姬周家的血亲关系分封白给的,没有我的曾爷爷就没有你的曾爷爷,而且给我的蛮夷之地不过方圆五十里,大片土地是靠我自己打出来的、拓出来的。因此楚人中"不服周"的情绪在悄悄滋长,以至于发展成为一种咄咄逼人的野蛮,使周王室感到了害怕。楚国第六任君主熊渠还明目张胆给三个儿子封王,这简直是对周王室的挑战,周王室当然不悦,但楚国君怼回去:"你的先人姬昌不也是商王朝还在位的时候,以西伯侯之位自称为王吗?"封王事件不但说明楚国有敢于叛逆敢于反抗周的性格,还有敢于标新立异敢为人先的品格,周王室当然感到胆儿颤。

譬如,周王溺亡事件。周王室继承了商王室的做法,封归封、赏归赏,抑楚、防楚、伐楚的战略从没放弃。据古本《竹书纪年》

载,周昭王分别于公元前 985 年、前 982 年、前 977 年三次率兵攻楚,就在第三次南征中,周昭王死在半道上,一说是被冒称船工的楚人特工做手脚,在船上截了一个洞,将旱鸭子周昭王淹死在汉水里;另一说是因周朝大军辎重战利品太重,把桥压塌了,周昭王掉下去摔死了。总之,史书上记"南巡不返"。因此,周人对楚人有戒在心、有仇要报,而且一记就是几百年。

譬如,问鼎事件。公元前 606 年,楚庄王借北伐陆浑之戎的机会,兵临周王室的首都洛阳城下,拉开架势搞阅兵,意在向周天子炫耀武力。此时的周王室已衰微,诸侯各有取代之心,一个个虎视眈眈。胆怯心虚的周天子派大臣王孙满以慰劳之名,到楚营打探虚实。酒过三巡,楚庄王突然豪情万丈地问王孙满:"请问,周天子的鼎有多重呀?"前面说到,相传这尊九鼎是夏朝时禹帝用了九州进贡的金器而铸成的,是承天福赐、独享王权的象征。这可不是一般人能问的。楚庄王口出狂言,意不在鼎,王孙满当然嗅到了挑衅的味道,他不卑不亢地答道:"周德虽衰,天命未改。鼎之轻重,未可问也。"意思周朝的王权是天授,天下共主,不是你能问的,你这样欺负天下共主是大逆不道的行为,而且告诫年轻气盛的楚庄王坐天下"在德不在鼎",一句话令楚庄王无地自容,悻悻而回。这就是成语"问鼎中原"的由来。这个故事既说明楚国人既有敢问天下、不甘人后之志,又有盲目自信、妄自尊大的毛病,但同时楚国人还有隐忍不发的意志。

故事归故事,楚国一直是春秋战国大戏里的狠角色。地处蛮夷之地,自强不息,不断地开疆扩土、四面出征,灭掉周边几十个小国家,地盘越来越大。无论是攻打还是被打,楚人素有不服输、不示弱的傲骨,敢找强者过招。与齐打,争夺霸主地位;与晋打,平分中原霸权;与吴打,屡败屡战、愈挫愈勇;与秦打,大战多年,十分惨烈,一直打到到最后灭国。这几个国家是春秋战国不同历史时期最强大的国家,敢与他们一拼高下,说明楚的不服输、不怕狠。

楚国君王大多勤政敬业,信奉"民生在勤,勤则不匮",自己带头劳作、带头征战,亲力亲为,有的甚至身死沙场,有的甘当人质、最后客死他乡。经过世代接续奋斗,楚国在政治改革、生产力发展、综合国力、文化创造、军事实力等方面取得辉煌业绩,开创了以蛮夷之地而驰骋中原的先例。尤其是楚国挑战威权不信邪,敢于争先不守旧,令周王室惶恐不安、诸侯国羡慕嫉妒恨。楚君熊渠势力坐大,想得到周王室更多的承认,便通过随国向周王室索要更高爵位,但未果,熊渠索性说:"我蛮夷也,不与中国之号谥。"不服从周王室的领导和管理。如果说蛮夷之楚一直令周有肉中刺之感,那么楚庄王的问鼎中原则令周王朝如鲠在喉,甚至有一剑封喉之感了。日益雄起的楚国,已经影响甚至干预到周朝的天下了,以至于春秋末期周王室发生内讧,周景王之子在父王驾崩后欲争夺王位失败,干脆逃往楚国避难,企望东山再起,而楚国也大模大样地收留和庇护了他。这也是对周王室的挑衅。

回到"九头鸟"问题。作为楚人的图腾,"九头鸟"是一种精神力量、文化标识,谁能够诋毁和颠覆它?唯有比它政治地位更高、历史更悠久、文明程度更高、文化更处于主导地位的国家力量。纵观春秋战国几百年,各诸侯国没有这个兴趣和地位,唯有周才有这个可能。周、楚关系如此,周王室歧视和诋毁楚国所崇拜的神鸟,当然不足为奇了。

那么周王室的什么人能有如此一言九鼎之权威呢?周文王、周武王与楚鬻熊交好,而且灭商时得到过他的帮助,周成王亲自封地授爵给楚,他们三人都不会出言不逊攻击楚。唯一的可能,就是周公姬旦,周文王姬昌的第四子、周武王姬发的弟弟、周成王姬诵的叔叔。周公旦辅佐过这三位王,灭商纣建周朝有功,领兵伐楚却失败而归。他对周朝乃至中华民族有一个非常大的贡献,是帮助周朝建立了一套礼乐制度,包括"皇天无亲,惟德是辅""以德配天""敬德保民""明德慎罚"等思想,以及君臣宗法和上下等级的典章制度等，为周以后的中国建立起了一套社会秩序，成为中国社会制度最早的架构师。其实，周也并非中原地区的原住民，它是从西部渭水流域东渐，从汉水边上发力，灭商才入主中原的，从周族、周地到周国、周朝，周发展壮大的原因在于制度的力量。尽管周公在还政于周成王之后一度被构陷，不得不逃到楚国避难，但他对楚国的成见还是很深的。建立起礼乐文明的周公看不上蛮夷之地的楚，歧视是必然的，出于政治的目的，贬损楚之图腾"九头鸟"，也是必然的。除他无别。

古代有多个文本讲述了这样一个故事：周公厌恶一种长着十个头的鸟，晚上听到鸟叫便命人赶出九州，射之，连射三箭发不能中，便派天狗去咬，咬掉了鸟的一个头，还剩下九个头，"血其一首，犹余九首"，流血的"九头鸟"昼伏夜出。这个故事听起来有些瘆人，但表达了周公的好恶。尽管周王室对天下发号施令的效力不过 250 年，但周公旦这位周朝的功臣、贤臣、奠基人德高望重，他的价值观影响后世几千年。

虽然周公贬损"九头鸟"，但凤在楚国仍然具有至尊的地位。湖北荆州博物馆收藏的战国楚墓文物中，有一个镇馆之宝，是一尊"虎座鸟架鼓"乐器，它以两只昂首卷尾、四肢屈伏、背向而踞的卧虎为底座，虎背上各立一只高大的鸣凤，正孤立傲视引吭高歌,中间是一面大鼓。乐器上凤大虎小,楚人以凤驱虎、不畏强暴的精神昭然。凝视这件稀世之宝,似闻隆隆鼓声从 2000 多年前的楚风中传来,那是凤文化的力量。

楚文化以凤为尊,华夏文化以龙为尊。人文始祖之一太昊伏羲在黄河流域建立了华夏先民部落,区别于东夷、南蛮、西戎、北狄等"四方胡人",首创以蟒蛇之身、鳄鱼之头、雄鹿之角、猛虎之眼、红鲤之鳞、巨蜥之腿、苍鹰之爪、白鲨之尾、巨鲸之须,组成龙的形象,作为华夏民族的图腾。另一人文始祖黄帝在统一黄河流域各部落之后,在今新郑一带也用龙作为新部落的图腾。楚之先祖是颛顼高阳,同为三皇五帝。龙凤并尊,是我国古代两大图腾,代表着中原文化与楚文化,与其他民族图腾一样,都是中华文明大家庭的标志性元素。"龙凤呈祥"说的不只是龙飞凤舞,而是指两种文化的和谐相处,天下才有太平祥和。

周朝 800 年,楚国 800 年,一个是王朝,一个是诸侯国,享龄相当。周朝傲慢,楚国粗野,导致二者存亡相依、恩怨不断,经过漫长的相互激荡,最后几乎同归终点,这是中国历史大一统之前绝无仅有的现象。周虽亡,但周朝所创造的礼乐文明却绵延了几千年;楚虽灭,但楚国所创造的楚文化却源远流长覆盖天下。中原文化与楚文化对中华文明的贡献和赓续,同样功不可没,同样缺一不可。

这里，想再说说前面楚庄王问鼎的事。他为什么敢冒僭越、非礼之罪对周王朝的标志、定国政权的象征"九鼎"萌生了兴趣？难道不知道这犯有欺天之罪？当然知道。楚庄王熊旅这位楚国第二十五任君王，是楚国诸君王中最有雄才大略和豪气的国君之一，同时期的齐、晋、秦、宋等四霸的国君还只敢叫"公"，如齐桓公、晋文公、秦穆公、宋襄公。整个春秋战国后期，也只有后来吴、越二国自称王。当然这不是楚庄王自封为王，他的祖上第六任国君熊渠就已经自封为王了，而且一路沿袭下来，接力到他手里已十几棒了。但是，楚庄王这个"王"当得最豪迈。关于他的故事，会有专门笔墨讲到，这里只想指出一点，楚国就是在他手里打败当时强大的晋国，崛起为春秋五霸之一的。

僭越归僭越，非礼归非礼，但楚庄王为什么会对九鼎感兴趣呢？这里再做一些演绎。《史记·楚世家》里有楚国想"吞三翮六翼以高世主"的记载，其索隐注曰："三翮六翼，亦谓九鼎也。空足曰翮，六翼即六耳"，"翮"是指有空心硬管的羽毛，因此有专家认为九鼎是一尊有着九个鸟头的鼎。如果是这样，"九头鸟"家乡人想一睹"九头鸟"鼎的尊容，似乎也蛮有理由的。不光是楚庄王想得到这个鼎，秦始皇也想要。据说400年后周王室在秦国的穷追猛打中,仓皇奔逃,把这个珍贵得不得了的周鼎掉进了泗水里,秦始皇统一天下后,派人到泗水里打捞,"使千人没水求之,弗得"。于是这个鼎长什么样,如今流落在哪里,不光是楚庄王当年不知道,至今仍然是千古之谜。但如前面说"九"的时候讲过,这个鼎似乎有过,是当年大禹收下九方官员的献金而铸成的。相信鼎上的鸟,应该是凤,期待终有一天石破天惊,水落而"鼎"出。

自周以后,与凤的形象相伴随,"九头鸟"的形象一直存在于楚文化中,褒贬两说。褒者以鸟为凤、以凤为尊,贬者则沿袭周公的说法,随着楚国的血腥扩张变得贬多褒少、讽多赞少。但从凤的图案造型来看,秦汉以后,随着楚风渐弱,楚凤线条变得流畅柔美起来,并装饰以花卉树枝,更具有审美价值。从历代文字留存来看,对"九头鸟"的形象刻画美丑并存,由柔变刚、由弱变强。南梁宗懔撰写的《荆楚岁时记》,是关于荆楚之地时令习俗的笔记体专著,其曰:"正月夜,多鬼鸟度,家家槌床打户,挼狗耳,灭灯烛。以禳之",这种"鬼鸟"便是"九头鸟",民间称闻此鸟叫声是不吉利的事。唐代段成式的《酉阳杂俎》卷十六《羽》称,这种鸟叫鬼车鸟,相传此鸟昔有十首,一首为犬所噬。宋代欧阳修在叙事诗《鬼车》里也讲述了周公厌恶"九头鸟"的故事,但他话锋一转,认为"吉凶在人不在物",闪烁出唯物主义的思想光芒。宋代笔记小说还讲到,某太守捉到一只有九个头的怪鸟,砍掉一个头,又长出来一个,砍到最后一个,前面八个头都长出来了,喻示"九头鸟"有着顽强的意志和强大的生命力。明朝开国元勋、宰相刘伯温在《郁离子·九头鸟》里,又有另一种解读,认为它是"一头得食,八头争食"的怪鸟,"呀然而相衔,洒血飞毛,食不得入咽,而九头皆伤",暗喻各有本事、互不服气,好内耗内斗。为朱元璋消灭群雄、推翻元朝、建立明朝立下汗马功劳的刘伯温,借用"九头鸟"指出了元末明初官场上的"中国病",可谓是鞭辟入里、入木三分。这些描述虽然未见诸主流传统经典,但在民间稗官野史、奇文轶事中流传已久。可见"九头鸟"在历史上有过被污名化、恶名化过程。

尽管如此,楚人"尊凤崇火"的文化初心从未改变,这是楚与华夏族、楚文化与华夏文化关联的唯一脐带。在八百年历史的战争中,楚人可以丢弃一切,但是不放弃对祖先楚的认同,不放弃对美丽凤鸟甚至是"九头鸟"的尊崇。

但是"九头鸟"是怎么与湖北人对号入座了的呢?据说跟明朝首辅张居正有关,尽管湖北正式建省还是在清朝雍正初年的事。

张居正(1525—1582)是明朝万历年间的内阁首辅,湖广荆州府江陵人,与商鞅、王安石并称中国古代三大改革家,"明代唯一大政治家"。他辅佐年幼的万历皇帝朱翊钧,掌握军政大权,开创万历新政,他大刀阔斧整饬朝政,治理整顿十八衙门,唯贤是用,推行"考成法",革新政风成效卓著,万历九年,一次就裁革冗官 169 人,首创"一条鞭法",大大减轻百姓徭役,据说他保荐了九位御史,严厉制裁贪官污吏,这些人个个威风凌厉,令不少贪官庸吏闻风丧胆又心怀不满,指其任人唯亲,因为这九人都是他的湖北同乡,准确地说是湖广人,遂以"天上九头鸟,地下湖北佬"贬损之。

真的是这样吗?细考张居正担任首辅十年,他的六部尚书中,吏部尚书王国光是山西晋城人,殷正茂是安徽歙县人,张翰是浙江杭州人;礼部尚书杨博是山西蒲州人,谭纶是江西宜黄人,陆树声是松江华亭(今上海)人,万士和是江苏宜兴人,马自强是山西同州人,潘晟是浙江新昌人,徐学谟是苏州府嘉定(今上海)人;兵部尚书王崇古是山西蒲州人,梁梦龙是河北正定人;刑部尚书刘应节是山东潍坊人,吴百鹏是浙江义乌人,严清是云南后卫人;工部尚书朱衡是江西万安人,郭朝宾是山东汶上人,曾醒吾是何方人士未考。重用的巡抚庞尚鹏是广东南海人、辽东总兵李成梁是辽宁铁岭人、冀州总兵戚继光是山东蓬莱人、河道御史潘季驯是浙江湖州人。

张居正强力推行改革新政的得力干将,先后拜为户部尚书、兵部尚书的张学颜,曾经是政敌高拱的亲信,只有工部尚书李幼滋是湖北应城人,兵部尚书方逢时是湖北嘉鱼人,刑部尚书王之诰既是张居正的荆楚同乡,还是自己的亲家,这说明张居正用人的原则是"外举不避仇,内举不避亲"。作为身居皇帝一人之下、所有人之上的当朝首辅,张居正有足够的权力安排亲信在六部要职上,在擢用贤才中也会很难避开自己的同乡、门生,但在关键职位上安插亲信不多且没成气候,遍地乡党的情况并没有发生,至少在朝廷命官最核心的六部尚书岗位中,"湖北帮"是不存在的。明朝万历年间,发生过"党争",主要是东林党与齐党(山东人)、楚党(湖广人)、宣党(安徽宣城人)、昆党(江苏昆山人)、浙党(浙江人)、阉党之间发生了矛盾,对张居正结党的指责应该来自东林党人或反对张居正推行万历新政的势力。退一步说,即使结成了朋党,也看是否用在了正道,志同道合、为国尽忠未必是坏事,但蝇营狗苟、沆瀣一气肯定不是好事。张居正是明朝的功臣,他的改革和推出的万历新政,使本已苟延残喘的大明王朝延活了 60 多年,历史上对他的评价是积极正面的。即使是借用"九头鸟"来骂张居正,恐怕还是对他个人的聪明、机敏的个性特点和敢拼、凌厉的行事作风的评价。这样看来，把"九头鸟"与"湖北佬"的对号入座未必是坏事。

清代掌故遗闻汇编《清稗类钞》的"讥讽篇"，有一段关于"九头鸟"的表述："九头鸟《太平广记》引《岭表录异》曰：'鹈鹕乃鬼车之属。或云九首，曾为犬啮其一，常滴血，血滴之家则有凶咎。'今人以九头鸟为不祥之物，本此。又张君房《脞说》，时人语曰：'天上有九头鸟，人间有三耳秀才。'按《续搜神记》，兖州张审通为泰山府君所君，额上安一耳，既醒，额痒，果生一耳，尤聪俊，时号三耳秀才。盖时人以'九头鸟'能预知一切，故以之比聪俊者。后更转以讥狡猾之人，而曰：'天上有九头鸟，地下有湖北佬。'盖言楚人多诈故也，其实亦不尽然。"从此，"九头鸟"又多了精明狡猾多诈的意思。是啊，九个脑袋在琢磨能不聪明？九个方向在找出路能不机智？编辑《清稗类钞》的是民国学者徐珂先生，他的"其实亦不尽然"包含了他对湖北人的某些偏爱。

民间归民间，野史归野史，"九头鸟"的传说一直在楚地转圈，越编越怪，越传越神。张居正的故事加上徐珂先生编的故事，算是把"九头鸟"这顶帽子结结实实地扣在了湖北人头上。好自嘲自娱的湖北人也不在意，宁用其贬义互娱，譬如，"奸黄陂，狡孝感，又奸又狡是汉川"，把黄陂、孝感、汉川三地的人做比较。据民间解释,其本意并非指人,而是指黄陂斗笠是尖顶的,孝感斗笠是绞边的,汉川斗笠是既尖顶又绞边,老百姓便编成顺口溜:尖黄陂、绞孝感,又尖又绞是汉川。口口相传,就变成了那样儿。湖北人是自省、自信,而且幽默的。

从先楚的神鸟到先秦的神鸟,从"见之天下安宁",到闻之"不吉利",再到赋予聪敏、机警、勤奋、敢拼的含义,"九头鸟"是楚地楚人的精神图腾、凤鸟形象的美好化身,是一方地域文化、一段历史记忆、一个崛起部落及其后世永远铣削不掉的烙印,遗传千年而不失落的基因。

"九头鸟"是精神的象征,阅尽数千年沧海桑田,见证荆楚之地的起落兴衰和枯荣进退,凝练出千百年来楚地人、湖广人、湖北人心系天下、志存高远的精神情怀,自尊自强、敢打敢拼的品质特征,机敏勤奋、敢于创新的禀赋天资,是一种精神力量的象征。

"九头鸟"是楚文化的标志,其滥觞于立楚之前茹毛饮血的时代,塑形于楚国八百年筚路蓝缕和开疆扩土时期,锻打于春秋风雨和战国硝烟之中,潜化于秦汉交替和楚汉对峙阶段,儒化于两汉以来,涵养在唐宋以降,积千年之精蕴底气,聚楚材之文韬武略,勃勃翩然,生生不息,是一种文化力量的凝聚。

　　"九头鸟"从荆棘蛮荒之地起飞,背负历史的载重、文化的印记,栉风沐雨越千年,赓续远航渡无边。相信在中华文化的天空里,"九头鸟"会飞得更高远、更坚定、更稳健。

红楼无梦

一部《红楼梦》写的全是血淋淋的现实生活。

整个大观园里生活着一群看似如花似玉、风流倜傥，其实都有着严重心理疾病的俊男靓女，无一例外。每一个主要人物都有一种极致的美，也都有一种极致的丑，什么走到极致都是走向反面、走向毁灭。曹雪芹写《红楼梦》的过程，就是把这种泥巴捏在一起的过程，他捏了数百个人物，个个形象，人人生动，但合上这部巨著，你会有一种所有形象被他本人捣毁的读后感。

每一个人都值得同情，值得可怜。

真真切切，实实在在，让你读出一种美的凄凉，觉出梦的冰凉。

所以说，红楼无梦。

但是，《红楼梦》是有梦的，一个美得让人心疼的，令几百年的人物频频回首品味的梦。

以至于曹雪芹绘梦的地方，都成了人们寻梦的去处。

黄叶村，像一束并不浓鲜的花儿，在北京的西山脚下，就那么寂寞地美丽着。

柳垂金丝、桃吐丹霞，浓密的树荫，覆盖着中国文学史上一处斑斓绚丽、空前绝后的大观园，掩隐着中华文明史乃至世界文明史上一处清凄幽寂百解不得的迷宫。

有专家执着地认为，这里便是曹雪芹当年著书《红楼梦》的地方——只有这种寂静、孤独，才能酿出如此凄美的故事。

240 多年前的寂寥孤闭，已被如织的游迹和曼妙的《红楼梦》乐曲弥漫，仿佛从当年曹雪芹的笔下流淌而来，飘绕着老屋旧梁不散；只有斑驳的残壁，或许映现过当年天下第一才子伏案笔耕的清寒孤影。

"茅椽蓬牖""瓦灶绳床"，今安在？

"花柳繁华地""富贵温柔乡"的轻歌曼舞、风花雪月在何方？

只有阳光透过密密的枝叶，留下点点斑斓和片片落红，让你有一种亦真亦梦的美感。

梦里无梦

《红楼梦》是一部充满梦幻色彩的现实主义作品。

通灵宝玉是曹雪芹虚拟的道具,是一块"芯片",它通过一个场景、一个片断,记录下封建社会的全部信息。各色人等神形兼备,各种利益关系错综复杂,各种矛盾冲突相互交织,都通过贾宝玉这个结点折射或反射,最后压缩到"通灵宝玉"里。就像警幻仙子是虚拟世界的人物一样,贾宝玉也是曹雪芹虚构的人物,而"通灵宝玉"则是沟通虚拟世界与现实世界的"扣儿",通过它你才能回到现实,否则你仍沉浸在缥缈场景中。

譬如说,《红楼梦》开篇里说,女娲补天炼了三万六千五百零一块补天石,单留下一块未用,就是这块"灵性已通,能大能小"的宝玉。这块宝玉成了作者引出故事的楔子——曲终人尽、梦醒时分,全书结局又回到这块记录所有喜怒哀乐、悲欢离合、炎凉世态、兴衰际遇,其实本无生命律动的石头上。每到关键时候,这块宝玉和携带它的一僧一道就会悄然现形,像说书人的醒木,让看客注意。

不仅如此,通灵宝玉既是贾宝玉的物化,也是曹雪芹本人的化身。

他说"石头""凡心已炽",实际上这也是他本人对那场风花雪月往事的怀念与怒争,是对那"钟鸣鼎食之家,翰墨诗书之族""昌明隆盛之邦,诗礼簪缨之族""花柳繁华地,温柔富贵乡"的美好而痛楚的回忆,时感"贫者日为衣食所累,富者又怀不足之心",人们的精神都耗在算计之中,难免有"口舌是非之害,腿脚奔忙之苦"。曹雪芹本人曾目睹这一切,他把自己幻化成一块通灵宝玉镶进去,展现故事的全部。

《红楼梦》正是在这样一个巧妙构思下展开的。

曹雪芹要表现的主题,就是第一回里那位"疯狂落脱,麻屣鹑衣"的跛足道人所唱的那首具有悲世情怀的《好了歌》,以及甄士隐对《好了歌》所做的注解,让人读着读着便有了一种悲观失望、世事皆空的郁闷淤积在心:

世人都晓神仙好,惟有功名忘不了!

古今将相在何方?荒冢一堆草没了。

世人都晓神仙好,只有金银忘不了!

终朝只恨聚无多,及到多时眼闭了。

世人都晓神仙好,只有娇妻忘不了!

君生日日说恩情,君死又随人去了。

世人都晓神仙好,只有儿孙忘不了!

痴心父母古来多,孝顺儿孙谁见了?

可谓画尽了悲喜冷炙的世间万象,道尽了盛极必衰、物极必反的社会规律,堪称《红楼梦》全书的主题歌。这是"通灵宝玉"这块社会"芯片"的全部含义。

那块"不材之石"幻形成物是通灵宝玉,幻形成人便是贾宝玉,因此贾宝玉同玉、石一样,能通神、魔。难怪王夫人说他是"孽根祸胎""混世魔王"。曹雪芹在此借王夫人之口说出贾宝玉是真正的"魔",有玉随身的贾宝玉到处抛洒爱露,见谁害谁,谁搭上谁倒霉,不知道惹了多少麻烦事、害了多少人。一旦玉石丢了,"如痴似狂"的贾宝玉害人倒少多了,也显得本色多了。

"不材之石""通灵宝玉"、贾宝玉,三位一体,见证世事沧桑。曹雪芹正是在这块"芯片"上,不动声色地解剖了封建社会里,依附于专制体系的一个封建官僚家族的兴衰史。

《红楼梦》中的人物不但人人活生生,而且个个血淋淋,不是梦中人,而是现实中的人,是封建社会畸形生活里一个个有着心智障碍的"残疾人"。

譬如贾宝玉。

男人们羡慕贾宝玉,说他成天被美女包围着,有桃花运。女人们喜欢贾宝玉,说他善解人意,是护花使者。

男人们不喜欢贾宝玉,说他阳气不足、阴气太盛,没有男人的风骨。女人们讨厌贾宝玉,说他是痴情女的杀手。

贾宝玉究竟是怎样的一个人?

贾宝玉首先无疑是封建礼教下的一个"怪胎"。

无论是乃父、乃母、乃祖母,以及家族环境对他的熏陶,都要求他必须成为封建制度的卫道士、封建社会功名利禄的享有者、封建家族利益的继承者。他从小受到的传统教育、耳濡目染而形成的思想观念、家族地位所决定的社交圈子、因在整个家庭中的特殊地位而形成的特殊待遇,都决定了他固有的意识行为。因此,这个"产儿"身上附着物太沉重,因此他不可能不畸形成长。

其次,贾宝玉是一位封建社会的叛逆者。

这正是贾宝玉的可贵之处。譬如,他要秦钟与他不必以叔侄相称,而以兄弟相称;本可养尊处优的他,却对下人侍女体贴和善,常常没上没下,没大没小;最鲜明的是他对道学礼教有着一种十足的逃遁感,最反感上家学读八股文,一赋诗填词便面红耳赤心跳加快,稍逊姐妹们几筹。

第三回中的《西江月》正是对贾宝玉叛逆性格的刻画:

　　无故寻愁觅恨，有时似傻如狂。纵然生得好皮囊，腹内
原来草莽。潦倒不通世务，愚顽怕读文章。行为偏僻性乖张，
那管世人诽谤！

　　细品此词，其实都是反话。宝玉的"寻愁觅恨"其实都有原
因，怨黛玉、惜金钏儿、悼晴雯、悲可卿，他的痴傻迷狂，皆为一个
"情"字，并非"无故"。"生得好皮囊"固然不假，但腹内并不草莽，
从他信口拈来的题额、诗词看来，似是满腹经纶，倒是斥他为顽
愚蠢才的其父贾政，腹内并无韬略机关。宝玉也并非"不通世务"
之人，礼尚往来他懂，尊老孝顺他懂，平等自由他也懂，他不懂的
是家族硬加在他身上的常纲礼制枷锁，不懂"男尊女卑"和那些
世俗市侩的观念，也正因如此，宝玉才心底无瑕，善良、纯洁得像
一块玉，人见人爱。他顽而不愚，怕读的只是那些"四书五经"等
封建统治者的教化经典。"那管世人诽谤"，不趋炎附势，没有眉
眼高低，这正是宝玉的最可宝贵之处——从这个意义上说，贾宝
玉是一位可以跨越历史时空而价值不减的人物形象！然而，被贾
府上下视若命根子的宝玉种种离经叛道的行为，却被视为"孽根
祸胎"，在丢失了"通灵宝玉"之后，"忽喇喇似大厦倾"，终于"无

力补天"，一任他所钟爱之人一个个走向悲惨的结局。也正是这部伟大悲剧，悲得让人惨不忍睹、沉重得令人难以呼吸的魅力。

贾宝玉的叛逆，是令人窒息的环境的必然产物，也是原始进步思想的萌芽。曹雪芹正是让贾宝玉在这种叛逆表现中，展示、张扬个性和人性，人物形象便在种种叛逆行为上站立起来。贾宝玉处在可塑性很强的年龄阶段，与读书人或大观园中才女们一起吟诵唱和、拟题赋匾时，他思维敏捷、才如泉涌；与薛蟠、秦钟等混账流氓或风流孽障们在一起鬼混时，又禁不住低俗诱惑；与冯紫英、柳湘莲等人交往，又羡其武艺高强、慕其侠义豪气；黛玉的高洁、纯真、飘逸，被宝玉引为知音；妙玉对宝玉的暗恋，诱惑了他，使他萌生了超度脱俗过清静日子的念头。正是这多重价值取向，使得贾宝玉具有多重性格，产生了令旁人看来十分乖戾的种种言行。

再次，贾宝玉是一个女权主义的倡导者。

他似乎是一个很好的"护花使者"。每一朵花、每一棵草在他看来都是美的、艳的，都有芬芳和蕊汁，都需要他的爱心呵护。宝玉用心呵护她们，生怕碰伤一枝一叶，天生是女儿们的保护神，是一个很好的平台，或者花工，大观园里的群芳众艳也因此都能在他面前恣意娇娆，尽情绽放，任意舒展。贾宝玉还是一只很好的"蜜蜂",他不辞辛劳地拈花惹草,从不疲倦,在千红万艳丛中采集花蕊中的养分,从沾染过的每一位女孩身上都能索取自己情感需要的因子。他的索取和付出最后打成了平手,所以高鹗设计他的结局是逃离红尘。

一个不可否认的结论是,贾宝玉是大观园中千红万艳们不折不扣的"温情的少女杀手"。他招惹过很多女孩子,但又无力保护任何一位。每一位与他有过感情波澜的女子无一不是下场悲惨,这些附着在他身上灿灿地开过的花儿,谁都逃脱不了枯萎凋零的命运,如黛玉、晴雯、袭人、芳官、妙玉、湘云,等等,如过霜临雪,几乎无一例外。只有与他保持一定距离、逃他而去的人才安然无恙。他的生态半径只有一米。贾宝玉是一位觉醒的女权主义者、男尊女卑桎梏的砸烂者,但是他在举起铁锤的同时,也砸毁了这些花朵们。

砸得最惨的,首先是林黛玉。

红楼众芳中,与贾宝玉情感最融通的,当数林黛玉。

但是,林黛玉的地位最可怜。除了宝玉,大观园里没有第二个人真正关心黛玉。

贾母对黛玉的态度是又近又远,不温不热。分析贾母对黛玉的态度,当先看贾母对贾敏的态度。贾敏是贾母的女儿、林如海的夫人、林黛玉的母亲。

黛玉是在第三回进入贾府的。贾母一见黛玉，便把黛玉"一把搂入怀中，心肝肉儿叫着大哭起来"，哭得众人"无不掩面涕泣"。其他人对黛玉也表现出了热情，表现最突出的，当数凤姐，她唱念做打都很精彩，似乎对黛玉到来的欢迎远甚于贾母，但明眼人看得出来，这一切不过是做给贾母看的罢了。整部《红楼梦》中，黛玉母亲贾敏的名字只在开头介绍黛玉的身世时出现过一次，除了黛玉倍感寄人篱下生活的寂寞、孤独与尴尬而暗自伤神时思念母亲外，贾府所有人无一提及她，连亲娘贾母也把她淡忘了。倒不如贾母早夭的孙子、李纨的亡夫贾珠，多次被人记起。譬如，在宝玉挨揍，被贾政打得皮开肉绽时，王夫人念及贾珠不由得涕泗滂沱。贾母对亲生女儿尚且如此，何况女儿的女儿！

颇具意味的是，黛玉第一次到贾府，在此之前贾府没一人见过她，照礼说是应该热烈隆重，该到的都到，但是两个关键人物，即大舅舅贾赦、二舅舅贾政都没有在第一时间见她，一个"连日身上不好，见了姑娘彼此倒伤心，暂且不忍相见"，另一个"今日斋戒去了"。这很蹊跷。在这里，曹雪芹出场就暗点黛玉在贾府地位的不妙。

在整部《红楼梦》的出场中，黛玉一直是寂寞的。虽然吃饭时她常被安排与宝玉坐在贾母身边，但她却始终成为不了场面的中心。她的精彩表现不是很多，每每只出现在填词做诗时，但大多语焉凄凄，不堪卒读。倒是与人计较斗嘴时，言辞尖刻、准确、犀利，锋芒毕露。但她的主要竞争对象是宝钗，其他人受之不重。宝钗对付黛玉，是以柔克刚，不发生正面冲突。宝玉对黛玉的嬉笑怒骂，则是逗三分、让三分、怕三分。黛玉如此性格，决定了她与众姐妹之间沟通有困难，缺乏一个于人于己都平等、平和的交流平台。

贾母这位一言九鼎的人物一直并未把宝玉、黛玉的关系当回事，她考虑宝玉比黛玉要重得多，从一定意义上说，黛玉是在与贾母争夺宝玉的婚姻权。黛玉是失败者，最终连性命都搭上了。

贾母对黛玉的这种感情基调，也左右着贾府上下对黛玉的态度。凤姐对宝玉的宠爱，一半是仗着贾母，一半是依着贾母，就她的才情，是瞧不上宝玉这等空"皮囊"的。像这样一个势利女人，当然会高来高打发，低来低打发，揣摩贾母心思，虚情假意地来对待黛玉，便是理所当然的了。

王夫人对黛玉多有"忽略"，而对她的外甥女宝钗则呵护备至。抄检大观园不久，宝钗因为种种原因搬出大观园回到自己家里住,王夫人得知后询问凤姐这是什么原因,还亲自命人请宝钗来问缘由,而且一再挽留。但对父母双亡、寄人篱下的黛玉,王夫人则用心不多,曹雪芹下笔也不多,可见宝钗和黛玉在贾府实权人物心中的分量和位置。这也正是黛玉每每伤感、孤独、自怜,而不能言的原因。同样作为旁观者,目睹偌大贾府的开销无度、财力不济,黛玉只能背地里提醒宝玉,而宝钗敢面谏王夫人和凤姐,而且言辞不钝,足以看出二人的地位迥异。

在这样一种复杂势利的家族关系中,黛玉当然不可能有健康的心态,心理的阴晦、敏感,性格的倔强、尖刻,情感的脆弱、低沉,意志的消沉、颓废,汇成了她的悲剧性个性以及悲剧性命运。这是一种必然。这种感情土壤里长出的爱芽,注定成长不了,也禁不住风雨,更不会有什么结果。

如此这般,贾母是真正导演了宝黛爱情悲剧的元凶。程、高续本中,正摸透了曹雪芹的意思,才设计了后来凤姐使用掉包计,葬送了宝、黛爱情的故事,不能说没有道理。

曹雪芹在女子们身上用笔墨都是很用心的,但掩卷静思,他下笔最精心的,是林黛玉,处处游走着欣赏的笔调。不过,林黛玉虽然在曹雪芹笔下有地位,但在贾府没有地位。

林黛玉无人心疼,无家可归,最后只能死在贾府。

对宝黛关系，也是曹雪芹构思最精心之处，更是最勾读者之心的地方。

宝玉和黛玉是心灵最相通、才情最欣赏、性情最相知、感情最细腻的一对儿。但是，曹雪芹偏教他俩在痛苦之海里溺沉。这是曹雪芹的残忍，也是他的深刻。

我以为，可以用"美丽而痛苦的误会"来形容他俩的关系。

宝黛二人机敏过人，但总是纠缠在美丽的误会中，遭受着甜蜜的折磨，最后结出青涩苦口的果子。黛玉自恃才高，心胸却相当狭窄，对宝玉的感情有强烈的霸占欲，众姐妹中甚至丫环里，谁与宝玉亲昵一点，便招来她毫不留情面的尖刻的明讥暗讽，对宝钗、湘云等更是耿耿于怀，见宝钗有金锁，她嫉妒。湘云有一个与宝玉一样的金麒麟，她心里不舒服。凡此种种，数不胜数。她如此锱铢必较，殚精竭虑，过度的忧虑、恐惧和伤感，使她心病与身病交加相侵，沉疴在身，身体每况愈下。但这一切，偏偏"傻宝玉"似乎察之不觉，他用情不专，整日像蹁跹在香草艳花中的花蝴蝶，个个妹妹都可爱，个个姐姐都想爱，这使得黛玉在痛苦的煎熬中度日如年，发出了"一年三百六十日，风刀霜剑严相逼"的哀怨。

这只是表象。宝玉其实对黛玉感情最深、最用心。曹雪芹在刻画这一点上也最下功夫。书中许多作品,看似写众女儿,实际都是暗写黛玉,或者为写黛玉做铺垫、做陪衬。譬如,第七十八回中贾政与幕僚谈及历史上镇守青州的恒王,宫中美女多习武,其中林四娘姿色武艺均过人,被恒王命为"姽婳将军"。不料恒王在与流贼的战斗中殒命,城中文武百官胆战心惊,欲献城自保。唯有林四娘忠肝义胆,率众女将出征。为叹林四娘忠义之举,贾政命宝玉、贾环、贾兰各作一首姽婳词。宝玉所作令全场称绝,把林四娘为报恒王之恩,率众妃子艳李秾桃临战场,最后战死的壮烈故事咏唱得感人泣下。最后,宝玉借歌咏弱女子林四娘,抨击了满朝文武男将:"何事文武立朝纲,不及闺中林四娘?我为四娘长太息,歌成馀意尚彷徨。"这既是对女性的赞美,也是对黛玉耿耿忠心的嘉许。

曹雪芹多处暗示宝黛二人的爱情,但又处处为这原本美好的爱情衬上黑色的幕布,使其沉重得令人窒息、心酸。譬如,第七十八回,宝玉在月光下芙蓉前,悲伤地独祭含冤死去的丫环晴雯,一首《芙蓉女儿诔》可谓情炽意真,字字含血,句句带泪,"一字一咽,一句一啼",至今仍为天下之绝作。祭奠已毕,夜月下的山石后,一个人影突然从芙蓉花中走出来,吓得宝玉大惊失色,以为是鬼来了。不料却是黛玉。接下来黛玉建议宝玉将"红绡帐里，公子多情；黄土垄中，女儿薄命"修改为"茜纱窗下，公子多情"，但宝玉在部分采纳的情况下，却改成"茜纱窗下，我本无缘；黄土垄中，卿何薄命。"黛玉闻言，忡然变色。曹雪芹安排如此情节，是想暗示既祭晴雯亦写黛玉，又借晴雯暗喻黛玉。看客至此，莫不惋叹黛玉的命苦。从曹雪芹此处安排来看，八十回之后，必有一篇分量超过《芙蓉女儿诔》的祭文来实写黛玉。再譬如，第七十九回宝玉所作《紫菱洲歌》："池塘一夜秋风冷，吹散芰荷红玉影。蓼花菱叶不胜愁，重露繁霜压纤梗。不闻永昼敲棋声，燕泥点点污棋枰。古人惜别怜朋友，况我今当手足情。"虽然是有感于迎春出嫁后，面对旧境凄凉的伤感，但实际是在为黛玉死后，宝玉面对潇湘馆凭吊的惨景做铺垫。

薛宝钗、林黛玉是贾宝玉生命中最重要的两位女子，一曲《终身误》，唱出了宝玉对她俩的真实感情："都道是金玉良姻，俺只念木石前盟。空对着山中高士晶莹雪，终不忘世外仙姝寂寞林。"尤其是头两句，把宝玉的无奈和痛苦袒露无遗。《枉凝眉》一曲，悲叹的是黛玉和宝玉的情缘，"想眼中能有多少泪珠儿，怎禁得秋流到冬尽，春流到夏！"人们读了，莫不凄然泪下。从这一曲唱词中，似可推测黛玉第一次流泪当是在秋天。从时间上判断，林黛玉进贾府几个月后，邢夫人邀贾母一行赏梅，林黛玉为贾宝玉摔通灵宝玉而第一次流泪,都发生在秋天。从判词中分析,黛玉应卒于夏天,并非续回中写的有着"炭火""月影移墙"的季节。"试看春残花渐落,便是红颜老死时",春残,亦即夏。把"夏"字置于文末,决不仅仅是为了押韵。

整部《红楼梦》,唯一因钟情宝玉流泪而死的,只有黛玉一人。尽管黛玉每一次流泪几乎都是为了宝玉,但并非都是为宝玉对她的情,而是为宝玉的"不自惜"。怒其不争、恨其不惜、痛其所痛、独察其心,是黛玉对宝玉情感的基调。宝玉被贾政打得半死,宝钗、袭人等都很心疼,但只有黛玉"两个眼睛肿得桃儿一般,满面泪光""虽不是号啕大哭,然越是这等无声之泣,气噎喉堵,更觉利害",还说出"你从此可都改了罢"的话来。这是一份对宝玉刻骨铭心的爱,是其他人比不上,也难以理喻的,其深刻性超越了"梁祝"之爱、"西厢"之爱。也正是这一深层次原因,黛玉被宝玉引为知己,成为宝玉的精神之母,别人无可代替。尽管有时宝玉很粗心,但他却深深地珍视这个弱不禁风的表妹的精神价值。即使被父亲打得躺在床上动弹不得,但他心里惦记着的不是别人,只是黛玉。他感激黛玉,怕黛玉担心自己,便派晴雯送两条旧手绢给黛玉,黛玉心领神会,连夜题帕三绝句,首首紧扣"泪"字。曹雪芹此处点出黛玉还宝玉"泪债"这一主线。曹雪芹还处处精心设置细节,刻画黛玉与宝玉的心心相通。如,第五十七回中宝玉听信紫鹃哄骗说黛玉要回苏州,竟急出了痴呆病,而黛玉听说宝玉痴呆了,竟也"'哇'的一声,将腹中之药一概呛出,抖肠搜肺,炽胃扇肝的痛声大嗽了几阵,一时面红发乱,目肿筋浮,喘的抬不起头来",对紫鹃道:"你竟拿绳子来勒死我是正经!"可见两人心理感应之灵、感情之深。

关于黛玉之死,2007 年 7 月,刘心武提出"沉湖论",认为林黛玉是跳湖自杀。对此,我不敢苟同。根据曹雪芹前八十回对黛玉心身状况的铺垫性描写,我认为,心力交瘁、患了肺病的黛玉是病死的,用现在的话说,就是精神抑郁症。

宝黛情笃,决定了宝玉在黛玉死后,精神上失去了寄托和导向,必定离尘出家或以死代生无疑。这正是《红楼梦》悲剧性建立的心理基础。

第一回《甄士隐梦幻识通灵》中说,宝玉的前世本是顽石一块,因是无用之才,落得逍遥自在,便常去西方灵河岸边游玩。西方灵河岸边的石头,即西贝,贾也;而黛玉本是绛珠草一株,后又脱胎于草木,双木为林。贾、林二姓即由此而来,木石前缘也因此而生。

尽管宝黛二人的感情一直纠缠在一起,但曹雪芹一开始就设定他们只有相伴关系，而没有结果。第一回中说到警幻仙子留不才顽石住在赤霞宫，命名为赤霞宫神瑛侍者。他见到灵河岸上的绛珠仙草可爱，便每天用甘露浇灌，使她久延岁月，修成人体。绛珠仙草也生报答之恩，对神瑛侍者有缠绵之情。绛珠仙草常说："自己受了他雨露之惠，我并无此水可还……但把我一生所有的眼泪还他，也还得过了。"这一段幻缘暗示，黛玉与宝玉之间只是还愿报恩之缘，于是有了黛玉"想眼中有多少泪珠儿，怎禁得秋流到冬尽，春流到夏"，以泪尽而逝，最终还须受"度脱"。这一段故事还埋下一道伏笔，即第三回中，黛玉与宝玉初相见，"黛玉一见，便大吃一惊，心中想道：'好生奇怪，倒像在哪里见过的，何等眼熟到如此！'""宝玉看罢，笑道：'这个妹妹我曾见过的。'……'虽然未曾见过她，然看着面善，心里倒像是旧相认识，恍若远别重逢一般。'"只是因为有前世幻缘，黛玉追随宝玉而来，"眼熟"并不是"胡说"。也正是第一次见面中，黛玉因见宝玉为自己而狠摔通灵宝玉便自疚落泪，这是黛玉第一次流泪，也是以泪还愿的开始。

由此可以说，宝玉与黛玉只有"泪缘"，没有姻缘。

《红楼梦》通篇一个"缘"字、一个"情"字。男女之缘、血亲之缘、阶级之缘，缘有缘无，缘深缘浅。宝玉的宝玉，与宝钗的金锁，宝玉的麒麟与湘云的麒麟,等等。全书从神话起,以神话终,一场春梦贯穿全部。一切的姻缘时机,全是梦而已,无一成真。看似理所当然的情缘,终不过竹篮打水一场空,镜花水月空嗟怨。

有人说金玉联姻、宝黛无缘,是元春之意,因为第二十八回中元春给众弟兄姐妹送的礼物中,给宝玉的与黛玉的并不一样,只有宝钗的与宝玉的一样。但是在第一回中,实际上就已有安排。曹雪芹借一僧一道之口,讲述绛珠草和神瑛侍者的故事,也把贾宝玉和林黛玉的关系说明白了:宝玉是黛玉的"泪源",他俩没有姻缘,只有"泪缘"。

从宝黛第一次见面,黛玉的哭,到最后泪尽而逝,黛玉与宝玉的感情之河就是一条泪河,浪花片片,飞雨点点,全是泪。譬如,第二十六回里,林黛玉等了宝玉一天未见,好不容易知道他回来便去看他,孰料宝钗先去了,随后赶去的黛玉却被丫环们无意中挡在外面,有着"桃羞杏让、燕妒莺惭"容貌,却弱不禁风的黛玉只好在"苍苔露冷,花径风寒,独立墙角边花阴之下,悲悲戚戚呜咽起来"。炽心遭冷遇,黛玉苦不堪言。

林黛玉终日不是愁眉,便是泪眼,悲泣暗伤总相随。但她哭得最伤心的,当数第二十七回的《葬花吟》:"花落花飞飞满天,红消香断有谁怜?……桃李明年能再发,明年闺中知有谁?……一年三百六十日，风刀霜剑严相逼，明媚鲜妍能几时，一朝飘泊难寻觅。……青灯照壁人初睡，冷雨敲窗被未温。……未若锦囊收艳骨，一抔净土掩风流。……一朝春尽红颜老，花落人亡两不知！"这首可视为谶语的诗，借林黛玉之口而出，曹雪芹感叹了世间红颜女子的薄命、脆弱、寂寞、孤立无助、愤懑伤感、渺茫无望，读来令人衷肠百转长叹息。

整首词缠绵凄婉而深刻。之所以说缠绵，是因为黛玉对人世间真情的无限留恋，对宝玉无限深爱的无以排遣；之所以说凄婉，是因为黛玉内心无限的凄苦、悲凉、孤独和寂寞，无以诉说，无以表达，只能借花自吟泪空流。而且宝玉是热闹的中心，有着众人的呵护、簇拥，而她没有，她是寂寞的，只有青灯冷雨、风刀剑霜；之所以说深刻，是因为黛玉以花自喻，触景生情，悲叹了自己的一生，也预言了自己的悲惨结局，同时也暗喻了大观园千红万艳们最终的悲惨命运。

但是，黛玉对宝玉的爱，是最高洁、最深沉的。她腹有诗书，才思敏捷，在大观园诸芳中首屈一指，每有诗会，她出口吟来总让人望尘莫及。最可贵的是，她有一颗真正意义上的晶莹剔透、不染纤尘、世俗难容的芳心。黛玉深爱宝玉是毋庸置疑的，但是她钟情宝玉，更关心宝玉的学业、功名、操持等个人发展问题，常常怒其不争，叹其不解，是贾府上下唯一真正痴心爱宝玉的人。她爱宝玉，但从不张扬，背后胜于当面，心理多于言辞，净谏重于戏谑；内心想得再多，泪流得再苦，见面也不过淡淡一笑。最了解黛玉痴情的，是她身边的丫环紫鹃和茜雪。黛玉心胸狭窄，心中只有一个宝玉，在她眼里所有女孩子都在和她争夺对宝玉的爱，见不得宝玉与别的姑娘嬉戏，尤其是在乎他与宝钗等人的关系。她多愁善感，敏感脆弱，情感、家世以及寄人篱下的诸多痛楚与自卑自怜，一丝半缕都能扯动她的无限伤感，而且直逼心底，每每伤及身体，最终被对宝玉的爱摧残和毁灭了生命。她以生命，证明了对宝玉的爱。这一切，宝玉都只是略有体悟，知其珍重，但总是不求甚解，粗心待之。但仅这一点，像他这个顽童就已经难得了。

林黛玉的悲剧性，在于她明明有着"愿奴胁下生双翼，随花飞到天尽头"的高傲心气，有着"质本洁来还洁去"、不愿意同流合污的高贵气质，而且明明知道是"一年三百六十日，风刀霜剑严相逼"的多舛苦旅，却不得不寂寞孤独、无可奈何地走下去。而曹雪芹以花喻人，以哀婉的笔调深刻地控诉了这吞噬花季少女的世道，比喻大观园实质上就是一处葬送千红万艳和人间美好情愫的"花冢"。

细细吟唱，让人潸然泪下，怪不得宝玉"不觉恸倒山坡之上！"其凄婉哀叹堪与宝玉悼晴雯而作的《芙蓉女儿诔》可以媲美，但是宝玉泪吟的《芙蓉女儿诔》远比不上黛玉《葬花吟》深刻。同样是悼花、以花喻人，同样是哀婉悲恨，宝玉的思想意境止于怀念、忏悔和对故人品质的赞叹，尽管倾尽世间丽辞华章以伺芙蓉，但是有赞无叹、有悲无恨。而黛玉则不同，她由花及人，由己及他，道尽世态炎凉、凄风苦雨，伤感自己"花落人亡两不知"的凄惨，预感到群芳众艳终究不过"一抔净土掩风流"的归宿，切肤之痛，令万念俱灰。从这首词，可以看出黛玉比宝玉思想深刻。

如果说第二十二回中宝钗过生日，贾母令她点戏，她点的《鲁智深醉闹五台山》一出戏中"慈悲""剃度""莲台""缘法""芒鞋破钵随缘化"等词，对宝玉后来弃家为僧起了潜移默化的作用，那么黛玉的这首《葬花吟》则点化了他看破红尘，最终"逃大造，出尘网，使可解释（即解脱）这段悲伤"的结局。从一定意义上说，是林黛玉的泪河，托起贾宝玉远行空门的孤帆。

随他下凡，托他上天，这就是宝玉与黛玉的前缘后缘。

最后我还想说一句，感谢曹雪芹对林黛玉的厚爱与偏爱，虽然程高续本中最终是宝玉、宝钗结婚，但宝钗只是现实的胜利者，黛玉才是真正的胜利者，因为他一直牢牢地控制着宝玉的精神和感情。我相信，林黛玉也感谢曹雪芹。

红楼众芳中,另一个形象十分鲜明的女子,是王熙凤。

我想用"既狠又滑、既苦且冤"八个字来描述她。

王熙凤的命运,从第五回"正册判词之八"和红楼仙曲《聪明累》就能知晓,且后者是前者的诠注。一般认为,凤姐机敏聪明,能说会道,权欲旺盛,而且擅用权术机变,手段阴狠残忍,好几条人命就直接或间接葬送在她手里。高鹗续本中将她刻画成使用掉包计,亲手导演了宝黛爱情悲剧的祸首,更加增添了王熙凤可怕可恶可恨的一面。

但是,曹雪芹的伟大之处,在于他能立体地展示人物形象。把《红楼梦》比作一棵枝叶茂密、枝干繁多的大树,其中几百个人物形象则像密密集集的树叶,绝没有两片相同的。即使写一片叶子,也是两面俱到,不会简单地刻画非黑即白、非好即坏的脸谱式形象。对王熙凤这样的反派人物,曹雪芹笔下也留了许多同情和怜惜。

一般认为,"机关算尽太聪明,反算了卿卿性命"是对王熙凤的讽刺,但我认为是对她的悲叹。"机关算尽",是为了维持家计,"生前心已碎,死后性空灵",操劳过度,只有死后才超凡脱世,放下那"意悬悬半世心"。尽管她也有弄权铁槛寺,坐享三千两银子的恶行,但也有积德行善,荫及巧姐儿的后手。

因此,仔细品吟《聪明累》,我读不出对王熙凤的恨,倒生出几分同情来。试想,凤姐以贾府孙媳妇之身份,主持偌大的贾府家业,主理荣国府,协理宁国府,上下主仆几百口,哪一点不要费尽心机、精打细算?不是出于对家族的责任感,她何须受此苦累?身逢大厦欲倾灯将尽的末世,年仅 20 岁的凤姐却须挽狂澜于既倒之力,焉有不累之理?综观贾府外侵内朽,积年陈弊深厚,痼瘕累累,大有山雨一来摧枯拉朽之势,做官的无能,读书的少才,男人不像男人,女人不安分,主人不像主人,仆人不甘做奴,守门的不尽职,种地的不交租,假公济私、吃里爬外、得过且过、醉生梦死,偷鸡摸狗、欺上瞒下,一姓之内流风不古,丝毫没有兴旺气象。更重要的是封建王朝行将就木,覆巢之下安有完卵,何况已在宫廷内失势的没落户!

在这样一种生存环境里,王熙凤需要何等的意志与精力,需要何等的心智与手段,在算尽机关琢磨别人的同时,还不得不时时地于无人处流着泪舔舐自己的伤口。身外的累赘与内心的痛苦交织在一起,她的心灵不被扭曲才怪。

王熙凤既是封建家族的施害人,也是封建枷锁下的受害者,把贾府的衰败归罪于凤姐的弄权,既不公平、不准确,也缺乏辩证唯物史观。因此，我说，不能冤屈了王熙凤。

《红楼梦》中人物都很有个性，有一个女子身份很神秘，她的言行举止、最终结局等都很神秘，在宝玉心中很有地位。这个人就是妙玉。

自称"槛外人"的妙玉，也是一个出自宦家的神秘人物，她带发修行，自视清高玉洁。她遁守空门，却受贾府供养；她"啖肉食腥膻，视绮罗俗厌"，似不食人间烟火，远离凡世俗情，但却暗恋宝玉，记着宝玉的生日，还有品私茶、折红梅等细节，都说明她保持着与宝玉特有的不为众知的交往；她貌似与世无争，却下得一手好围棋，在方寸黑白之间一逞高低；她的"带发修行"，便是色空之间的勾连，有遮掩、矫情和虚伪的成分。但是，不可否认，妙玉的确是一位可怜可爱的女孩儿。她"气质美如兰，才华馥比仙"，高洁之心世俗难及，求美之心可鉴可赞。她骨气峥嵘，像一枝傲霜斗雪、卓尔不群的红梅；她一脚站在槛内，一脚站在槛外，作为旁观者她洞悉了贾府的艰难与污秽，以及世道的不测，欣赏宝玉有如美玉般的纯洁，是宝玉除黛玉之外的另一位保持着一定距离的红颜知己，而且是虚无世界的知音；她在污浊中艰难地呼吸着，总想在矛盾中挣扎出些微洁净的生存空间，是宝玉不至为浊气侵蚀的精神牵引之一，是宝玉生命中断不可少的一抹光亮。她既有自由蓬勃偾张的欲望,又受严寒冰霜的桎梏,无可奈何地变态成一枝风姿独异的曲梅,欲洁难洁。以我等现代人俗眼看,妙玉很值得尊重,但她不为当时当世见容,也形成了一种"洁癖",这种逃遁现实的变态心理,最终也不会是真正清净的归宿。"太高人愈妒,过洁世同嫌",妙玉的判词,不仅是 200 多年前的曹雪芹时代有,现在依然是不少高洁者的挽歌!

众姑娘中,三姑娘探春是极有个性的一位,最能体现她鲜明特点的,便是那一巴掌的精彩。

探春是贾政与妾赵姨娘所生之女,虽是庶出,却是小姐之命高贵,而且她心地高洁,不似亲娘赵姨娘的猥琐低鄙和亲弟弟贾环的一肚子坏水。探春的形象可从黛玉、湘云、凤姐、晴雯身上各取一分。她不但生得天姿天貌,性情高雅脱俗,而且精明能干,工于心计,有杀伐决断之气魄。

在第五十五、五十六回里,探春受王夫人之命,协助因小产卧床的凤姐总揽荣府管理大权。她麻利泼辣,兴利除弊,敢抓敢管,六亲不认,连生母赵姨娘也遭斥责,显出了她抓管理的才能,连王夫人、凤姐、李纨、宝钗都让敬她三分。

第七十四回"抄检大观园"是一出精彩的戏。之所以说精彩,是因为几个人物的精彩表现,其中之一便是探春的出手。因大观园山石上发现了男女私情用的"十锦春意香袋",王夫人神威盛怒,下人王善保家的趁机进谗言,要求彻查她一向憎恨的小姐丫环们。凤姐便率王善保家的仆人们一道,先从宝玉的丫环们查起,再查黛玉处的,准备挨个儿查下去。没承想查到探春处时,遇到了麻烦。探春先是冷笑着说:"我们的丫头自然都是些贼,我就是一个窝主。"接着又道:"我的东西倒许你们搜阅,要想搜我的丫头,这却不能。我原比她们歹毒,……要搜所以只来搜我。"吓得众人面面相觑,不敢动手。谁知只有王善保家的不识趣,开玩笑似的掀起探春的衣服,却突然猛遭探春一记重重的耳光! 探春边打边骂王善保家的"是什么东西! 狗仗人势,天天作耗,专管生事。"这一巴掌,打出了探春的威风,打出了探春的个性,打出了探春的神采。这一反常行为,当然会被视作怪异,但却是探春身心长期所受压力的总爆,要认识探春,这一巴掌是断然少不得的。探春这奋力的一巴掌,实际上是曹雪芹对封建社会一记猛击,这正是《红楼梦》这部伟大作品的深刻和力量所在。

但真正最有反抗精神的女性,当数晴雯。

晴雯本是连身世都不知道的、地位最低下的小丫环,但因模样漂亮、聪明伶俐、心灵手巧,被贾母看中,放在宝玉房里使唤。第五回金陵十二钗又副册对晴雯的判词写道:"霁月难逢,彩云易散。心比天高，身为下贱。风流灵巧招人怨，寿夭多因诽谤生，多情公子空牵念。"这是对她的全部评价。

晴雯地位卑微，但品行高洁、心高气傲。她情真，对宝玉赤胆忠心，她重病在床，却强撑着为宝玉缝补金雀裘；她正直，藐视王夫人对袭人等的小恩小惠，同情被赵姨娘所欺辱的芳官等丫环，看不起讨好主子的袭人；她刚烈，凤姐、王善保家的一群人抄检大观园时，连花袭人都忍气吞声，唯有丫环晴雯"挽着头发闯进来，豁一声将箱子掀开，两手捉着底子，朝天往地下尽情一倒，将所有之物尽都倒出。"探春敢以小姐之尊出掌，但晴雯不敢，她只有无声的反抗。只这"一倒"，便倒出了她以卑微之躯对权势欺辱的抗争和对自己人格尊严可怜的维护！

但是，面对一个庞大家族集团的专权，一个弱女子的反抗无异于以卵击石。晴雯病上加病，躺在炕上已"四五日水米不曾沾牙"，但王夫人率人将其撵了出门，可怜的晴雯当夜就死了。临死之前，宝玉偷偷去看她，命若游丝、瘦如枯柴的晴雯连一口水都喝不上，却挣扎着"将左手上两根葱管一般的指甲齐根铰下，又伸手向被内将贴身穿着的一件红绫袄脱下，并指甲都与宝玉道：'这个你收了，以后就如见我一般。快把你的袄儿脱下来我穿。我将来在棺材内独自躺着，也就像还在怡红院的一样了。"奴仆对主人的一片真心,令人潸然泪下!丫环悲惨的命运,令人感慨怅然。晴雯夭后,宝玉终日若失若思,苦心苦想,终于吟成长文《芙蓉女儿诔》,挂之芙蓉枝上。"其为质则金玉不足喻其贵,其为性则冰雪不足喻其洁,其为神则星日不足喻其精,其为貌则花月不足喻其色……孤衾有梦,空室无人。桐阶月暗,芳魂与倩影同销;蓉帐香残,娇喘共细言皆绝。连天衰草,岂独蒹葭;匝地悲声,无非蟋蟀。……自为红绡帐里,公子情深;始信黄土垄中,女儿命薄!"全文遣词高贵,意境缥缈,读来令人情动肺腑,肝肠寸断。晴雯与宝玉钟情一场,得此诔词,可以闭目了。

从表面上看,晴雯的反抗是绵软无力和卑微渺小的,但她却是最有力的。探春的反抗是站在本阶级利益上起维护作用的,她打的是下人,是为了维护自己的特殊地位和尊严,本质上属"内部矛盾",而晴雯的反抗是阶级矛盾的爆发,她以弱抗强,最具有革命的色彩。

红楼众芳中,人们争议最多的人物,当数花袭人,可爱、可怜,还是可恨?看法不一。

宝玉跟前的丫环们,是有等级划分的。袭人是一等,晴雯、麝月是二等,秋纹、碧痕等是三等。其中不少丫头们是真心喜欢和爱慕宝玉的,有些真的幻想能嫁给他,哪怕是被他宠幸,"有那一层关系"也好，当然不排除有从此改变命运的势利之念，但更多的是萌于朦胧的感情。譬如像晴雯，第五十二回《俏平儿情掩虾须镯　勇晴雯病补雀金裘》，写贾宝玉穿了贾母赏他的雀金裘褂，不料烧了一块，裁缝绣匠都没人能补，已病躺在床水米不进的晴雯主动接过了补裘的活儿，她撑着虚弱的身子，眼冒金星，一针一线地补到四更方好，最后"力尽神危"。这一段深刻地表现了晴雯对宝玉的深厚感情和献身精神。

但是这些丫环中，不管是谁，只要有所放肆、非分和越格，命运就十分悲惨，或逐或死，几乎无一幸免。从这层意义上说，宝玉就像《捕蛇者曰》中的"黑质而白章"的"异蛇"，触谁谁死。

有一个人例外，那就是花袭人。

但花袭人绝不是一个简单的丫环。

她不但日夜伴随宝玉，与宝玉有"云雨情"，熟悉宝玉一切的喜怒哀乐所思所想，还包揽了宝玉一切的日常起居。她性格温顺，恪守妇道，心细如发，对宝玉尽心尽责，体贴周到，不敢有半点闪失差错。对贾府忠心耿耿，落得上下一致的好名声，使贾府最高决策层早就安排好了欲将她收入宝玉房中。

但是，袭人也正是读者十分痛恨的一个人物。她是王夫人早就私下用重金收买、暗伏在宝玉寝中的"眼线"，宝玉的一举一动由她悉心照料，丫环们的一举一动也都在她的监视之中。晴雯等一干天真烂漫的丫环们私下的闲言碎语、痴嗔娇戏，都是她给王夫人打的小报告。所以一帮小丫头们遭斥见逐时都纳闷：平常都见不着的王夫人是怎么知道这么多、这么细的？当然只有袭人告密，好几位花样少女们被她送上不归路，譬如晴雯。在宝玉与黛玉的感情交往中，花袭人始终是一块深藏不露的暗礁。袭者，击也。花袭人，即是善于佯装打扮的杀人者。这也正是曹雪芹的隐笔。细细琢磨，袭人此举，也是事出有因，一来她担心宝玉与丫头们嬉戏沉迷过多，荒废了学业；二来同为奴婢，她也担心自己的地位不稳固。晴雯被害，袭人的责任是客观、间接的，也是无奈的。

关于花袭人最后的命运，在第五回宝玉游历太虚幻境时，看到的第二个判词就是关于花袭人的——"又见后面画着一簇鲜花，一床破席。也有几句言词，写道是：枉自温柔和顺，空云似桂如兰。堪羡优伶有福，谁知公子无缘。"暗点花袭人最终嫁与戏子蒋玉菡这个结局。第二十八回中宝玉与冯紫英、薛蟠、妓女云儿等人行令唱曲时，蒋玉菡的酒令是"女儿悲，丈夫一去不回归。女儿愁，无钱去打桂花油。女儿喜，灯花并头结双蕊。女儿乐，夫唱妇随真和合"；唱词是："可喜你天生成百媚娇，恰便似活神仙离云霄。度青春，年正小；配鸾凤，真也着。呀！看天河正高，听谯楼鼓敲,剔银灯同入鸳帏悄。"词限为"花气袭人知昼暖"。当时蒋玉菡并不知道花袭人是宝玉房里的丫环,这是暗合。而且曹雪芹紧接着又安排了一条伏线,即袭人送给宝玉的松花汗巾子被宝玉赠给了蒋玉菡,而宝玉拿回给袭人的正是北静王送给蒋玉菡的大红汗巾子。想必后来这两条汗巾子经过宝玉之手,成了花袭人和蒋玉菡的信物。续回中正是照着这个思路安排的。

据脂砚斋评本提示,在最后贾府衰败之后,早已嫁给蒋玉菡的袭人,和丈夫一道接济宝玉、宝钗夫妇,以尽昔日仆人之义。蒋玉菡,谐音"将玉含",连起来就是"花袭人将玉含",喻指袭人的忠厚义气。还有一种更具有戏剧色彩的说法:袭人嫁给蒋玉菡后,渐渐过上小康日子。一个大雪天,她扶着婢女在庭中赏雪,忽听得门外诵经化斋之声,听起来有些耳熟,便让婢女开了门,没想到一下子顿住了:竟是多年不见的宝玉!彼此相视,良久不语,盛景不再,冷炙自知,昔日两情缱绻的主仆二人,而今的"不语"中,该有千言万语!但是两人竟然同时突然仆地而死!这个情节简直太神奇、太令人称绝了。

读红掩卷,整部作品像一场梦,一场让人沉醉酣畅又心悸哀婉的梦,一场花团锦簇姹紫嫣红又瞬间即逝灰飞烟灭的梦。每一个人物自身也是一个梦,恍如隔世凄美的衰景。美梦与噩梦,大梦与小梦,此梦与彼梦,就这样交织在一起,拧一把,滴下的全是近乎黑色的血汁。

梦醒说梦

梦总有醒的时候。窃以为,《红楼梦》是现实主义作品,是指其借梦说实,是真实社会的隐喻和镜像。

甄士隐、贾雨村两个人物名字,是对读者最明显的提示。

有人认为,"甄士隐"即"真事隐",我琢磨不那么简单,曹雪芹如果真的要隐去真实,他就没必要写这部直指黑暗社会的作品,相反,我认为他敢于斗胆直言,所叙之事,全是真事的影子,其重在真,而不在隐,即"真事影"而非"真事隐"。

贾府是甄家的镜像,是"镜中花"。大观园是一个浓缩的社会。除了皇家园林,当时的私家是断然找不出这样的"大观园"来的。曹雪芹之所以如此铺张、如此夸大地渲染其"大观",其真实用意,一是为小说人物铺陈一个充分的活动空间;二是以小见大、以家喻国,影射整个封建社会。

《红楼梦》无疑是一面镜子,深刻地映射了曹雪芹所处的封建社会腐朽没落的社会走向和错综复杂的阶级关系,集中地映

射了以贾府为代表的社会神经末梢对社会变革的感应和以贾府
人物为代表的各阶层人物的生存状况，真实地映射了中国封建
社会一段多彩的社会文化景象和传统文化精华与糟粕交织的状
态，堪称一部封建文化的集成版块和管窥清代历史一角的"清明
上河图"。《红楼梦》还是一面多棱镜和万花筒，丰富而艺术地折
射出封建社会畸形、阴暗、真实的斑斓色彩，更是一架通过观察
和剖析贾府这个细胞，进而深刻认识封建社会必然衰亡规律的
显微镜。

研读《红楼梦》，有一个现象必须注意，这就是其中"镜子"的
出现。

几乎没有人注意到，镜子始终是《红楼梦》全部故事的核心
和灵魂之一，曹雪芹笔下的"镜子"深藏玄机。前八十回原著中，
"镜"字出现过 68 次，除去"眼镜"一词出现两次，"镜"字有 66 次
之多。后八十回续中，似乎没有注意到这个问题。

这绝不是一种巧合。

曹雪芹心中始终有一面镜子，而且每到关键时刻就现身。时
时提醒我们，"甄士隐"，即真事影。

值得注意的是，宝玉是与镜子打交道最多的人。几乎每次镜
子出现，必有宝玉在场，或者都与宝玉有关系，是故事的关键。

第一次出现镜子，是第五回中宝玉在秦可卿的卧室，见到"案上设着武则天当日镜室中设的宝镜"。正是从这里，贾宝玉进入太虚幻境，引出诸多人物前世和后世耐人寻味的故事。脂本第十七回至十八回中，大观园建成，贾政率家中男丁及众清客，一边察看院中工程，一边题匾额、对联，并试宝玉文才。在一处院落内，"贾政等走了进来，未进两层，便都迷了旧路……及至门前，忽见迎面也进来了一群人，都与自己形相一样，却是一架玻璃大镜相照。及转过镜去，一发见门多了。"特别要注意的是，这座院落，正是先是被宝玉命名"红香绿玉"，后来被元春省亲时改作"怡红快绿"，一直由宝玉居住的"怡红院"！这绝不是巧合。在宝玉屋里的这面大穿衣镜前，贾政迷过路，贾芸惑过眼，刘姥姥糊涂过，宝玉胡梦过。

宝玉许多的梦都跟镜子有关，譬如在秦可卿的卧室，一梦进了太虚幻境；第五十六回，江南甄家来人，说起也有一个宝玉，竟引发贾宝玉做了一个寻找甄宝玉的梦，而且梦里套梦，景别完全一样，原来是贾宝玉对着镜子睡了一觉、做了一梦。在曹雪芹的前八十回中，贾宝玉并没有与甄宝玉见过面，在程高续本中，他俩是在第一百一十五回里见面的，但这次见面使贾宝玉病情加重，于是又引出了送玉的和尚。通过梦境和镜子，曹雪芹把两个宝玉连通了,十分坦白地点明了他们之间的镜像关系。

短命鬼贾瑞也是照过镜子的人。第十二回里他因贪恋凤姐美色上了凤姐的当,"冤业之症"已入膏肓。这时来了一位跛足道人,赠一把"风月宝鉴",说是"专治邪思妄动之症,有济世保生之功,"而且"千万不可照正面,只照他的背面,要紧,要紧!"谁知已气若游丝的贾瑞淫心不死,不敢看背面里的骷髅,偏要看正面里的凤姐,结果送了命。喜好假相,厌看真相,通过一面风月宝鉴,曹雪芹隐含着深刻的思想性。通观这一回,贾瑞死于淫心只是缘起,引出镜子的深刻寓意警醒社会:真相不好看,但是真实的社会。这才是曹雪芹的真实目的。

可见镜子并非《红楼梦》中的可有可无之物。还有多处诸如"镜里恩情""镜中花""镜中妆"之类的用语,足以看出镜子在曹雪芹心里的位置。正是通过这若干面"镜子",曹雪芹让读者把一个个精彩的人物形象、人物故事与现实生活对应起来;正是通过《红楼梦》这面"大镜子",曹雪芹试图映射中国古代封建社会的本质。

曹雪芹主要写的都是女性,但实际上他是通过女人反观当时社会的男人。这正是《红楼梦》的镜像效果。

那么,曹雪芹总共写了多少女性?有没有一份情榜?

一般来说，中国的古典小说有一个人物榜。周汝昌先生考证，曹雪芹原先在《红楼梦》末列了一个情榜，应有 108 位脂粉英雄，与《水浒传》中的 108 位绿林好汉相对仗，只不过这个情榜失落了。

这 108 位脂粉英雄的名字，均收入"太虚幻境"的"孽海情天"宫中的"薄命司"的名册中。周汝昌先生做了大致的排列：

金陵十二钗正册：林黛玉、薛宝钗、贾元春、贾探春、史湘云、妙玉、贾迎春、贾惜春、王熙凤、贾巧姐、李纨、秦可卿；

金陵十二钗副册：甄英莲、尤二姐、尤三姐、薛宝琴、邢岫烟、李纹、李绮、四姐儿、喜鸾、瑞珠、宝珠、傅秋芳；

金陵十二钗又副册：晴雯、花袭人、金鸳鸯、平儿、琥珀、紫鹃、白金钏、白玉钏、翠缕、翠墨、麝月、素云；

金陵十二钗三副册：珍珠、玻璃、彩霞、彩云、抱琴、司棋、待书、入画、绣桔、鹦鹉、黄金莺、茜雪；

金陵十二钗四副册：媚人、檀云、林红玉、紫绡、碧痕、秋纹、绮霞、佳蕙、春燕、小鸠、柳五儿、春纤；

金陵十二钗五副册：龄官、芳官、藕官、文官、茋官、葵官、蕊官、艾官、茄官、宝官、玉官、豆官；

金陵十二钗六副册：雪雁、碧月、丰儿、翡翠、傻大姐、坠儿、

蝉姐儿、莲花儿、靛儿、小鹊、鹦哥、丐儿;

金陵十二钗七副册:绣鸾、绣凤、彩鸾、彩凤、彩屏、小舍儿、文杏、小螺、小吉祥儿、篆儿、臻儿、良儿;

金陵十二钗八副册:嫣红、娇红、偕鸾、佩凤、文花、翠云、秋桐、善姐儿、银姐儿、豆儿、同喜、同贵;

金陵十二钗九副册:张金哥、青儿、智能、二丫头、袭人姨妹……

大观园大门一关,姑娘丫环们乐在其中,吟诗赋词,嗟叹嗔怨,啥事没有,但一旦跨出园门子,就气散神飞,灾祸接踵而至,无一不是下场悲惨。

第四十九回心直口快的湘云对初来乍到的宝琴说:"若太太不在屋里,你别进去。那屋里人多心坏,都是要害咱们的。"虽是玩笑,却点出了大观园女人们之间关系的复杂。

曹雪芹不愧为古今中外写女人的第一高手,他抡椽笔、濡重墨写女性,恨不能倾尽天下之朱颜丹色来染之抹之,采尽世间之珍卉奇葩来拟之喻之,却用一个"冤"字,一个"屈"字,一个"惨"字,设计了这些女子的命运。

《红楼梦》的人物,尤其是女性,都是围绕贾宝玉铺设的。宝玉喜欢大观园中的每一个女孩子,觉得她们都比污秽不堪的男人们干净，他从每一位女孩子身上，都得了他所需要的东西。

《红楼梦》中的人物形象几乎是没有单一的，而是个个栩栩如生，性格鲜明。凤姐有她尖刻、泼辣、势利，工于心计的一面，但也有她温存、怀柔、随和、恐惧和软弱的一面；王夫人有时表现出宽厚、仁慈，但有时露出残忍、狠毒的面目，金钏、晴雯等几个丫环就死于她之手；花袭人侍候宝玉心细如发，尽心尽责，但暗地里嫉妒黛玉、构陷晴雯等等。每一个人物都有其两面性，甚至多面性。这正是《红楼梦》人物乃至整部作品的魅力所在。从这一点来说，较之中国其他古典作品中白脸白到底、黑脸黑透心，简单的、脸谱式人物形象有很大的进步。

众女子中有一个令人议论最多，也是最神秘的人物，而且人们总爱把她与现实的某个背景联系起来。

这个人就是秦可卿。

秦可卿是一个幻境中的人物，也是整部作品中着力刻画的一个神秘人物。曹雪芹安排她在第五回入场，第十三回出场，并没有让她在现实中多生活。

第五回中说到贾宝玉随贾母一行到宁府赏梅花，有些困了，想睡午觉。秦可卿赶紧把宝玉安顿在自己房里小憩。正是这一觉，让宝玉游历了太虚幻境，察看了众钗的命运籍册，聆听了《红楼梦》十二支仙曲。作者通过一系列的信息符号暗示,秦可卿是一个可通神灵仙界的人物。宝玉初进秦氏卧室,见到壁上悬一副宋学士秦太虚写的对联:"嫩寒锁梦因春冷,芳气袭人是酒香。"惯用隐笔的曹雪芹,用了一个"锁"字,点出秦可卿是贾府命运之门的关键人物。

曹雪芹此处提及的秦太虚,即秦观,字少游,是离金陵城不远的扬州人,宋代著名的婉约词派大家,他青年时期生活放荡,云游四方。他的词写得淡雅清丽,韵味绵长。不管是居家时期,还是居官时期,或者遭贬谪时期,他都结交了不少妓女,写了不少男欢女爱之作相赠。

秦可卿所居天香楼,亦暗含"秦楼"之意。秦楼是秦穆公时萧史弄玉所居的凤台,后人借其名喻妓楼。在秦可卿的卧室这么一个极其重要的地方,挂了一副秦观的对联,对遣词布线苦心孤诣的曹雪芹来说,绝不是随意的。

但是,我查阅了山西古籍出版社出版的《秦观集》,发现并无此词,想必是曹雪芹假托其名,而实取其意。秦太虚,明合"太虚幻境";秦观,暗合秦"官";即朝廷之人;而秦观的放荡猎色和欢爱轻薄的生活,也营造了秦可卿的生活氛围。吟罢此联,不得不叹服曹雪芹构思之精妙、模仿秦观词水平之高深和寓意之深刻。

这里我还想多提一句秦观。秦观在宋神宗元丰八年中进士，做过五年地方官、四年京官，官至太学博士、国史院编修，但卷入政治斗争，被一贬再贬，贬至一介监酒税的小官，位置也离京城越来越远，一直到了雷州。宋徽宗继位后大赦贬臣，秦观也得以还京，但不幸死在半道上的滕州，终年52岁。之所以不厌其烦地叙述秦观的经历，是因为我觉得一是曹雪芹的人生遭遇，使得他在心理上与秦观有相通之处，二是从曹雪芹在《红楼梦》中的诗、词、赋、联、令来看，他酷好秦词，并深受其影响。相其心、好其词，借其名便顺理成章，更何况其名与曹雪芹所构之意境乃浑然天成。

秦可卿的每次出现，都是以警醒人的角色。第五回中的警幻仙子。第十三回中秦可卿进入凤姐梦中，对凤姐的一番话，全是警世良言，也是一个超越凡界的旁观者之言，有醍醐灌顶之力。

秦可卿受过良好的教养，贾府给她的待遇从地位到室内装潢，无不暗以王室成员视之。第五回借宝玉之眼，烘托了秦氏的复杂来历：墙上挂着唐伯虎画的《海棠春睡图》，两边的秦太虚题的对联，"案上设着武则天当日镜室中设的宝镜，一边摆着飞燕立着舞过的金盘，盘里盛着安禄山掷过伤了太真乳的木瓜。上面设着寿阳公主于含章殿下卧的榻，悬的是同昌公主制的连珠帐。"涉及的人物武则天、赵飞燕、安禄山、杨太真、寿昌公主、同昌公主，都是贵族显赫人物，且全有男女隐情和风流故事。曹雪芹这里暗示的是秦可卿的出身和风流艳史。而且正是在第五回，被隐指为秦可卿的警幻仙子密授宝玉云雨之事，宝玉从此情窦乍开，普洒爱露。秦可卿的弟弟，名秦钟，谐"情种"，一层意思是秦钟滥情，另一层意思暗指秦氏是催生宝玉男女情事的种子。

意味深长的是，曹雪芹如此暗笔勾画的一个人物，却是贾母素知"是个极妥当的人，生的袅娜纤巧，行事又温柔和平，乃重孙媳妇中第一个得意之人。"尤其是在得知秦可卿死后，贾府上下无不悲戚。"那长一辈的想她素日孝顺，平一辈的想她素日和睦亲密，下一辈的想她素日慈爱，以及家中仆从老小想她素日怜贫惜贱、慈老爱幼之恩，莫不悲号痛哭者。"也就是说，秦可卿一向是人缘极好的人。如果说，她是一个放荡淫乱纵欲之人，在封建礼教的社会里，她会像《红楼梦》中其他众多狗男狗女一样，遭人唾骂，是断然得不到如此尊重的。这里只有两种可能，一是秦可卿不是淫女，二是她与公公贾珍的关系秘而不宣，无人知晓。但也存破绽，焦大就骂过"扒灰的扒灰"，大概指秦可卿与贾珍的隐情，但是请注意，焦大骂的是贾珍，而不敢骂秦氏，这也只有两种可能——或者知道秦可卿的真实身份，或者感于秦氏的人缘不忍骂。

曹雪芹暗示秦可卿与贾珍有神秘关系，红学索隐派不少人对这层关系大费心思，认为秦氏"淫丧天香楼"有丰富的政治背景，她绝不是简单的病死的。当代作家、红学家刘心武还专门写过几篇长文和小说，对神秘的幕后进行了大胆的假设。红学大家周汝昌也部分地肯定了他的一些观点。

这里，我们不妨借助几何学的求证办法，来解秦可卿之谜。很多疑虑就能找到"疑似"的解释。我们假设一条虚线的存在，这条虚线可以是秦可卿与宫廷的神秘关系，比如说，她是一位长期密谋推翻皇帝的皇叔或王子们藏匿在贾府的女儿。

清朝是可能有这样故事的。康熙有二十个儿子，康熙十四年立尚不满两岁的二阿哥胤礽为皇太子，但随着身体健康、精力过人的康熙长期无退位之意，父王与王储之间的矛盾日益激化，加之众多兄弟相继成长起来，争权夺势、明争暗斗日趋白热化，皇太子两次被废，使康熙对传位之事分外谨慎，不再公开立储。有史学家认为，康熙的本意是传位于十四阿哥胤禵，但最终皇权落在四阿哥胤禛手里。这在历史上一直是谜。但谜归谜，一上台的四阿哥胤禛可不含糊，立即对他认为威胁其王位的兄弟们下毒手，其中八阿哥胤禩和九阿哥胤禟最惨，被雍正革除宗籍，一个被唤作阿其那(满语"狗"的意思),一个被唤作塞思黑(满语"猪"的意思),不久二人都吐泻而死。其他兄弟也或被圈禁,或被派去守陵,结局悲惨,其中有的子女被转移藏匿。

曹雪芹家族也遇过类似事件。康熙年间曹寅任江宁织造,其妻为李氏,其子为曹颙,另有继子曹頫。曹寅于康熙五十一年病逝扬州,康熙命曹颙继承江宁织造一职,但曹颙两年后卒于任上,其遗腹子便是曹雪芹。曹颙病逝次月,曹頫奉诏接任,一直到雍正六年被抄家罢职。雍正上台后,曹家遭遇严重的政治打击。曹家被抄后,江宁织造郎中隋赫德曾呈雍正皇帝的奏折,说到曹家在江宁织造衙门旁的万寿庵里藏有塞思黑交付的金狮。藏匿金狮,可视曹家为塞思黑的同党,也就是说曹家实际上卷入了宫廷内部残酷的血腥厮杀中。

那么,雍正的杀伐与曹氏家族的命运有着必须联系。

曹家藏匿的金狮,是否幻化成曹雪芹笔下的"秦可卿"?

在《红楼梦》中,秦可卿是其父、一位小官秦业从养生堂抱养,长到一定的时候嫁给贾蓉的。如果实情如此,秦可卿断不可受到良好的教育,也不会在临终托梦凤姐,说出那么一大套持家保业的道理来,而且秦业对秦可卿的死似乎也并不太上心,更没有应有的悲伤。照我们的假设,"小官秦业"只是掩人耳目之托,

"秦业"一名,被擅长用隐喻手法的曹雪芹暗指"王爷",即秦者,王也,业,音通爷,也就是说宫廷里的某位王爷才是秦可卿之生父,是由于陷于生死之夺才将公主藏匿同党家中。曹雪芹给秦可卿取的名字,"秦可卿",是否暗含"王克众卿"之意? 另外,秦,还暗合秦淮河之意,意即秦氏的家乡可能是金陵一带。

秦可卿暴死的过程,更是百般蹊跷疑窦丛生。从贾府内的一片紧张与忙乱,以及神秘太医的进进出出来看,其中必有隐情。有人认为,这很可能是秦可卿的家族势力彻底覆灭之后的一场异常举动。是皇上赐死,还是家人令其自戕,抑或是主动自杀?从文意来看,恐都不能排除。所谓"淫丧"一说,我理解可能是秦可卿绝望之后,对有多年关爱、欢爱之情的贾珍最后的报答。恰在此处,脂砚斋批令作者删除这一节的"四五页",肯定是因为恐其泄露了"天机"。

假设归假设,疑问依然存在。究竟是什么原因,使得贾府敢冒如此大的风险来藏匿秦可卿? 从贾府现有的几位"略有作为"的男人来看,比如贾赦、贾政、贾珍、贾琏等等,都没见到在官场上有多大政绩和野心, 贾府为什么非得放弃安宁的本分生活不过,偏要卷入血腥的宫廷残杀中? 既然贾府缺乏一个赖以振兴家族的政治上的灵魂人物, 为什么甘愿冒那么大的风险下那么大的赌注?应该说,贾府此刻应采取的策略是守势,而不是攻势,有必要惊慌失措吗?

或许还有一种解释,就是贾府早就知道已落入皇上清算的网中,只是没来得及收网。元春的入宫,延缓了灭顶之灾的临近。在这种表面的宁静和相对的安稳中,谨小慎微地过着日子,一旦宫中有什么风吹草动,"合家人等心中皆惶惶不定",或者元春有个什么好歹消息,贾府上下立即处于惊恐万状之中。所以当传宫里有太妃殁了,贾府里吓了一跳。

曹雪芹的如此笔法,正是在于暗喻贾府背景的复杂。

封建宫闱府第之间、帝王官僚之间错综复杂的关系,一直是《红楼梦》中一条若隐若现、欲言又止的暗线,它始终伴随贾府的兴衰荣辱,伴随宝玉的命运起伏。北静王、忠顺王等都曾在关键时刻出现,并引发不小的故事,这些故事都与秦可卿的神秘身份和出现,相互呼应,构成《红楼梦》明暗难辨的政治背景。

整部《红楼梦》里,有没有清醒无梦的人?

有,贾母。

贾母姓史,即万恶之始也。

贾母史太君是贾氏家族之主。史即始,一家之老祖宗。她一辈子养尊处优、安富享福,一言九鼎。她爱宝玉、疼宝玉、宠宝玉,似乎宝玉就是系在老太太身上的一块通灵宝玉,须臾不得离失。她溺惯宝玉,纵容宝玉,视宝玉为命根子。但又教宝玉不少为人处世之道,家主俨然;她喜闹怕静,害怕孤独、害怕家败,希望把满堂子孙全聚在膝下,猜谜听戏,歌吟赏花,营造一种欢乐祥和、繁荣富贵的景象;她信任凤姐,依赖鸳鸯,善于调节家庭气氛,平衡内外关系,主宰着贾府这条表面风光,却在风雨飘摇中桅折帆破四处漏水的破船的航向;她老眼不昏,洞若神明,早已看到贾府的衰景,时刻处在担惊受怕、唯恐祸之将至之中,但又不得不强装笑颜,即使在家破人亡之际,还不忘给家人打气提神、及时行乐。对家里不肖孽子,她怒其不争,恨其无用。对后辈早已不作指望。她和王夫人、凤姐、贾琏,甚至像鸳鸯一样心知肚明,早就看到了贾府的末日,但又无力回天,噤口不言。《红楼梦》以家喻国,贾母正喻此一国之主。

所以说,贾府里最清醒的一个人,当数老祖宗贾母。贾母虽然处在这个诗礼簪缨之族的末世,但她毕竟是这个百年家族的见证者,享尽辉煌荣耀,骨子里还存有政坛豪门的余温与霸气。所以当太医们对她的心头肉宝玉的疯痴病束手无策时,不由得激起她旧日的尊严和做派:"……看我不掀了太医院!"不过,这位史太君参透了一切。她知道贾府的劫难已到,气数已尽,只是不愿几百年家业毁在自己手中，不愿这一日到来太早，更不愿亲眼看到这一幕，她不愿多说，也不愿多想，靠吃"麻醉药"竭力维持着表面的热闹和虚华，只巴望过一种安宁、和睦、热闹的生活，及时行乐，甚至连自己的后事都已准备就绪，留下一笔为自己送葬的钱。

最清醒者最痛苦。有什么比这更悲哀的？所以说，贾母是全书中最可怜的角色。

但是，我们并不能因此原谅了贾母，她毕竟是贾府衰败的祸首。大观园女儿国的花枝招展和贾府的阴盛阳衰，固然有社会历史的背景，但与贾母的家庭家族政策有着必然的因果关系。除了宝玉这个"心肝儿肉"，一言九鼎的贾母对子、侄、孙、重孙没一个看得上眼的，倒是对所有女孩子，哪怕是远亲，都厚爱有加，欢喜得不得了。正是在这种双重标准和人文环境中，女孩子们包括丫环们在内，个个都个性张扬鲜明，出落得光彩照人，而男性们一个个灰不溜秋、蔫不啦叽的，人物性格不十分鲜亮。曹雪芹在这里一方面浅显地宣扬了一种女权主义，一方面也明示了贾府最终的衰败，正是源于男权的压抑无能，女权的无力回天。在这层意义上讲，曹雪芹又是女权主义最无情的抨击者。但是，请注意这个"但是"，曹雪芹最终的隐意，仍然是血腥的政治斗争和社会原因，贾母的家庭政策，女人见识、女人胸怀，导致了贾府的覆灭。女人当皇，天下几人？以家喻国，这正是曹雪芹思想的深刻。

如果说贾母是第一个看到贾府末日的人，贾政则是第二个。

贾政身为朝廷命官，本事不大，文才也不高。不过作为贾府高层人士，他是深知贾府败象，并深感忧虑的人。第十三回里贾珍用"坏了事"的义忠亲王老千岁生前所订的樯木做棺材装殓秦可卿，贾政劝之，"此物恐非常人可享者，殓以上等杉木也就是了"；第十八回大观园竣工，贾政率宝玉及清客众人题匾额赋诗联时，见到正殿崇阁巍峨，层楼高起，面面琳宫合抱，迢迢复道萦纡，青松拂檐，玉栏绕砌，金辉兽面，彩焕螭头，觉得"太富丽了些"；贾赦要把迎春嫁给孙氏，贾政"劝过大老爷，不叫作这门亲的。"第二十二回贾母主持的灯谜会上，见到元春所作的灯谜"一声震得人方恐，回首相看已化灰（爆竹）"，迎春所作"因何镇日纷纷乱，只为阴阳数不同（算盘）"，探春所作"游丝一断浑无力，莫向东风怨别离（风筝）"，惜春所作"莫道此生沉黑海，性中自有大光明（佛前海灯）"，宝钗所作"焦首朝朝还暮暮，煎心日日复年年（更香——一种计时的香）"，不觉沉思道："娘娘所作爆竹，此乃一响而散之物。迎春所作算盘，是打动乱如麻。探春所作风筝，乃飘飘浮荡之物。惜春所作海灯，益发清净孤独。今乃上元佳节，如何皆用此不祥之物为戏耶？"心内愈思愈闷……愈觉烦闷，大有悲戚之状，因而将适才的精神减去十之八九，只垂头沉思。这说明贾政已深忧家族的命运前途了。第三十三回贾政因宝玉荒废学业、在外客面前"全无一点慷慨挥洒谈吐"、与忠顺府养的戏子琪官关系暧昧、被贾环污其因强奸未遂导致金钏儿投井而死等几件事，憋着一肚子气，把宝玉狠狠地毒打了一顿，直打得宝玉皮开肉绽昏死过去。贾政是深知宝玉如此不争气、不学好，将来必然酿成"弑君杀父"的恶果。从他实施家庭的"严刑峻法"，看得出贾政还没有完全麻木，是一个头脑尚清醒的人。但他毕竟无能为力，尤其在其母、其妻等女眷面前，显得阳气不足。正是这种阴气太盛的贾府，泯灭了包括贾政、贾宝玉在内的众男子。

还有一个明白人，那就是早早夭亡的秦可卿。秦可卿是贾府衰势的知情人，如果前述她真实身份成立，那么她深知在她身后，卷入政治旋涡的贾府行将灭顶的必然结果。第十三回秦可卿命夭之际，王熙凤梦见秦氏前来赠言，正是建立在这一深层次原因之上。秦氏告诫凤姐："否极泰来，荣辱自古周而复始，岂是人力能可保常的""莫若依我定见，趁今日富贵，将祖茔附近多置田庄、房舍、地亩，以备祭祀、供给之费皆出自此处，将家塾亦设于此。……如此周流，又无争竞，亦不有典卖诸弊。便有了罪，凡物可入官，这祭祀产业连官也不入的。便败落下来，子孙回家读书务农，也有个退步，祭祀又可永继。……眼见不日又有一件非常喜事，真是烈火烹油、鲜花着锦之盛。要知道，也不过是瞬息的繁华，一时的欢乐，万不可忘了那'盛筵必散'的俗语。"这些赠言殚精竭虑、苦口婆心、入木三分，让人感叹，这岂是寻常人家子女能说得出的话！怪不得畸笏叟"悲切感服"。秦氏所说"一件非常喜事"，是指不久元春晋封凤藻宫尚书、加封贤德妃一事。至于秦可卿是如何预知此事，曹雪芹欲说还止，是想隐指秦氏与宫中的关系。

贾赦算不算贾府里的明白人？算，又不算。说算，是因为他把一切看得特明白，是贾府中权欲最盛的人。他把丫环秋桐赠与儿子贾琏，看似奖赏，实则为制约、监视凤姐，没想到反倒被凤姐借作计杀尤二姐之刀。他想讨鸳鸯为妾，实为看中鸳鸯在贾母心中的地位、掌管老太太钱财的权力，是为图权谋财。他甚至动用了他的老婆邢夫人出面去讨，没承想丫环鸳鸯位卑志坚，宁死不屈。贾赦的种种图谋屡屡失算，所以说他也算不得个真正的明白人。

还有一个人，也是对贾府看得明白的人，但本人并不是贾府的人，她就是一脚门里、一脚门外的妙玉，她以净眼看红尘中的贾府，保持着若即若离的关系，往往一眼洞底。前面对她已有叙及，此处不详述。

梦外说梦

一叶知秋、见微知著，这是《红楼梦》的魅力。

整部《红楼梦》，是一处精雕细刻的微缩景观，又是一部中国封建社会的大百科全书，是集政治学、社会学、文化学、建筑学、园林学、植物学、服饰文化、饮食文化、诗词、楹联、酒令、谏词、偈语、灯谜、歌谣、曲赋、戏曲、音乐、美术、礼仪、习俗、宗教、哲学、数学、医学等多门学科、多种综艺为一体的大观园。

曹雪芹是唯美主义者，他笔下的女性、园林建筑、器皿物件、诗词谜令等，无不美轮美奂，古往今来，唯其独尊，无可匹敌。不仅如此，整部作品在结构、意境、寓意的布设与营造上，也是匠心独运。这个大观园的景物，不是简单的平面式的世相罗列与堆砌，而是一尊错落有致、搭配协调，集合中生出许多风景与故事的精美艺术品，无论从大处着眼，还是小处着手，《红楼梦》通篇都透着精巧与美观。

结构是这部巨著的内在力量。《红楼梦》的谋篇布局大气恢宏而严密、精巧,"梁栋""斗拱"数不胜数,起、承、转、合等关节讲究精致、周密,深见匠心,叠檐起脚、架椽埋桩均有精心的考虑,闲笔不闲,累笔不赘,藏笔万点,伏笔千里,意境奇丽,风景迭起。故事情节张弛有度,起伏有致。高潮引人入胜,却是早就铺设好了多条线索,灵感的火花一同点燃,生发出绚丽的异彩。冲突处波谲云诡,风起云涌,一波未平一波又起,还节外生枝,闹出许多余波素浪来。而且这些高潮和冲突都有着内在的依存度和关联度,使得通篇文字外松内紧,似张还弛,且露且藏。作品虽经二百多年来多人传抄补佚增删,但内核并无结构性嬗变,足以说明其内在结构的力量是巨大的。这也正是《红楼梦》久历风雨而愈见其璀璨,传之久远的内在原因。光"《红楼梦》结构学",就是一门博大精深的学问,古今中外,没有哪一部作品可堪比肩。

中国旧小说的结构很低,讲究开宗明义,像回目一样,开始几段就把全书的主旨、梗概,甚至结局或明示或隐喻出来。《红楼梦》自然也是这样,不但有对仗恭正、提炼精辟、用词考究的回目,而且头三回就把全书概要和盘托出。看开头就能猜几分结局,但诱得人又不得不续读,明着抖包袱,这也是《红楼梦》的魅力。

第一回是全书的总纲,主要叙述三个方面的内容,一是从太虚幻境说起,通过一僧一道之口,对人世沧桑、红尘女子、姻缘恩怨来一番评述;二是借僧道之口,讲述通灵宝石、神瑛使者和绛珠仙草之间的前缘故事,铺下全书的主线;三是讲述了甄士隐的故事,本是安稳人家,却不料在几年之内,遭女儿被拐、家业被焚、受辱见欺等等厄运,成为贾府兴衰的微缩,甄士隐也成了贾宝玉的化身。第二回则是全书人物命运的总括。《红楼梦》的这种结构使得其既恢宏奇丽,又精巧灵动,回廊重叠,机关四伏,而且荡漾着一种神秘之气,是不亚于墨西哥玛雅遗址神奇的巨构。

作者一开始对宝玉就有一个定位。第一回说起"顽石"的来历,就是女娲补天时炼得的三万六千五百零一块石头中的一块,"独自己无材不堪入选",喻示宝玉本无大德大才,乃无可造就的庸材一个,终无出息,只能落得个"自怨自叹,日夜悲号惭愧"的下场。但即使是这么一个人,也是与人间有着千丝万缕联系的——《红楼梦》中所有人物,无一不因他的喜为喜、忧为忧、乐为乐、悲为悲,用其母王夫人的话来说,就是"孽根祸胎""混世魔王"和"冤孽"。贾宝玉导演了全部人生的悲剧。话说这块无才补天的石头,正独自嗟悼之时,偶遇茫茫大士和渺渺真人,便苦求两僧道带它入"富贵场中、温柔乡里"享受荣耀繁华。两僧道说:"那红尘中有却有些乐事,但不能永远依恃;况又有'美中不足、好事多磨'八个字紧相连属,瞬息间则又乐极悲生,人非物换,究竟是到头一梦,万境归空,倒不如不去的好。"寥寥数语,是整部《红楼梦》故事的精编缩写版,实际上就是对整个故事的过程和结局做一高度的概括和提炼。

第五回宝玉神游太虚幻境,可视作全书的总纲。书中主要人物的命运,基本都隐含其中。宝玉从"薄命司""金陵十二钗又副册"橱中抽出一册,打开就是晴雯的判词:"霁月难逢,彩云易散。心比天高,身为下贱。风流灵巧招人怨。寿夭多因诽谤生,多情公子空牵念。"把晴雯的性情、心地、身份和命运结局白之文首。

还有,作品开头一段僧道对话,道出林黛玉与贾宝玉的关系:"西方灵河岸上,三生石畔,有绛珠草一株,时有赤霞宫神瑛使者,日以甘露灌溉,这绛珠草始得久延岁月。后来既受天地精华,复得雨露滋养,遂得脱却草胎木质,得换人形,仅修成个女体,终日游于离恨天外,饥则食蜜青果为膳,渴则饮灌愁海水为汤。只因尚未酬灌溉之德,故其五内便郁结着一段缠绵不尽之意。……那绛珠仙子道:'他是甘露之惠,我并无此水可还。他既下世为人,我也去下世为人,但把我一生所有的眼泪还他,也偿还得过他了'。"这一段把黛玉的前世后世道了个明白,也把她与宝玉的关系扯清楚了,还暗喻了她的结局。

如此写法,曹雪芹多处使用。

重墨濡染的笔力使这部作品意境浓郁酣畅。爱情、婚姻、家庭是《红楼梦》涉及最多的主题,而且写得特别精彩入胜。一些介绍《红楼梦》梗概的文字,甚至连京郊黄叶村的简介都说,这是"一部以宝黛爱情悲剧为主线的小说"。这种浅读曲解《红楼梦》的说法,我是断然不能接受的。应该说,《红楼梦》首先是一部反封建主义的力作,它通过一个家族的没落,剖析一个社会细胞,既微观又宏观地深刻揭露了封建专制统治的残酷、腐朽,鞭辟入里地痛斥其噬人的本质。爱情、婚姻、家庭只是其一条条副线、一座座平台和载体。曹雪芹写情固然精彩,但绝不能以"爱情"浅薄轻慢了巨著深刻的思想性;就是从情来看,宝黛之情虽然令人咏叹,但也只是众多条情线中的一条,主子之间、主仆之间、奴婢之间,都有超越身份、地位的爱情,都有人类共通的美好的情愫,值得品味玩赏,应当用阶级分析的方法解读之,只是宝黛这根情线比别的要鲜亮一些罢了。曹雪芹以情幻世,借情说理,"大旨谈情",这是其高超的艺术手法,绝不能简化之。

以家喻国,驭国如家,这是《红楼梦》深刻性所在。但是作者视野的局限,置贾府于封建专制统治的权力末梢和信息终端,既不在决策层,也不在执行层,而是在感应层,接收着风云际会的各种信号。贾府只是封建社会的一个细胞,但麻雀虽小,肝胆俱全,也是一个放大了的社会权力运作中心,其管理体制、机制、方式、程序、效果,与国家运转并无二致,是简化的国家、浓缩的社会,从中能管窥封建社会的全貌。譬如,第九回《恋风流情友入家塾 起嫌疑顽童闹学堂》,虽然是描写贾家义学堂里发生在宝玉、秦钟与一帮学童间的一场斗殴风波,但却是一个经典片断,集中折射了贾府内部矛盾纠纷和错综复杂的人际关系。

从这个意义上说,《红楼梦》是一部放大的微雕,一部浓缩的巨构。

那么,曹雪芹的身世与红楼梦里的生活是一种什么关系?这是"红迷"们经常思考和考证的一个问题。

曹雪芹写的绝对不完全是自己,但绝对有自己的影子,而且是从自己的视角表现生活。我感觉曹雪芹在构思《红楼梦》时,设计了两个版本的思路,一个显本,一个隐本。寻常百姓、说书人、连环画读者、电视观众看显本,而政治家、史学家、研究者看隐本。显本里,男欢女爱,缠缠绵绵,恩恩怨怨,故事一波三折,让人牵肠挂肚,煞是精彩;而隐本里,一条明线是贾府成员之间、奴仆之间关系复杂,钩心斗角,另一条暗线则是一部《红楼梦》隐藏着作者欲说还止的政治背景和政治寓意,如秦可卿的身世之类。这其中，必定深藏着作者置身生活的支点，也就是说，作者肯定不是场景的局外人。无论是显本还是隐本，都是一幅生动、形象、深刻而丰富的"清明上河图"。

那么，曹雪芹与贾宝玉究竟是否有关系？曹雪芹是否等于贾宝玉，也等于贾兰？或者说，曹雪芹是贾宝玉、贾兰的合成？

新红学奠基人胡适在《红楼梦考证》里曾认定，甄宝玉、贾宝玉都是曹雪芹本人，甄、贾两府即是当日曹家的影子。

胡适的考证说受到一些人的质疑，譬如，曹家有元妃吗？贾家有荣宁二府，曹家有吗？对这种斤斤计较式的质疑，我是不赞成的，文学不等于史学。

诚然，《红楼梦》不是纪实体小说，也不是自传体小说，但是，《红楼梦》中肯定有曹雪芹的影子，有曹氏家人的影子，有曹雪芹的视角，这是毋庸置疑的。

我斗胆认为，贾兰就是曹雪芹的原型。

曹雪芹在老家南京出生并度过了幼年，但那时的曹雪芹少不更事，不可能以成人身份体验曹氏家族的荣华富贵和衰败潦倒。必定至少有一位亲历者，而且是核心人物之一者，事后一一讲给长大的曹雪芹听，曹雪芹才可能一一记下，积累成日后创作的素材。试问，谁最有这个身份，最有这个便利，而且有这个耐心？谁最了解女人堆里的恩恩怨怨是是非非？谁最能体悟并伤感那一日不如一日的凄凉晚景和个中滋味？

当然其母是再合适不过的人选了。曹雪芹是遗腹子，是母亲含辛茹苦把他抚养大，苦口婆心"痛说家史"，教他懂理明事成才，当然在他的笔下是有这样的位置的。从全书中推理，哪位女性最谁能对号入座呢？当然只有李纨最合适。无论从形象、涵养、声望和地位来看，李纨都是中性，或者中性偏褒的，大观园众多女性中唯有李纨享有这一待遇。让她"当"曹雪芹的生母，再合适不过了。

那么，曹雪芹就是贾兰？

很恰合，贾兰也正好是遗腹子。但这一身份还不够，要跻身当年的奢华生活，须得一年纪相当的男子才能"情景再现"，于是曹雪芹就虚拟出一位"贾宝玉"来，也就是说，贾宝玉是贾兰的"过去时"、虚拟的影子，或者说，贾宝玉是"放大的"贾兰，饰演当年的曹雪芹，贾兰是贾宝玉的雏形。

但由于现在曹雪芹创作的环境是在京城，而当年真实的生活场景是在金陵，于是便构出一个影子"甄宝玉"来，而且让"真宝玉"在镜子面前对着"假宝玉"显形，让他完成暗示场景转换的任务。

还有更重要的史料佐证。康熙四十五年八月,曹寅《奏谢复点巡盐并奉女北上及请假葬折》中说:"……今年正月太监梁九功传旨,著臣妻于八月船上奉女北上。……窃思王子婚礼,已蒙恩命……"又,同年十二月,曹寅再呈《奏王子迎娶情形折》:"前月二十六日,王子已经迎娶福金过门,上赖皇恩,诸事平顺,并无缺误。……重蒙赐宴,九族普沾!"从中可以看,曹寅的确有一女儿嫁给皇室。只是有可能她嫁的是某位王子,的确成为王妃,只是曹雪芹把她"提拔"成皇帝的妃子。在《红楼梦》中,此人正是贾元春!曹寅的这个女儿,是曹雪芹的姑姑,正如贾元春是贾兰的姑姑!如此这般,关系正好套上,所以说,曹雪芹与贾兰之间,似可画一等号。

如此大胆假设,不知曹公认可否?

不管怎样,红楼人物身上有曹雪芹自己的影子,寄托着他的思想理念。歌颂与鞭笞、钦佩与憎恶、警醒与忧患,长吁与短叹,通过各色人等的言行表达出来,人世间的一切美与丑、善与恶、荣与辱、兴与衰、起与落、雅与俗、聚与散、悲与欢,都浓缩于尺幅方寸之间。

还有人对史湘云很感兴趣,例如,史湘云是不是曹雪芹的情人?

史湘云好假小子打扮,被黛玉戏为"孙行者",怂恿宝玉要新鲜鹿肉去烧着吃,还说:"我吃这个,方爱吃酒。吃了酒,才有诗。若不是这鹿肉,今儿断不能作诗。"自醉"是真名士自风流",讨厌黛玉的"假清高",说:"我们这会子腥膻大吃大嚼,回来却是锦心绣口。"在芦雪广十二姐妹争联吟雪诗,史湘云"扬眉挺身"舌战宝钗、宝琴、黛玉,十分精彩和激烈,独显闺中男儿气。其中有一句"野岸回孤棹,吟鞭指灞桥",富有男儿气势。但曹雪芹在此处还隐有另外的深意,灞桥多与折柳送亲相关,侠士柳湘莲名字也是暗含柳、湘连之意。此处暗指湘云曾与柳湘莲有过婚姻。从中不难看出,曹雪芹对史湘云有偏爱和好感。湘云容貌好、性情好、有才情,嫁了个好丈夫,只是偏偏不久这个倒霉的丈夫就殁了。很显然,在没有一个好下场的众女子中,史湘云的结局是好的。

贾宝玉从张道士那里得到一个金麒麟,与史湘云的是一对,暗示两人有关系。如果曹雪芹是贾宝玉的原型,那么曹雪芹的生活中必定有一位像史湘云这样亲近的女子,或者是情人。是不是,且待人们猜想。

那么,脂砚斋是谁?畸笏叟又是谁?是同一人还是两个人?他们为什么要批注《红楼梦》,又为什么不暴露真实身份?他们为什么那么熟悉贾府生活,又要极力保护曹雪芹?这也是"红谜"之一。

有一点毋庸置疑,这两人是亲近曹家或曹雪芹本人的人。按曹雪芹的创作方法,他身边的人肯定要写进书里,而且活着的,看着他写这部书的这两人,在书中的角色不会太难堪。掩卷排列众人物,类似林黛玉、史湘云、探春、鸳鸯地位的人可能性最大。

在推测之前,我们先探究一下在曹雪芹生命中激起涟漪的几位女子。

霓苏,雪芹的表亲,年少时共学,朝夕相处,对雪芹深怀恋意。雪芹曾题"谓是无缘却有缘,如花妆琢忆鬓年",但无果。

绿绮,雪芹的表亲,美丽聪慧,年少时与雪芹共学,15岁时随父赴扬州任,相隔两地。一天,绿绮与雪芹在玲园相遇,"落红满地,芳臆怅触,掇收碎英",并做韵诗一百二十首。这与黛玉葬花何其相似!

娟,某名门之女,与雪芹山盟海誓于佛前,后无果。雪芹为之做诗:"荷芍瑰蕙秦姝泪,豆蔻椒兰越女妆! 放歌澹圃思幽境,胭脂涕泗祷英皇! "

沉霞,姻亲,少时即相识,擅长诗词和针线活儿,18岁时与雪芹重逢,常有诗词唱和。不幸的是芳年早逝。有人认为,沉亦为湘地之水,霞即云,"沉霞"就是"湘云"。

萝菲,父亲是护使武官,因有机会出国,并游历名山大川,诗词雄绝而且绮靡。曹太夫人曾想让萝菲与雪芹成姻,但未果。有人认为,萝菲是薛宝琴的原型。

紫锦,表亲,比雪芹小一岁,生得国色天香,自幼与雪芹相处七年,"发乎情而止于礼"。紫锦姑娘文思敏捷,才如泉涌,但性情忧郁柔弱,雪芹曾为之做诗六万言。后随叔叔赴山西上任,雪芹竟哭得眼睛流血,并设祭坛焚诗。

灵蓝,曹母的丫环,与雪芹两小无猜,感情笃深。灵蓝死后,雪芹为之做祭文。

姬,金陵人氏,性格豪爽大方,见外人不避言笑,有男儿气派。雪芹在掇芳斋读书时,姬死。

…………

从以上诸媛中,我们不难看出她们在《红楼梦》中的投影。曹雪芹是美男子,能诗善文,孤傲高狂,唯独对女子体贴迁就,是一个苦命的情种。这些女子的相继殒命或别离,直接反映在他的笔下。

这几位女子中,谁最能体恤曹雪芹?绿绮、沉霞、紫锦当之,而犹以绿绮、紫锦为甚。这两位恰好构成林黛玉的原型。

再看书中,第六十二回里黛玉与宝玉谈心,说到探春的能干,黛玉不无忧虑地说:"咱们家里也太花费了。我虽不管事,心里每常闲了替你们一算计,出的多,进的少。如今若不节俭,必致后手不接。"这说明黛玉一直在为贾府的财力赤字和经济负担心忧。

谁对治家理财有体会？除了凤姐，当数探春和鸳鸯，鸳鸯替贾母管钱。但这两位或有主待嫁，或位卑无忧，并没有深虑。只有臆想成为贾府未来第一夫人的黛玉旁观者清，当然心事重重。当批阅到贾府五大弊端时，脂砚斋"掩面而哭"，似与黛玉心相通。

因此，可以大胆地设想，正是表姐或表妹绿绮、紫锦，幻化而成林黛玉，并成为后来曹雪芹生命中最亲近的，被曹雪芹请来批阅《红楼梦》的一位才女，她极有可能就是脂砚斋或畸笏叟中的一个！

曹雪芹创造最具特色的艺术性表现在哪里？

在于他创造了"红楼笔法"和"冷热笔法"。我认为。

先说"红楼笔法"。

《红楼梦》巨大的艺术魅力之一，是作品以梦隐实，以幻喻真，以谜射底，伏线千里，隐语、谶语、谜语、谐音词密布，到处是线头，到处有暗扣，每一个元素都是谜。曹雪芹精心研磨，每一个字都可谓添一笔嫌冗，少一笔嫌简，笔笔藏暗机，句句有韵味。

我称之为"红楼笔法"。

作品中的重要客串人物，曹雪芹名之"甄士隐"，脂砚斋注之为"真事隐"，卷首也自言"将真事隐去"，一般红学家也如此认为。但我认为，绝不能如此简单理解。应该至少包含两层含义：

一是"真世隐"。或许这是一种比较准确的理解。这个"世"还可分解成两层意思，一层是真实的时代背景，因为从小康之家坠入困顿之境的曹雪芹害怕触怒当局，引火烧身，故模糊掉真实的年代岁月；第二层意思是，《红楼梦》构建了一个幻世、一个尘世、一个梦境，整部作品透着唯心主义的世界观，前世、今世、来世三世相通，互为因果，不辨真世。

二是"真事影"。即《红楼梦》记叙的是一段真实故事的影子。关于这种解释，我在前面关于镜子的论述中已有涉及。

谶语多于牛毛，这是红楼笔法的一个明显特点。第十六回中贾琏陪黛玉从扬州回来，向凤姐道了操劳之谢，凤姐先是谦虚了一番，然后叫了一会儿苦，说："你是知道的，咱们家所有的这些管家奶奶们，哪一位是好缠的？错一点儿她们就笑话打趣，偏一点儿她们就指桑说槐的抱怨。'坐山观虎斗''借剑杀人''引风吹火''站干岸儿''推倒油瓶不扶'，都是全挂子的武艺……"这里面带引号的，其实全是谶语，每一句都是后面的故事，每一句都点了一个人。

第六十二回宝玉寿筵上众姐妹玩射覆游戏，宝钗覆了一个

"宝"字,宝玉说了一句"敲断玉钗红烛冷",射"钗",香菱又联想到"宝钗无日不生尘",虽是戏玩,却是谶语。宝玉所言"玉钗",当是黛玉、宝钗,曹雪芹暗喻后来宝玉避祸出走,隔断了与黛玉、宝钗的联系,宝钗只好过着"红烛冷""无日不生尘"空守闺房的清冷日子。

《红楼梦》通篇警言奇喻四起,预言谶语四伏,寓言隐语比比皆是。如"千红一窟(哭)"(茶名)、"万艳同杯(悲)"(酒名)的悲惨命运。许多人物出场时看似不经意、不显山露水,但越到后来越重要,最后甚至一跃而起,成为力转乾坤,使情节急转直下的关键性人物。一些故事情节看似平铺直叙、可有可无,却不料成为剧情发展必不可少的铺垫和前奏。比如,第二十八回中,写贾宝玉初会蒋玉菡,方知他便是大名鼎鼎的男伶琪官,不免情意缠绵,当下在没人处互解腰上汗巾相送。这一动作便是一处绝妙的伏笔。第三十三回中忠顺亲王府派人上贾府找贾政要家养的戏子琪官,宝玉正欲辩解,不料腰间的红汗巾子露了馅儿,惹出宝玉勾引王府名伶的祸事,隐示了贾府与王府之间的政治斗争。这一伏笔还妙在宝玉赠蒋玉涵的绿汗巾是袭人送的,宝玉见袭人生气,便赶紧把所受赠的红汗巾系在袭人腰上。结果是蒋玉菡的腰巾在袭人身上,袭人的腰巾在蒋玉菡身上,谁知这两条汗巾子成了人生命运和婚姻的标志——结局中袭人嫁给了蒋玉菡。当然，这一结局是程高二人编出来的，但也说明程高看出了曹雪芹的潜意。这是一处伏笔套伏笔的经典例子。

《红楼梦》中440多个出场人物，没有一个是可有可无的，每一个都不是单演独角戏，而是密网上的一只蜘蛛，与周边人物、周边环境有着千丝万缕的关联。有时看似闲笔，却是一整部书中断不能少的一个机关，拔之整个结构土崩瓦解稀里哗啦。譬如第一回中，甄士隐几岁的独生女儿英莲因看社火花灯走失，却不料英莲成了以后一个重要人物香菱。

曹雪芹还是取名隐喻的高手。宝玉住的怡红院，字面上看当然是"以红为怡"，以终日嬉戏于女孩子们间为快事，但最早大观园盖成取名时为"怡红快绿"，谐音即"遗红快了"，怡红院即"遗红院"，暗喻宝玉是葬送大观园群芳们命运的祸首，一个大观园，实际上是一处葬花冢。仆人霍启，亦即"祸起"，甄士隐的女儿英莲就是被他弄丢的，故事就是从这里展开的。李纨，服礼之完人，乃贞烈女子。曹雪芹以之喻母。青埂峰，乃"情根"谐音。薛宝钗的衡芜苑，是"恨无缘"或"恒无缘"谐音。卜世仁，即"不是人"；卜固羞，即"不顾羞"；妙玉，即"妙喻"，或者"庙寓"。还有不少人名、地名、匾名等等，都被曹雪芹开发用作营造意蕴的载体。

曹雪芹很大方，把人世间最美好的辞藻都送给了大观园的女儿们，但他又是吝啬的，把玉钗凤等奉之富贵小姐，却把花草月鸟赠与丫环们。元、迎、探、惜四春由脂砚斋点明为"原应叹息"后众人皆知。但是对她们的丫环名字，考究者不多。元春省亲带来出场的丫环有抱琴，迎春的丫环名司棋、绣桔，探春的丫环名待书、翠墨，惜春的丫环名入画、彩屏。曹雪芹惜墨如金，绝不会随意命名，必有讲究。其实，丫环的名字拼起来，既表明四位小姐有琴、棋、书、画之爱好，也暗示四位小姐的命运。先从迎春的丫环说起，司棋、绣桔，即死期、休局，迎春当是死于被孙家所休弃；待书、翠墨，即探春虽远嫁海疆，但八十回之后肯定还有几处等待书及，即为碎墨（南方碎、翠同音），或为"最末"；入画、彩屏，谐入化、才平，暗示惜春最后遁入空门才过着平静的生活。至于元春的随宫丫环，一为抱琴，另一人周汝昌先生推测为"琴囊"，但我认为不十分贴切。琴与秦音同，秦为王姓，抱琴即拥王，喻元春入宫晋封一事，根据其命运结局，因王而亡，因此其另一位丫环应在"亡"上做文章，有可能名"莞儿"之类。

薛宝琴是大观园里最见多识广，而且见过外国人的小姐。第五十一回中她以自己游历过的名胜作怀古绝句十首，内隐十件物什，因"大家猜了一回，皆不是"，文章就打住了。

曹雪芹虽着墨不多，也没有给出谜底，但200多年来引发着人们无尽的想象，纷纷竞猜，答案各个不同。

其中第十首为《梅花观怀古》：

> 不在梅边在柳边，个中谁拾画婵娟。
>
> 团圆莫怀春香到，一别西风又一年。

许多红学家猜为"纨扇"，或"团扇"，但我认为都不十分妥帖，只有"月饼"方能解底。

"不在梅边在柳边"，"柳边"即"卯"字，卯者，兔也。玉兔画婵娟，即是照月画饼；月饼乃团圆之意，"莫怀春香"意即与春季不挨边，隔着一季，顺数逆数都是秋天，八月十五过中秋，一年一度；秋风送月，当然是"一别西风又一年"。而且"一别"音近"一撇"，南方方言中为掰成两爿之意，既符合吃月饼时的动作，又罩之淡淡的伤感。

据此，我认为，此谜底应为"月饼"。

《红楼梦》所有背景让人有不甚明朗之感，常常如坠梦中。200多年来，诸多红学家对《红楼梦》中人物的准确年龄、故事发生的时间背景做过很多评析，均指摘曹雪芹笔下的矛盾、谬讹与模糊。不少人甚至替曹雪芹列出年谱、年表之类，以陈其讹、以求其真，但又无一人能说出应该的准确数字来。

比如，第二十二回里给宝钗过生日时，她才 15 岁。宝玉与黛玉见面时，年不过七八岁。但在曹雪芹笔下，他们三位早已学富五车，满腹经纶了，而除了整天的恩恩怨怨，书中见不到他们是怎样读书的；第六回写到宝玉偷试云雨情时，理应是一位成熟男儿，但按书所叙，却不过八九岁。每一个人物的真实年龄都是谜，或者前后矛盾，或者语焉不详，无一确切者。

模糊、矛盾的岂止是年龄！譬如，故事发生地，是在长安、都中，还是金陵、北京？人物的相貌，有几个是眉须毕现、五官清晰的？如此丰富多味、纷繁复杂的故事，究竟发生在哪个朝代？等等。

多处模糊印象，是无意疏漏，还是有意为之？

我以为，作为旷世之大家，曹雪芹"披阅十载、增删五次"《红楼梦》，如此地殚精竭虑、煞费苦心，不至于无意中把这些今人看来是基本元素的内容，如此大面积、几乎无一例外地全搞错。

我以为，这些"前后矛盾""阴差阳错"，恰是曹雪芹的匠心独运所在。他把一切可以被称为棱角、被"对号入座"的因素，全部压缩、打磨、遮掩得你如置身云山雾海，让你断不出、说不清、道不明。这正是曹雪芹的"红楼笔法"。

我以为，《红楼梦》的魅力在于引人入胜的故事情节，而这些情节，是以主人公表现情节、细节时的所需年龄为平台和条件来展开的，而与实际的、应该的年龄并不一定相符。按需取材、随心所欲，无须按严格的年表来行事，这种"情节为先、年龄次之"，或者说"年龄服从情节"的表现方式，正是《红楼梦》的艺术特色。

再说"冷热笔法"。

描述热而笔调冷，场合热而曲终冷，表面热而内心冷，这是曹雪芹创造的又一文学手法。他擅长写热闹场面，铺陈锦绣，装饰华丽，金碧辉煌，人物言语嬉笑怒骂皆成戏，但是，这种虚浮喧哗的背后，却处处透着凉意。写了几场节令活动，贾府处盛世时，写的多是过元宵节等，处衰势时，描画的多是中秋节，透着几丝凉意。

秋景，尤其是晚秋，在《红楼梦》中描写最多，时令的凄凉衬出贾府的衰势。如第三十八回中宝钗的《忆菊》："空篱旧圃秋无迹，瘦月清霜梦有知，"宝玉的《访菊》："霜前月下谁家种？槛外篱边何处秋？"黛玉《咏菊》："满纸自怜题素怨，片言谁解诉秋心？"第四十五回中黛玉作《代别离·秋窗风雨夕》，一口气用了秋花、秋草、秋灯、秋夜、秋窗、秋梦、秋情、秋屏、秋院、秋风、秋雨等词，可见其秋意正浓，也反映其心境凄凉。

曹雪芹始终是一位冷峻的作者。他一直冷眼察世、热笔写文，总在不经意处提醒读者，甚至用谶语、词令、回前诗等形式，给主人公炽烈的感情、热闹的场面泼一瓢冷水。如第八回宝玉和宝钗互相鉴赏通灵玉和金锁的情节中，用"后人曾有诗嘲云"的方式附诗一首："女娲炼石已荒唐，又向荒唐演大荒。失去幽灵真境界，幻来亲就臭皮囊。好知运败金无彩，堪叹时乖玉不光。白骨如山忘姓氏，无非公子与红妆。"宝玉的通灵玉上注着"莫失莫忘，仙寿恒昌"八个字，宝钗的金锁上注着"不离不弃，芳龄永继"八个字，正似乎暗示"金玉良姻"一说，曹雪芹当头一瓢冷水，提醒读者莫以为这表面的巧合便是最终结局。

曹雪芹的好朋友敦诚撰诗曰，"劝君莫弹食客铗，劝君莫扣富儿门，残杯冷炙有德色，不如著书黄叶村"，这是对曹雪芹撰写《红楼梦》时的心境与身境的感叹。对世态炎凉的切肤之体会，练就曹雪芹的热笔冷眼，整部作品也因此冷热交织、热中有冷，明线仿佛、暗线清晰，迷离恍惚、若似若非，现实与幻境分合叠映，峰回路转，悲情浓厚。脂砚斋评曹雪芹"用画家烟云模糊处"不少，指出"观者万不可被作者瞒蔽了去，方是巨眼"，正如第一回甄士隐梦见太虚幻境里出现的和第五回贾宝玉同样梦入太虚幻境见到的同一内容的对联："假作真时真亦假，无为有处有还无，"真与假、现实与虚幻，让人雾里看花、镜中望月，虚实莫辨。

曹雪芹是一位天才的语言大师，他点心作灯，蘸泪为墨，辛苦十载而搁笔，遣词用句极为讲究，每一句话、每一个字都藏金掩玉着锦缀芳，无一虚语，可谓字字珠玑。第十七回里大观园竣工，贾政引众人进园题匾额楹联，并有意试考和炫耀一下宝玉的才情。宝玉为一条溪流题一额为"沁芳"，题一联为"绕堤柳借三篙翠，隔岸花分一脉香"。为潇湘馆题"宝鼎茶闲烟尚绿，幽窗棋罢指犹凉"。第三十八回黛玉《咏菊》诗中"毫端运秀临霜写，口角噙香对月吟"，用词精当，意境高远。如此语言，满文皆是。

诗在《红楼梦》中占有很大的艺术分量。曹雪芹深受陶渊明诗词的影响。陶渊明弃官归隐绝世尘，过着"采菊东篱下，悠然见南山"的桃源生活，这与曹雪芹隐居著书的心境一样。第三十八回中代主人公题的十二首咏菊诗堪称经典，题目分别是：忆菊、访菊、种菊、对菊、供菊、咏菊、画菊、问菊、簪菊、菊影、菊梦、残菊，将首字排列起来，可联成诗两句：忆芳（谐访）重（种的繁体字半边）对供咏画，问簪（指代女子）菊影影梦残。"曹雪芹实际上是以"菊"喻"局"，藏含众芳的结局，是只能供人感叹的"残局"。再例如，探春的《簪菊》诗中有"高情不入时人眼"一句，既喻菊之高洁,但也暗示她那风筝般的命运。她的《残菊》言"万里寒云雁阵迟""明岁秋风知再会,暂时分手莫相思",一再喻其远离家乡的归宿。续回作者以最后两句,认为探春终于衣锦还乡,似乎有一些道理。曹雪芹以他那无与伦比的悲剧天才,塑造了这些美丽的诗话,掩映着凄楚哀婉的故事。

"天上一轮才捧出,人间万姓仰头看。"这是第一回中,贾雨村趁醉兴狂的吟月诗,甄士隐听了大叹贾雨村"必非久居人下者"。其实,这既是贾雨村的自题诗,也是曹雪芹的自题诗,更是他对《红楼梦》的自期值,这部不朽之作的确达到了"人间万姓仰头看"的程度。从这一点说,像他笔下的林黛玉一样,曹雪芹有恃才傲物的理由和资本。

200多年来,人们对《红楼梦》是否还有后四十回,如何评价程伟元、高鹗的续后四十回,始终充满兴趣。

缺憾亦美。我以为,正是因为失落了后本的《红楼梦》,才堪称东方文学艺术的维纳斯。

有人认为,曹雪芹原著八十回以后的部分是在传抄中失落了。但是本应置于前八十回之首的整部书的回目为什么也没有了呢?人们本应从回目中尽知全书结局的,但不见片言只语,这是为什么?这是一个不解之谜。

　　我判断,曹雪芹很可能写完全本,甚至不止一百二十回,而且至少已经改定前八十回,否则他不会"披阅十载,增删五次"。即使有未改定部分,有可能是被当权者,或者是家人,甚至是自己焚之一炬了,绝不是在传抄中散失。要不为什么两百多年来文网密布,竟捞不着其片羽丝毛?

　　70年前,红学研究者宋孔显先生就固执地认为,《红楼梦》一百二十回都是曹雪芹所作, 对认为八十回以后不是曹雪芹所作的俞曲园、胡适之、俞平伯等先生的观点大加辩驳。但这种声音越来越小了。当今高技术时代的人们用电脑对《红楼梦》做一简单的定量分析,就得出了科学的结论:后四十回与前八十回的确不是出自同一人之手。宋先生的固执,是晒干的标本,只能做参考之用。

　　著名红学大家周汝昌老先生对程伟元、高鹗的续后四十回深恶痛绝,认为简直是狗尾续貂。一些红学家也认为,程高本为了后四十回与前八十回的"自圆其说",不惜篡改曹雪芹前八十回的原意,甚至是原作。譬如,后四十回给了宝玉一条遁皈佛门的结局,便把曹雪芹原作开头中"原来就是无材补天、幻形入世,被茫茫大士、渺渺真人携入红尘,历尽离合悲欢、炎凉世态的一段故事",改成了"原来就无才补天、幻形入世,被那茫茫大士、渺渺真人携入红尘、引登彼岸的一块顽石"。用"引登彼岸"来给宝玉画句号，力图做到首尾呼应。再譬如，第五回"金陵十二钗图册判词"中，关于香菱的判词——画：一株桂花，下面有一池沼，其中水涸泥干，莲枯藕败。词：根并荷花一茎香，平生遭际实堪伤。自从两地生孤木，致使香魂返故乡。隐意是，薛蟠的媳妇夏金桂迫害香菱(早名英莲，谐音"应怜")致死。一株桂花，指夏金桂；两地生孤木，也是指夏金桂。但是在程高续本中，写成了夏金桂在汤里下毒药想毒死香菱，不料错换了碗，反倒害死了自己。这种侥幸的戏剧冲突固然善良，但缺乏悲剧的冲击力。还譬如，正册判词中写探春——画：两人放风筝，一片大海，一艘大船，船中有一女子，掩面泣涕之状。词：才自精明志自高，生于末世运偏消。清明涕送江边望，千里东风一梦遥。意指探春最终的结局是远嫁他乡，像孤苦飘零的风筝，只能梦回故里，悲惨凄切。但是程高续本中，把探春写成衣锦还乡，虽有团圆之意，却与曹意不合。还有，第三十五回中提到一位名叫傅秋芳的女子，"只因那宝玉闻得……傅秋芳也是个琼闺秀玉，常闻人传说才貌俱全，虽自未亲睹，然遐思遥爱之心十分诚敬……"但是续四十回中，傅秋芳却没了下文。这是程高的疏漏。

程高续本还有多处篡改或偏离曹雪芹精心埋设的伏笔和暗

示的结局，多处与原著接不上的情节，等等，颇多。这些败笔，虽在一定程度上满足了一般阅读者了解最终结局的欲望，但是作为一部流传于世的文学巨著，无疑真有误读之嫌、续貂之虞。

但是，不可否认程高后续四十回的功劳。正是因为这部好歹哪怕是"跛着腿"的《红楼梦》，有了故事结局，满足了人们的阅读心理，使《红楼梦》走进了千家万户，而且一走就是200多年；也正因为失却了八十回以后的篇章，《红楼梦》才变得扑朔迷离，幻象万千，引得200年来无数的探佚者竞相淘金，皓首穷经，而且各执一说，流派纷纭，蔚为大观，《红楼梦》才像墨西哥玛雅文化一样，充满谜一般的诱惑，生发出人们无穷无边的遐想。

无论如何评判程高之作的优劣，但程、高仍可被称为唯一与曹雪芹这位天才作家"握过手"的高手，其他那么多续本者穷尽心思，耗尽心血，都不过与曹雪芹擦肩而过，甚至连衣袂都不曾碰过！

天才往往是孤独、寂寞和哀伤的。读《红楼梦》，体悟着一种悲观着的美丽。

《红楼梦》有着浓郁的神秘主义色彩和现实主义色彩，浸润着强烈的悲悯情怀和悲观情调，是宿命哲学的集大成者。其悲观主义色彩，除通过作品的结构走势和情节安排来体现外，还隐含在诗词赋联中,美丽得字字坠泪、行行渗血。

甄士隐的《好了歌注》以悲观立意、哀婉定调,更具有深刻性和彻底性,既是对贾府兴衰的暗示,也是对整个封建社会政治、变幻莫测和动荡无常社会的批判——

> 陋室空堂,当年笏满床;衰草枯杨,曾为歌舞场。蛛丝儿结满雕梁,绿纱今又糊在蓬窗上。说什么脂正浓、粉正香,如何两鬓又成霜?昨日黄土陇头送白骨,今宵红灯帐底卧鸳鸯。金满箱,银满箱,展眼乞丐人皆谤。正叹他人命不长,那知自己归来丧!训有方,保不定日后作强梁。择膏粱,谁承望流落在烟花巷!因嫌纱帽小,致使锁枷扛;昨怜破袄寒,今嫌紫蟒长;乱烘烘你方唱罢我登场,反认他乡是故乡。甚荒唐,到头来都是为他人作嫁衣裳。

参透世态百相,愤懑无望,凄凉无边,读来令人愁肠百转,感慨万千,长叹人生转眼空!这是这部传世之作的基调,但这种盛衰枯荣正是自然社会和人类社会的规律。

红颜薄命,结局凄凉,让每一位读者凉意顿生。《红楼梦》判词及仙曲十二支的特点,分别是隐、悲、喻、美。第五回中,写宝玉梦入太虚幻境,看到了"薄命司"里,晴雯、袭人、香菱、黛玉、宝钗、元春、探春、湘云、妙玉、迎春、惜春、凤姐、巧姐儿、李纨、秦可卿等十五位红楼女子的判词。这些女子都是作品中的重要角色,画及判词都隐含了她们的身世、遭遇及命运结局。歌词《终身误》"都道是金玉良姻,俺只念木石前盟。空对着,山中高士晶莹雪;终不忘,世外仙姝寂寞林。"金玉良姻,意宝玉与宝钗之姻,木石前盟,喻幻世中顽石与绛珠仙子,即宝玉与黛玉之恋。山中高士晶莹雪(薛),比喻宝钗;世外仙姝寂寞林,显然指黛玉。一咏三叹,长歌如哭。位列正册第八的王熙凤,判词喻其结局为"一从二令三人木,哭向金陵事更哀",对其喻义自有清以来一直争论不休。我认为前半句指其与贾琏关系的说话比较可信,即一是言听计从,进而发号施令、机关算尽,最后惹怒了贾琏,落得个被休弃的下场;下半句是指凤姐被休后含着屈辱回到金陵,却不料有更悲哀的结局等着她。按曹雪芹的观点,善有善报,恶有恶报,凤姐专权擅用、贪婪无度、残忍狠毒,有好几起命案在身,必有报应,或获罪狱,而且遭休,或短于非命,在八十回之后肯定有此安排,并不是续回中凤姐病夭、灵柩被人哭哭啼啼地送回金陵这么简单。

　　有人说"少不读红楼",怕少男少女沉湎于缠绵情感,误了正业,我看还有一层意思是,年轻人不能被这种悲世情怀所羁绊,必须跳出大观园,做一个清醒的、站在"园边"的历史唯物主义观众。

《红楼梦》是一部永远读不完、读不透、读不厌的不朽之著,每一个字都是一粒"多味豆",可以再三咀嚼。读书识字不可不读《红楼梦》,因此古人说:"闲谈不说《红楼梦》,纵读诗书也枉然。"

读《红楼梦》只有一遍的,可以说完全没读懂。得回头看、反复读,细心品、轻声念,而且还得千万小心,一不留神就可能漏掉曹雪芹精心铺设的重要细节或线头,到后来一头雾水;心急读不得《红楼梦》,每一个字须把玩揣摩再三,方知妙不可言。

不同的时代、不同的心境、不同的环境里读《红楼梦》,不同的年龄、不同的职业、不同经济状况和社会地位的人读《红楼梦》,有不同的体会和感悟。男人读和女人读,得意者与失意者读,尊贵者与位卑者读,感觉都不一样。这就是她的魅力。黑暗腐朽、流弊丛生的时代读《红楼梦》,你能处处对应找到社会神经末梢的积瘤;20岁与60岁的人读《红楼梦》,花开的颜色、落红的寓意各不相同;情窦初开的人和失恋孤独的人读《红楼梦》,对冷热的感觉不会一样;雨打芭蕉夜、青灯空照壁的幽光下,愁风苦雨、哀雁过顶的下午和春光明丽、暖日融融早晨读《红楼梦》,大观园的气候不一样;情钟者、孤洁者可能喜欢黛玉,一家之主可能更同情凤姐，婆婆可能喜欢宝钗，"二奶"们可能可怜尤二姐，男人或许喜欢平儿，更有人可能喜欢探春、晴雯、芳官，甚至尤三姐、司棋、灯姑娘，但肯定不会有人喜欢夏金桂！

20世纪40年代，一位红学家谈到如何读《红楼梦》，列举了十四种读《红》的意境，例如，"应趁风和日暖时去读，来印证书中的明媚鲜妍""应趁秋高气爽时去读，来印证书中的金声玉振""应趁风晨雨夕时去读，来印证书中的怨旷萧骚""应趁冬闺消寒时去读，来印证书中的温暖融和""宜对爱妻情人俊仆美婢乃至女友女弟子读之，以便多方校对女性的温柔""宜于升官发财时受罪入狱时读之，以便有缩手回头的机会，"细思之，不无道理！

研究《红楼梦》，须站在政治与社会、历史与现实、宏观与微观、现实与浪漫、欣赏与批判焊接铸造的平台上，既用望远镜又用显微镜，既用长镜头又用广角镜，审视之，扬弃之。不可盯着芝麻大的线头，不顾宏大的巨构，舍弃主要故事情节而钻牛角尖的考究方式，是迂腐与偏执的表现，乃舍本取末，于学无补。红学博大精深，读之如沧海取粟，录下读后感更是孤陋寡闻、挂一漏万，不免惶恐不安。

说别人钻牛角尖，其实我自己也钻不出来。

依然在梦里。

晋／商／春／秋

最有文化的乡间院落

历史的天空,总有那么多奇幻而美丽的云朵。

一支旋律,从华北上空的云端飘落在三晋大地上,从那一座座静卧的深宅大院出发,沿着那一个个绿意氤氲的村口,向着浩渺荒凉的塞外飘散。优美而凄惶,缠绵而恢宏。

这支旋律,叫《走西口》。

那些深宅大院,是晋商大院。

随了这旋律,走进晋商大院,走进西域烟尘与西风古道,那烟尘里的依稀背影,那古道上的隐约驼铃声。

认识晋商,可以从晋中的祁县开始。

传说中,祁是尧帝的封地,尧帝本名祁放勋,儿孙后辈姓祁,世世代代在这片土地上繁衍生息。春秋时代,祁地属晋国。公元前 573 年,晋国大夫、历经四朝 60 年的元老、中军尉祁黄羊,因年事已高，萌生退意，国君晋悼公问他，谁可以接替他的职位，祁黄羊毫不犹豫地推荐了于他有杀父之仇的解狐。不料解狐尚未上任便殁了，晋悼公又让他再推荐人选，祁黄羊不假思索地推荐了自己的儿子祁午。这条成语就是"外举不避仇，内举不避亲"。祁黄羊公而无私的贤德义举，受到后世建庙立像以祭，被司马迁写进了《史记》，祁县因此更加闻名。

历史上的祁县，出过不少名垂青史的人物，如东汉初年，在与王莽篡汉斗争中脱颖而出，深受光武帝刘秀赏识并获越级提拔，在同叛军战斗中宁可引剑自刎也决不背负皇恩的边防将领温序；东汉末年，与阉党中常侍张让坚决斗争，铲除国贼董卓的朝廷重臣王允；东晋初年，出将入相、文武兼备，辅佐朝廷、平定叛乱，为创立和巩固东晋王朝立下汗马功劳，连政敌都不得不感叹其"森森如千丈松，虽礌砢多节，施之大厦，有栋梁之用"的大将军温峤；有中国古代山水田园诗鼻祖之美誉的唐代诗人、唐乾元年间尚书右丞相王维；有诗与李商隐并称"温李"之美誉、词享"花间派"鼻祖之尊称的唐代著名诗词大家温庭筠，等等。醇香而又厚重的历史，给祁县铺垫了厚实的文化积淀。

走近晋商，可以从晋商大院开始。这里是他们的出发地，也是归宿地，关于晋商的一切，你可以在这里得到解读、解答和解密。

晋商大院们静伏在华北西部、太行西侧,岁月的风尘蚀去了它原本的光鲜,涂之以沧桑,抹之以烟尘,却不改其古朴与典雅、庄重与大气。如果说乡愁是初心、有味道,是记忆、有故事,那么这些大院就是天下晋商、山西儿女,乃至数百年来行走在漫漫商道上的,所有中国商人的集体乡愁。

一脚踏进祁县的乔家大院,步履立刻变得从容、深沉起来。这美轮美奂的山西民居古朴、典雅,宛如一座建筑博物馆,是匍匐在大地上的文物、风干在岁月里的标本,仿佛时光倒流,把秋翻回到春。轻挪的脚步声,像在叩响历史的空谷绝壁,又像在翻动文化的残卷画页。谁曾想,这只见静好、不见喧哗的庄户大院,主宰和搅动过外面世界的红火与喧闹;这远离大都市的乡间院落,影响和推动过中国社会的进程与走向。

徜徉在乔家大院建筑群,如同在欣赏梁思成的建筑学图影集。是庄园还是城堡,是郡王府还是博物馆,谁人设计,何人施工,无从考证,也无需考证,只感觉自己的文化底子单薄、知识储备尴尬,智商待充电,情商在透支。高墙深院内,楼宇错落、阁台相望,檐角呼应、斗拱紧扣,一窗通明暗,半墙分内外,阴阳割昏晓,高低定尊卑。屋宇明道暗渡,回廊通幽连外,进进出出,曲曲折折,重重叠叠,紧紧密密,是智慧与智慧的结合、机巧与机巧的勾连。细细打量大院的微妙处，亦庄亦谐、有收有放、既合且分、有挡有通，又开又阖、有防有守；倚门望进去，园里套园，门里开门，窗里含窗，柱旁立柱，檐上叠檐，风景各不相同却是和谐妥帖；回转身看去，大门掩着小门，墙上睁着小眼，无处不是富神秘而极朴实、致广大而尽精微。一个个大院像收纳盒、百宝箱，既九九归一，又各有九九，气势豪迈而不夸张，结构纷繁却不杂乱，意境递进而不重复，风格一致却不单一，是磅礴与磅礴的组合、精明与精明的咬合、大气与大气的结合。只有斜阳映阁、风柳画墙，散淡而恬静。旷疏处，犄角里，三两棵古槐树粗干斜枝，删繁就简，撑张的枝叶参差高低，是庭院的主角。气宇轩昂是大院的气质，持重沉稳是大院的风度，雍雍富贵气，幽幽君子性，晋商建造了大院，大院造就了晋商。

仓廪实而知礼仪，填饱了肚子就想富脑子。晋商人家的家底殷实起来，既追求财富积累，也讲求精神造化。心有所信，思有所念，有自己的志向信念；道之有理，行之有念，有自己的价值理念；眼有所观，意有所念，有自己的道德观念。院内诸多字号、招牌、匾额、楹联、铭文，彰显晋商人家的文化境界和品位。仁、义、礼、智、信，公、道、诚、德、善，福、厚、祥、瑞、廉、和、协，兴、昌、茂、盛、通、顺、达，这些字词高频闪现，字字珠玑，个个金玉，巧妙地排列亮相、组合出场;"慎言语""慎俭德""善为宝""读书乐""学吃亏""仁者寿""和致祥",这些词汇语意丰富而明确,言简意赅,意味深长;"传家有道惟存厚,处世无奇但率真""行事莫将天理错,立身须与古人争""明大道不在高远,及盛年以讨古今""以和气迎人则乖沴灭,经正气接物则妖氛消,以浩气临事则疑畏释,以静气养身则梦寐恬""大事难事看担当,逆境顺境看襟度,临喜临怒看涵养,群行群止看识见""以恕己之心恕人则全交,以责人之心责己则寡过,对失意人莫谈得意事,处得意日莫忘失意时""借古喻今教化众生知伦理,以假为真规劝世人明是非""每临大事有静气,不信今时无古贤",这些箴言金句、妙语警句,像人生指南,如醍醐灌顶,不输《声律启蒙》,胜似《增广贤文》。从浩繁卷帙中淘洗出来的这些经典字词,如砖如瓦,如橡如檩,点石成金、镶金嵌玉,构筑起晋商的文化大院和精神大厦。这些字词所透射的信念、理念、观念,绽放出文化的奇光异彩,有作为、有出息的晋商们以之为墨绳,奉之如圭臬,受之熏染,遵从不僭,形成晋商巨大的精神力量和巨大的文化魅力,这是晋商历百年千年而不息、不止、不竭的根本所在。

乔家大院有一块门匾曰"斗山天",顺序看,由斗到山再到天,从屋中物到天外天,一个比一个大,象征事业越来越大;倒序看,天也好,山也罢,在晋商们眼里,不过斗大,有一种"日月每从肩上过,山河但在掌中看"的气魄;如果倒着读,便是"添三斗"的谐音——日添三斗,财源滚滚,过着锦衣玉食的财主生活,很知足;如果把"斗"字念作去声,则表现了晋商敢于战天斗地的拼搏精神。区区三个字,意象万万千,细节里有磅礴,简朴中藏深奥,这是晋商文化的大气和智慧。没有文化,成不了晋商,顶多是生意人。

春光暖融融,庭院新绿一片,古老的墙上苔泛起青绿;夏日火辣辣,却有凉风穿堂而过,荡涤所有暑热,过滤一切嘈杂,留下一个冰静的世界;秋阳金灿灿,把丰收的味道灌进每一进院落、每一间阁楼;冬日暖融融,人畜懒洋洋,守着院角蜷着,如座钟停摆、游丝不动。前店后厂一条龙,院铺紧挨门相通,机关暗藏,陈仓暗度,收纳聚敛,肥水不外流。貌似木讷内敛、散淡怡然的乡间院落,却有着极其敏感的嗅觉、听觉,庭院里的每一处檐角或枝丫乃至毛草,都是一根感应灵敏的天线,全天候地接收着千里之外的信息;都是一根指挥棒,随时可能掀动某个大都市大市场大交易的风暴。无数的奇思妙想与运筹决策、老谋深算和诡计奸巧,诞生在这高墙深院之内。

晋商如此精心地经营的家园,足以与千里之遥的京城王府官邸媲美。只有置身波诡云谲、亲历惊涛骇浪的人,才有如此之大气与静气;只有从犬牙交错的荆棘丛中挺直身子的人,才能如此腹藏万千奇巧、胸含锦绣乾坤。三晋大地上,像这样的大院很多,乔家大院、王家大院、常家大院、渠家大院、曹家大院、师家大院、何家大院……每一个大院都有一部创业史,都是一部电视连续剧。

商人从春秋走来

走进晋商，先走进历史烟云。

晋人经商，可以溯源到春秋时期。

晋商鼻祖，当推天下首富猗顿。

猗顿原为鲁国一介书生，年轻时"耕则常饥，桑则常寒"，穷困潦倒，饥寒交迫。听说越王勾践的谋臣范蠡在助越灭吴、辅成霸业后，弃官经商，在山东定陶"治产积居"，自称陶朱公，成为天下巨富，猗顿便前去请教。范蠡教猗顿从养牛养羊开始，日久可以致富。猗顿便迁到晋国，在今山西临猗开始艰苦创业。三晋大地天然产池盐，素有"盐铁之饶"，猗顿的事业从畜牧业开始，逐步扩大到盐业生产和营销，成为最早的大盐商。《战国策》里有猗顿曾"驾盐车而上太行"的记载。十年之后，猗顿"富甲天下"，其家产"西抵桑泉，东跨盐池，南条北嵋，皆其所有"。"猗顿"成为财富的象征,位列春秋战国巨富之首。《韩非子·解老》曰,"上有天子诸侯之势尊""下有猗顿、陶朱、卜祝之富"。盐与铁的产销,富足了晋地,成就了晋商。《国语·晋语》曾记载"夫晋之富商""金玉其车,文错其服"。猗顿的身后,出现一批又一批、一代又一代富商。

春秋末期的晋国日趋颓势,国君权力衰落,王室影响衰减,韩、赵、魏、智、范、中行六大家族相继崛起,六卿掌握军政大权,控制资源,瓜分王权,抢占地盘,相互攻打,渐渐地剩下了智家、赵家、韩家、魏家四大家族。某年某天,势力最大的智家向其他三家提出,为了重振晋国往日雄风,建议每家拿出方圆一百里地归公,我智家先出一个万户邑。这实际上相当于四家合伙成立一个股份公司,四个股东共同管控国家,但韩、赵、魏三家各怀心思,干脆一商量,在公元前453年联手灭了智家,将早已名存实亡的晋王室抛弃,晋国被一分为三,韩、赵、魏三国新立,50年后得到周王室认可。"三家分晋"是春秋末期一个重大政治事件,成为春秋时期与战国时期的分界线、分水岭。

无论是六大家族,还是四大家族,本质上是靠坐吃分封得地,利用土地生财、聚财、敛财的家族集团和商帮集团,是在列强环伺中就地做大的坐商,土地是资本,利益是动力,财富是目标。

韩、赵、魏三大家族分立为国,春秋时期的家族观念发展成战国时期的国家意志,三晋大地葆有的重商思想、经商意识、商业文化,转化成国家行为,为三晋文化烙下先天的、鲜明而深刻的商本印记。

大一统的西汉,给了晋商一个登上国家舞台的机会。

还是从盐铁那些事儿说起吧。

汉元狩四年,即公元前119年春,因屡受匈奴袭扰,汉武帝派遣大将军卫青和前将军李广、骠骑将军霍去病等,率数十万大汉铁骑,兵分两路挺进漠北,围剿匈奴主力。"国之大事,在祀与戎",征伐势力强大的匈奴,是汉朝政府的大事,需要强大的军力,更需要雄厚的财力保障。大汉王朝长年"外事四夷,内兴功利",加之关东水灾泛滥,流民饥乏待赈,国库空虚、财力匮乏,而那些"冶铸煮盐,财或累万金"的富商们却"不佐国家之急"。面对发国财而不顾国难的富人阶级,汉武帝做出了一系列影响至今的重大决策,即在全国范围内实行盐铁官营、酒类专卖、币制改革、加重税收等政策,设立专门机构专司其职,任命大盐商东郭咸阳、大铁商孔仅、商人之子桑弘羊等专责盐铁管理。汉武帝这一惊世骇俗的大手笔立竿见影,纲举而目张,一网打上来,朝廷财政收入激增、国库丰盈,征伐匈奴所需财力得以保证,大汉王朝也从此有力地掌控了国家经济大权。

汉武帝之后,年幼的昭帝刘弗陵继位,盐铁官吏公权私用、牟取私利的问题逐渐暴露,导致汉朝专营政策遭到社会诟病,一些有实力的富商大贾也趁机要求废除官营,转公为私。受汉武帝遗诏之托辅政少主的大臣、霍去病的兄弟霍光,于公元前81年专门组织了一次关于盐铁的专题会议,御史大夫桑弘羊在会上舌战群儒,力举国家专营盐铁的好处,反对者、贤良文学派代表们痛陈官营盐铁的种种弊端。关于义与利、本与末、官与民、儒与商、垄断与自由、行政与市场,双方引经据典、纵论古今,针锋相对、各执一词,主张者观点鲜明、全面而深刻,反对者意见辛辣、准确而中肯。虽然汉昭帝支持,霍光、桑弘羊主导的这次论争,没有立即得出明确的结论,没有推翻国家对盐铁的专营,但降低了盐价、取消了对酒的专营、撤销了铁官,所反映的弊端得到一定程度的革除。

更重要的是,通过争论统一了思想,达成了共识,既确保了国家财税、宏观调控,又轻徭薄赋、让利于民,促进了国有经济和民营经济的共同发展,民生改善,国力渐增。10多年后汉宣帝时期的官员桓宽将会议实况整理成《盐铁论》,这部堪称集政论散文、经济著作、历史小说于一体的史著,史料翔实,立论权威,是研究了解汉史的经典教材。

这一时期的北方，乌桓势力日益强大，屡屡袭扰汉朝边塞，匈奴也于公元前87年侵犯大汉边境、屠杀汉朝边民，北方民族所侵袭之边地，就是今天的山西地区。汉昭帝一方面大规模征召能骑善射的士兵，修筑防御工事，设立张掖、金城二郡以加强防守统筹管理，一方面重启与匈奴的和亲政策，并迎回了被匈奴扣押在冰天雪地牧羊19年、须发皆白的汉朝使节苏武，使得北方边境的紧张局势得以缓解。10年后，龟兹王、楼兰王与匈奴串通反汉，杀害汉朝使官，汉昭帝派傅介子再度出使西域，一手拉、一手打，暂时保持了西域的稳定。《汉书》记载，昭帝之世"百姓充实，四夷宾服"，边境贸易重归欣荣。无论是战，还是和，身处边地的山西既深感社会之变，又大获治边之益。占西北之地利，得资源之优势，承经商之传统的汉代山西，呈现"富商大贾周流天下，交易之物莫不通"的景象。

无论在哪个朝代，山西商人总有自己的杰出代表。

隋朝山西木材商人武士彟家族世代经商，他在隋炀帝杨广招兵买马时弃商从戎，与太原留守李渊交好，经常邀李渊到家里做客。公元617年5月，李渊看到了隋炀帝的昏聩和社会的颓势，借农民起义此起彼伏之机，在长子李建成、次子李世民、四子李元吉、晋阳令刘文静、晋阳宫监裴寂等的支持下，从山西晋阳起兵反隋，经过一年多的艰苦战斗，于公元618年5月推翻隋朝，建立唐朝，定都长安，李渊成为唐高祖，武士彟被封为义原郡开国公，列十七位"太原元谋功臣"之一。更重要的是，武士彟还把自己的女儿嫁给了唐高祖的嫡孙李治，进而培养成一代女皇，这就是武周皇帝武则天。一个山西木材商人，成了大唐王朝的开国元勋、皇帝的岳父，武士彟凭借自己的勤奋、勇敢、精明，把商人的角色做到了极致。

五代十国和宋辽金时期，山西的河东盐池实行耕田化，"种盐法"技术的发明使得盐产量大增，河东池盐被视为国之珍宝，盐商地位进一步提高，与此同时，山西的采矿业、制造业、纺织业得到发展，煤、铜、铁矿大规模开采，产量剧增，冶炼技术提高，纺织机械制造发达，山西经济得到全面发展，晋商们的经商范围也迅速扩大。"花花真定府，锦绣太原城"，是当时河北正定、山西太原的繁盛写照，这其中山西商人们的贡献功不可没。

山西经济发展在元代形成一个小高峰。元朝统治者为了加强对全国的统治，建立起庞大的交通驿站体系。要想富，先修路，驿站的完备促进了朝廷的统治，更推动了商业流通。《马可·波罗游记》里记载，"离开太原府，再西行七天，经过一个美丽的区域，这里有许多城市和要塞,商业、制造业兴旺发达。这一带的商人遍及全国各地,获得巨额的利润……"且行且看,足不出晋,这个"美丽的区域"还是在山西。相信这位意大利人描述的景象不是海市蜃楼乌托邦,他见到的商人依然是山西商人。

再说说明清那些事儿。

虽然历代山西商人各有成就,但是晋商经济终成气候、晋商集团称雄商界,是在明清两代。此时段中国商界的春秋战国景象再现,商团蜂起,群雄并峙,一时间风云际会,而晋商位列明清十大商帮之首,有"纵横欧亚九千里,称雄商场五百年"之誉,一路高歌,自成风景。

明朝给了晋商一个长达270多年的发展窗口。

中国的西北方向,长期生活着蒙古游牧民族。朱元璋建立大明王朝以后,拥有数十万骑兵的元蒙残余势力和游牧部族盘踞大漠深处,时常侵扰北部边境。为抵御和消灭反抗势力、稳定西北,明朝设立九边重镇,将东北方向到西北方向边镇连成防线,朱元璋还派四子朱棣戍边北方,修筑长城,防御蒙古铁蹄。朱棣登上帝位后五次亲征北部,直到驾崩在归途中。九个重镇中位于今天山西的就有大同镇、太原镇两个,从春秋时期起就是"戎狄杂居"之地的山西自然成为征伐元蒙势力和游牧部族的前沿地带。从公元 1449 年明正统十四年,到公元 1550 年明嘉靖二十九年的 100 年间,元蒙势力多次进犯山西,有时甚至无岁不扰。有明一代,山西始终处在战争状态,从洪武皇帝朱元璋到崇祯皇帝朱由检,明朝 16 任皇帝几乎都在增加国防开支,加固和修筑长城,抵御北方民族的南侵。几十万明朝军队驻守这么长的防线,需要强大的后勤保障,但朝廷是没有这个精力的,以晋商为主体的民间力量大量涌入,无疑是填补了巨大的空白。战争要赢,交通先行,保障不济,国防不立,没有强大的运输线、供应链、保障线,一定会未战先输、战而不久、攻而不守。

从兵马粮草衣被、武器医疗装备,到柴米油盐酱布茶,既是边防战备必需,也是边民生产生活必备。要什么送什么,缺什么补什么,晋商带动全晋运力,汇聚全国资源,源源不断、川流不息,确保了军需物资的供应。随着购销两旺、供求扩大,人员日益聚集、往来频繁,产业链条形成、分工明确,一个个以九边重镇为圆心的群落、集镇、边城渐成规模,包括晋商在内的经商群体在这里开荒种粮建商屯,设市开店办商号,市场不断扩大,物资日益完备,商路直达内陆各地、四面八方、四通八达。

民不可一日无盐,兵不可一日无金。物资的重中之重,当数盐和铁。

"河东土地平易，有盐铁之饶，本唐尧所居。"司马迁在《史记·货殖列传》记载，山西河东地区盛产畦盐、井盐、花盐等池盐。今天的辽、鲁、川、鄂、湘、苏、豫、赣、晋、陕、青等是生产海盐、井盐、岩盐、池盐之地，但河东盐池是中国古代最早发现盐业资源，形成食盐的产、运、销产业链。盐是生活必需品，而且并非一家一户能自产自供，只能靠规模加工、市场供给，资源得天独厚、天下共享。盐粒虽小，却事关国计民生，更关系边境安宁、国家安全，这给了山西一个天然商机。

晋商是靠盐铁起家，从春秋战国起，食盐产销大都掌握在私人手中，司马迁在《史记·货殖列传》列举的天下首富名单中，猗顿、郭纵、卓氏这三位是晋国的盐铁商人，富比王侯之家。秦始皇统一天下后采取的经济措施之一，是剥夺六国盐铁商人的财产并迁徙异地，但这些商人重操旧业，开辟了许多新的盐铁矿产和销售渠道，继续成为巨富。汉袭秦制，西汉初年继续允许盐铁私营，"逐渔盐商贾之利"的商人刀间、"富到巨万"的商人曹邴氏都是大盐铁商。不光是富商专取盐铁之利，民间从事冶铁铸钱、开垦盐田、煮海为盐的人数更多、规模更大，盐铁行业也渐渐被富商垄断，强买强卖，欺行霸市，甚至控制国家的经济命脉。

成就晋商财富的，不仅有盐业，还有铁业。明朝初期山西地区有 32 个州县盛产铁矿,产量全国第一,冶铁技术和铸铁工业全国领先。明朝洪武后期,官府取消铁业官营政策,私营铁业迅速红火起来。晋商抓住商机,大量投资收购、专控铁矿铁厂,为边防军队制造兵器提供原材料,开辟出另一条生财致富之路。

记住汉武帝的先训,抓住了盐、铁二物,如同扼住了明朝边防的命门、朝廷的命脉,焉有不发之财、不富之理。

公元 1370 年,明朝洪武三年,大明朝廷实行开中盐法,颁发食盐专卖许可和盐引,"召商输粮而与之盐",推动了食盐在全国范围内的流通,保证了边防急需。由此,山西盐商不仅垄断了本地盐业交易,还逐渐控制了全国的盐业市场,当时两淮的盐商十之八九是山西人。盐商首富猗顿的后代们因产盐、贩盐而获得巨额利益,也获得了很高的政治地位,一些盐商还成为朝廷命官。大明朝廷专门下达诏令:"今山西商民于顺天府中纳盐粮,宜令顺途就各卫所。"这道诏令更是晋商行走天下的尚方宝剑、护身符。由于第一时间抓住了官府开放盐、铁专卖的良机,晋商迅速在商界崛起,为后来垄断国内市场和开辟国外市场积累了资本和实力。

早在明朝中叶开始,频受战争之苦的大明王朝与饱受发展之困的蒙古鞑靼游牧民族,开始握手言和,此后明蒙关系保持了较长时期的友好。平安无战事,边贸唱主角,承担战争后勤任务的晋商们摇身一变,成了造市兴商舞台上的主角,为两边军民提供商品。明正统三年,即公元1438年4月,大明王朝批准,在山西大同以北、与蒙古族瓦剌部落交界的得胜堡,开设马市,推动易货贸易开展交易,蒙古族人把马、驼、牛、羊等送到马市,晋商们则把内陆的食盐、铁器、粮食、丝绸等运到马市,销往蒙古草原。明朝的九个边防重镇开设了40多处马市,其中山西的大同、太原两个重镇就设立了14处马市,一时间往来络绎不绝,边市人欢马叫。随着边贸的兴盛,晋商们的足迹向草原深处进发,沿途的呼和浩特、归绥、包头和山西、河北等地形成一个个商贸集镇,给农耕文化版图的西北方向镶了一个花边,编织起农耕文化和游牧文化交融共生的绚丽图景。

历史总是给有准备的人提供机遇。

说了明朝再说清朝。

清朝建立后,清政府把长城以外、今内蒙古南部约四万平方公里的土地划归山西管辖,使得山西与蒙古草原民族连接更加紧密。大清王朝为守护西北、平定西域、发展清蒙关系,采取了一系列政治、经济、军事举措,对分裂势力一抚二劝三警告,忍无可忍再剿灭。和平与战争,给晋商发展提供了双重空间。

中国的西北边防一直是牵动清朝政府相当精力、兵力、财力的国之大者。东起呼伦贝尔，西到阿尔泰山，北起俄罗斯，南至瀚海，是中国的北疆，也是喀尔喀蒙古的游牧地区，这一地区以西，是厄鲁特蒙古的生活地带。明朝后期厄鲁特蒙古一分为四，分别是准噶尔部、和硕特部、杜尔伯特部、土尔扈特部，其中的准噶尔部异军突起，打响吞灭兼并其他部族的草原统一之战，还把四个部族之一的土尔扈特部驱赶到伏尔加河下游，直到一个半世纪后，饱受沙俄欺辱的土尔扈特决定宁死也要东归中华大清帝国，全部3.3万户、16.9万人，在冰天雪地里缺衣少食千辛万苦地跋涉大半年，终于逃脱沙皇政府的围追堵截，回到清朝辖区新疆伊犁河畔时，仅剩1.5万户、7万人。准噶尔部不光欺压同属厄鲁特蒙古的各兄弟部族，还继续向东扩张，攻打与清朝中央政府关系密切的土谢图汗、扎萨克图汗、车臣汗三个喀尔喀蒙古部族，目的是觊觎阿尔泰山以东的喀尔喀牧场，建立强大的独立势力和草原霸权。

从公元1690年即康熙二十九年起，康熙皇帝多次传谕蒙古部族首领们，尤其是势力范围已覆盖新、甘、宁、藏、青的准噶尔部首领噶尔丹，"愿率土共享太平，无战争离散之苦，彼此协和，各得其所""同归和睦"，其意至诚，其心可鉴，但噶尔丹自恃有几十万铁骑,兵强马壮,自认为天高皇帝远、八竿子打不着,私下与俄国势力勾结,经常对大清皇帝的诚心善意和威严正告虚与委蛇、阳奉阴违,康熙皇帝决定征讨准噶尔部,消除西北方向的隐患。他在位期间三次亲征准噶尔,最终平定了叛乱,噶尔丹最后被清军围困在科布多地区的布颜图河边,在饥寒交迫中病逝。康熙皇帝亲自领导的远征,是反对民族分裂、维护祖国统一、保卫国家主权的正义战争。这一长时间、大规模的战争,由清军主力、游牧部落完成,也有晋商的加盟,源源不断地将军需物资运往前线。

叛乱虽然平息,但西北并不安宁,准噶尔部与喀尔喀部的牧场边界一直难以界定,争夺战年年发生。准噶尔部策妄阿拉布坦因为配合康熙皇帝剿灭亲叔叔噶尔丹有功,登上准噶尔大汗之位,但他一方面抗击沙俄侵略,一方面却反抗清朝统治、多次进攻清军,成为清朝廷的心头之患。

公元1721年,策妄阿拉布坦越过清朝划定的红线,抢占喀尔喀牧场,并占领哈密、进犯西藏,被清朝大军一举平定;康熙率清军征讨准噶尔部时,已经归附清朝的和硕特蒙古族首领罗卜藏丹津随康熙进剿,被大清朝廷奖赏,但罗卜藏丹津又暗中与反清势力勾结,煽动蒙古族头领们放弃清朝授予的封爵,企图背叛清朝、搞民族分裂。雍正继位后，一方面安抚警告罗卜藏丹津，一方面派遣川陕总督年羹尧为抚远大将军，于公元1724年剿灭罗卜藏丹津部，将首领罗卜藏丹津囚禁于北京。公元1727年，雍正皇帝登基的第五年，准噶尔部首领策妄阿拉布坦去世，其子噶尔丹策零继位，继续不停地向喀尔喀牧场扩张，被大清朝廷平定，雍正皇帝批准就地建市场、搞边贸，西域特产与内陆物资在这里交换，惠及清蒙双方军民。归化、张家口一带的晋商店铺字号成了蒙古族边民物资的主要来源。公元1735年，乾隆皇帝登基，他对噶尔丹策零的方针是战和两用、议和为主，一手抓边防，以防守对进攻，一手抓边贸，以市场开放程度控制蒙古各部，关系好时多开、多来人，关系紧张时限开、限流，并不时以断绝贸易相威胁，力促各部族势力和谈。为显示大清政府以和为贵的诚意，乾隆皇帝宣布从西北地区撤兵，只留下必要的驻军。但是10年后，准噶尔部噶尔丹策零的后人及部族为争夺汗位而内讧生乱，新夺汗位的达瓦齐率部碾压其他部族，且频频袭扰清朝西北边陲。公元1755年2月，即乾隆二十年初，乾隆决定调动东北、西北边防清军，分两路重兵压境，兴师问罪于达瓦齐部，同时以准噶尔部的降将为先锋部队，"以准制准"，屡获战果，但新任首领阿睦尔撒拉明降暗叛，反复无常，乾隆皇帝费尽精力缉拿逆将，阿睦尔撒拉受到沙皇俄国的庇护藏匿于俄罗斯,终毙于瘟疫。

西域诸部既降复叛、出尔反尔,大清朝廷只好剩勇追寇、一打再打。战争的破坏力无疑是巨大的,恢复重建需要大量投入,清朝统治者将这一地区直接纳入政府管理之下,设伊犁将军府,最高长官由皇帝任命,大力推广屯田、实行屯牧,使这一带重现"烟户铺面比栉而居,商贾云集""商贾辐辏""商贾众多"的局面。统一蒙古各部,将新疆、西藏纳入版图,设立机构管辖,寓兵于政、寓兵于农、寓兵于牧,对中华民族做出了巨大贡献。这一彪炳史册的历史性贡献中,有晋商集团的功劳。

山西不仅出晋商,也出边塞诗人和边塞诗。

"葡萄美酒夜光杯,欲饮琵琶马上催。醉卧沙场君莫笑,古来征战几人回。"这首《凉州词》的作者王翰,是山西太原人;"林暗草惊风,将军夜引弓。平明寻白羽,没在石棱中。""月黑雁飞高,单于夜遁逃。欲将轻骑逐,大雪满弓刀。"这两首《塞下曲》的作者卢纶,是山西运城人;"汉兵奋迅如霹雳,虏骑崩腾畏蒺藜。""风劲角弓鸣,将军猎渭城。""征蓬出汉塞,归雁入胡天。大漠孤烟直,长河落日圆"的作者王维,是山西祁县人;"秦时明月汉时关,万里长征人未还。但使龙城飞将在,不教胡马度阴山"的作者王昌龄,是山西太原人;十年抗击匈奴、七战无一败绩的西汉大将军卫青及他的外甥,立下"匈奴未灭,何以家为"志向的骠骑将军霍去病,是山西临汾人;"苏武魂销汉使前,古祠高树两茫然。云边雁断胡天月,陇上羊归塞草烟"的作者温庭筠,是山西祁县人;"尘沙塞下暗,风月陇头寒。转蓬随马足,飞霜落剑端。凝云迷代郡,流水冻桑干"的作者薛道衡,是山西万荣人;"海内存知己,天涯若比邻"的作者王勃,是隋朝著名哲学家王通的孙子,山西万荣人;"黄河远上白云间,一片孤城万仞山。羌笛何须怨杨柳,春风不度玉门关"的作者王之涣,是山西太原人;"千山鸟飞绝,万径人踪灭。孤舟蓑笠翁,独钓寒江雪"的作者柳宗元,是山西运城人;虽然没有戍边,但诗作传到边塞,"童子解吟长恨曲,胡儿能唱琵琶篇"的白居易,祖籍是山西太原;"惊沙猎猎风成阵,白雁一声霜有信。琵琶肠断塞门秋,却望紫台知远近",以及"慷慨歌谣绝不传,穹庐一曲本自然。中州万古英雄气,也到阴山敕勒川"的作者元好问,是山西忻州人。汉代史学家司马迁流连于晋地,"究天人之际,通古今之变,成一家之言";西汉文学家扬雄游历河东地区,写下名篇《河东赋》;唐代李白写下《关山月》"明月出天山,苍茫云海间。长风几万里,吹度玉门关""由来征战地,不见有人还""戍客望边色,思归多苦颜";唐代杨炯写下"雪暗凋旗画,风多杂鼓声";唐代张籍写下"万里无人收白骨,家家城下招魂葬";唐代李贺写下"黑云压城城欲摧,甲光向日金鳞开。角声满天秋色里,塞上燕脂凝夜紫";唐代李益写下"伏波惟愿裹尸还,定远何须生入关。莫遣只轮归海窟,仍留一箭射天山",他们虽然不是山西人,但都是边塞诗人。康熙第一次亲征噶尔丹得胜,还写下"残寇疲宵遁,横冲节制兵。我师乘锐气,谁许丐馀生。貔虎三军合,鲸鲵一战平。愧称谋画定,讨罪荷天成",可谓豪情万丈。

秦时明月汉时关,春秋峥嵘人凄苦,边防旌旗烈,边关残月冷,边卒羌笛怨。

边塞是诗人的,也是商人的。

边塞是战士的沙场,是文化的诗心。

这里是民族融合的前沿

位置决定成就。

让我们来认识地图上的山西。

今天的山西,形状像一片树叶,飘落在黄河之东、太行之西、华北的西南部,与西周、东周、长安、幽燕等政治中心相距不远;叶茎长在京畿之地,据京津冀西大门之要;叶尖直达中原腹地,紧邻关中平原、蒙古草原;经络发达而分明,商路辐射甘肃、宁夏、青海、新疆整个西北地区,乃至黑、吉、辽等东北地区,往北直通俄蒙,向西通过西域连接中亚。山西是连通中国腹地与边疆、中原与华北、中国与异域的枢纽。

三晋大地曾是华夏民族与北方民族对抗的前沿阵地。

先秦时期起,匈奴就长期占据北方广大地域。晋地的雁门郡与游牧区的云中郡相连,地处三晋的赵国直接面对匈奴的铁骑。

秦统一天下后，三晋大地划分为河东郡、太原郡、上党郡、雁门郡、代郡、北地郡、云中郡、上郡，指向正西、正北、东北，秦始皇"乃使蒙恬北筑长城而守藩篱，却匈奴七百余里""胡人不敢南下而牧马"，秦朝的武威震慑住了北方草原势力。从西汉时期地形图看，晋地的并州与北方部族匈奴、乌桓、鲜卑活动区紧挨，并州正北方向是匈奴占领的蒙古大草原，正北偏东方向是乌桓、鲜卑等占领的东北沃野，正西方向紧挨凉州，从雁门郡过朔方郡，穿越蒙古草原的南角一路向西，经阳关、玉门关，直达广阔的西域，那里集聚着楼兰、车师、龟兹、乌孙、大宛、于阗、高昌、大月氏等36个国家。东汉初期，晋地的正北、东北、正西方向三面直接面对匈奴、鲜卑。由于北方草原上遭受连年的蝗灾，赤地千里，饿殍遍野，为了生存，匈奴不得不求助于汉朝。公元48年，匈奴分裂为北南二部，北匈奴在汉朝和南匈奴的联手打击下逃离漠北，向西迁徙，最终消亡在大漠风沙中；而匈奴南边八部四五万人组成的南匈奴，由单于率领归附东汉，被安置在内地的北地、朔方、五原、云中、定襄、雁门、代郡等，享受与内地汉民族居民相同的待遇，帮助东汉王朝驻守边疆，并与北匈奴、乌桓、鲜卑对峙对战，开始了汉化的进程，最终与汉民族融为一体，三晋大地是大熔炉。

　　每到秋天，农耕地区进入秋收季节，膘肥马壮的游牧部族开始南下袭击农业区，洗劫丰收成果，抢得个盆满钵满；而中原地区华夏民族的反攻往往选在乍暖还寒的初春，此时的农耕地区万木葱茏、生机勃勃，中原王朝的兵马经过一冬的休养元气满满、体健气盛，而刚刚度过寒冬的游牧部族早已草尽粮绝，战马牲畜开始春情萌发、无心奔战，牛羊骡马胎孕在身、无力迁徙，是中原王朝大规模征伐游牧部族的大好时机。无论是游牧部族的抢掠，还是华夏王朝的讨伐，都是以山西为前沿阵地，发兵于三晋，收兵于三晋。

　　北方民族铁骑南下，中原势力战车北上，以晋地为通道、为跳板，北人南下则得天下，南车北上则通天下。华夏民族在这里吸收和消化少数民族的文化营养，少数民族在这里展现自己的文化魄力、吸纳汉族文化成分。战国时期，赵武灵王发现东北方向的东胡、北部方向的匈奴、西北方向的林胡与楼烦等游牧民族，具有短衣窄袖便于作战、骑马射箭长于奔袭的优势，在三晋国家中率先引进胡服骑射，实现富国强兵的目的，一度使赵国成为仅次于秦国的强国。

　　由此可以看出，三晋大地通达南北、沟通东西的便利，深耕边地、占据地利的优势，先王遗迹、陶唐故地的风范，郑卫之音、韩郑之灭的遗训,燕赵悲歌、燕丹遗风的流布,胡服骑射、汉服汉制的互鉴,西域管弦歌舞、中原佛道文化的交流,为中华文化的多元、包容、共生提供了土壤。三晋大地是情感融合地、文化集结地。

汉匈对抗过程中,另一个游牧民族在悄然长大、扩张,这就是来自东北方向的鲜卑。这些被匈奴部族瓦解的东胡部族后代,从大兴安岭深处出发,穿越呼伦贝尔草原,卷土而来,向南发展,在大汉王朝打击匈奴、挤压乌桓之后,占领了大漠和真空地带,并于公元54年归附东汉。在汉朝的政策支持、物资帮助下,鲜卑部族地盘扩大、实力增长,但又开始了对汉朝军队的攻击和内地资源的掠夺。

公元2世纪中叶,经过部族内部血腥的竞争,北方草原杀出了一位马背英雄、政治明星,他就是鲜卑部落首领投鹿侯的儿子檀石槐。这位生于公元137年的草原之子少小有为、杀伐果敢、智勇过人,在征战中成长为部族首领,文韬武略盖世。北宋史学家司马光在《资治通鉴》中赞美说:"鲜卑檀石槐,勇健有智略。"

公元2世纪50年代,檀石槐发起统一大漠之战,整合起北方所有草原族群,势力迅速扩张,对东汉政权所有北部边地进行轮番攻击,与今属山西的并州等地兵寨对峙、刀枪相见。东汉末年，檀石槐领导的鲜卑王庭南侵东汉，覆压幽州、并州、凉州；北拒丁零，饮马贝加尔湖；东击扶余，驻防大兴安岭，威逼辽东；西挤乌孙，直抵新西伯利亚，完全占领匈奴故土，东西横跨一万四千里，南北纵深七千里，幅员辽阔，战争回旋余地大。

从公元156年到公元166年，檀石槐率领鲜卑数万骑兵屡屡侵犯东汉位于今天京津、山西、甘肃的九个边郡。东汉朝廷馈赠盐铁等物资，想用糖衣炮弹息事宁人，但鲜卑人吃掉糖衣、退回炮弹，得寸进尺、坐等更多；想招安封王，坚决不从；想和亲结好，根本不理。相反，檀石槐与宇文鲜卑、慕容鲜卑、拓跋鲜卑、秃发鲜卑、乞伏鲜卑等多个游牧部族结成联盟，把20多个草原城邑连点成线、连线成面，有组织、成建制地构筑起一道与东汉朝廷抗衡的边防，一个日渐强盛的草原部落集团，出现在中国的北方，犹如达摩克利斯之剑，高悬在东汉王朝的头顶。

公元177年8月，汉灵帝派三万骑兵分三路出塞，被鲜卑打得落花流水，只剩下几千人仓皇逃回汉朝。檀石槐一手抓战斗力，一手抓生产力，发展传统畜牧业，开发农耕产业，甚至渔业。公元178年，檀石槐巡视中发现一面宽达几百里的湖，湖里有鱼，但游牧人不擅捕鱼，他便率兵向东一直打到海边，抓回上千名倭国人，让他们居住在草原的湖边，世代以捕鱼为生，供应鲜卑部族。檀石槐开拓地盘的主攻方向是向南,主要战场在今天的山西北部,而且檀石槐本人就出生在代郡高柳,即今天的山西大同的阳高县。那里,是这位鲜卑首领的故土。

300多年后,鲜卑人正式进入中原。公元494年,北魏王朝皇帝孝文帝拓跋宏率鲜卑朝廷大举南伐,从山西大同出发,迁都洛阳,由此拉开了汉化的大幕,立汉制、尊儒学、穿汉服、讲汉话,改汉姓、习汉俗,甚至自己改名"拓跋宏"为"元宏",推动了民族融合,在中华民族关系史上做出了不朽贡献。

在兵戎交战中交流,在物资交换中交流,三晋古地既是战场又是市场,农耕产品从这里走向草原深处,畜牧产品从这里走向中原腹地。三国、西晋时期的三晋属曹魏势力范围,与拓跋鲜卑、蒙古羌胡及龟兹接壤;东晋十六国时期属前秦,与匈奴、羌、鲜卑、氐、羯同属一国;北魏时期分属朔州、恒州、肆州、并州、汾州,与今天的内蒙古、陕西、河北交融在一起;隋朝结束了西晋末年以来近300年的分裂局面,疆域东起辽河、北抵大漠、西自敦煌、南据交趾,北部地区直接与高昌、突厥、高句丽、新罗、百济、靺鞨交往,这一情势在唐朝及五代十国变化不大;辽及北宋时期,晋地一部分属辽,一部分归宋,与西夏面对面;金及南宋时期,晋地属金,归西京路,西邻西夏,北邻鞑靼。公元1125年3月,金朝女真族人与辽朝契丹作战,在今山西应县活捉辽朝天祚皇帝,辽朝灭亡。

公元 1230 年秋,蒙古帝国成吉思汗的继承人窝阔台汗率几十万铁骑弯刀从大漠呼啸而出,南下攻金,首战选点山西,从金人手中夺取山陕后,直捣黄河防线,与南宋一道灭金朝于汴京、蔡州。山西是金朝的命门,一旦被掐住,顿时瘫软在地,无力招架。元朝时期,晋地属中书省管辖,蒙古、契丹、女真、色目等 30 多个西域民族与汉族共同生活在三晋大地,既有和谐时期,又有争斗状态,但总体走向融合。

明清时期的山西是蒙古草原文化与中原农耕文化的交织地、结合部,商路从这里出发,经陕西、内蒙古、河北、甘肃、青海、新疆、西藏,通往中亚、北亚、俄罗斯及东欧,形成或汇入欧亚草原丝绸之路,其中的主要通道,是从太原经雁门关到达大同边镇,取道辽东方向,从太原经杀虎口到达西北边镇,再通往蒙古方向。商贸通道也是农耕文明、游牧文明的冲突地带、融合地带。官军远征,商队紧随,边关要塞与重镇大营之间的马帮驼队如织,大到军用装备粮秣,小到日用物品、私信传递,助国家以力,发战争之财。交战交锋之后,必有交流交融。战事一旦平息,晋商们又为敌对双方恢复重建提供物资运输,坐享和平的红利。边防与边贸,给了晋商更大的商机和舞台。

以上历史可以看出,无论归属地、管辖权、统治者怎么变化,但地不迁、位不移,三晋大地一直是北方地区多民族聚居地、杂居地、争夺地,是大战场、大舞台、大杂院、大通道。晋地、晋人与晋商,与北方游牧民族的交往源远流长、情感千丝万缕,多元文化在这里交流互鉴,取长补短。

晋商没有想到自己会这么重要, 就像山西也没有想到自己的位置这么重要。

冲突常在分分钟,融合却是漫漫路。

中华民族大家庭历史上华夏民族与北方民族出现过四次大融合。

第一次是在春秋战国时期,受封的晋国在尊崇周王室和周文化的同时,一方面顶住北部少数民族势力的南下扩张,一方面采取"和戎"政策,与戎狄长期和平相处,为中原王朝稳定住了西北边疆。赵国的"胡服骑射",晋国的"尊王攘夷",都发生在这一时期,融合期前后约500年。

第二次是在两汉时期,西汉、东汉先后对北部、西部、东部的东胡、匈奴、鲜卑等采取边打边和的政策,征伐为主,招安其次,既和亲,又开战,稳定是目标,强力统治是手段,南匈奴迁居内地,鲜卑定居河东,走向汉化,融合期前后约 400 年。

第三次是在南北朝时期,鲜卑、乌桓、匈奴等纷纷进入中原地区,北魏孝文帝实行平城改革,思想文化、语言文字、政权运作、经济政策、社会管理汉制汉化,儒、释、道"三教合一"共生共荣,融合期前后约 170 年。

第四次是在宋辽金元明清时期,来自东北和北方的契丹、女真、蒙古、色目等民族驰骋中原、入主华夏皇宫,改朝换代,江山易主,两宋前后 18 个皇帝、立朝 320 年,从头打到尾,全是跟少数民族兄弟打仗。大明王朝的两头,也是少数民族政权。边打边融合,跨越多个朝代,持续上千年。

由此可以看出,古代中国的漫长历史中,民族融合一直是主题主流主调,而山西正是发生这些融合演变的主要区域。这里是中国历史上历时最长、规模最大、辐射面积最广的民族大熔炉。

从另外一个角度讲,很长时间以来,山西一直是中原王朝、华夏民族的天然屏障,在山西以北、山西以西,筑起两道漫长的保护地带。自然经济条件下,高原、荒漠、草原、戈壁匮乏的生活资源、恶劣的气候条件,使得以狩猎、游牧及畜牧为主的游牧民族不得不为生存而战,各部族争抢牧场、饮水、粮食、马匹等,使得来自更北方的东欧、中亚势力不敢轻易涉足。往西,是更加恶劣的自然地带,属于黄色人种的匈奴部落发展成匈奴帝国,阻断了西方白色人种的东扩。这两道屏障在一定程度上起到了保护中华民族和中华文明的作用。

山西,一直站在华夏民族与北方民族交流融合的前沿,也是中原文化、华夏文明、中华文化的创造者和保护神。

晋商,是融合的搅拌器、文化的黏合剂。

天下晋商

让我们来聚焦晋商的精神气质。

晋商创造了晋商文化,孕育了晋商精神。

春秋战国以降,三晋大地上一代又一代的经商者耕耘跋涉、勤勉力行,推动商品交换,创造物质财富,服务国计民生,贡献巨大,青史留名;在漫长的行商过程中,晋商们形成了自己的从商理念、价值观念、经商原则、商业文化,为中国古代商业思想的形成做出了贡献,功在当时,利在千秋。

审视晋商历史,先秦之前的史料零散无序、飞白较多,西汉以后对重大事件的经典纪录中,偶见商业活动史料,但对晋商记多述少、叙多论少,着墨不多。明清时期的资料相对丰富,出现了一些对晋商活动的记录文本,但从历史学、经济学、社会学角度深入探索者也不多。

任何一种现象的可持续发展,一定有文化的力量在支撑。文化愈深厚,持续愈长久。晋商的从业精神、理念、方式、原则、价值观,构成晋商文化的四梁八柱。勤勉、智慧、诚信、创新,是晋商文化的表现形态。

晋商的勤奋,成就了非凡的业绩,明清以来的表现可窥一斑。

祁县商人乔贵发从山西一路行商到内蒙古,从磨豆腐、生豆芽起家,在包头西脑包开设"广盛公"商号,后更名"复盛公",派生出"复盛西""复盛全"等多家"复"字号连锁店,兼营绸缎、布匹、糖茶、杂货、粮油、钱庄、当铺、果蔬等20家门店。"复盛公"自己发行货币,买卖赊贷,物币两流,形成一条庞大的商业链,占据和影响着包头市场,当地有"先有复盛公,后有包头城"一说。在乔贵发的孙子乔致庸手里,乔家成为晚清巨富。一家发迹,万人相随,祁县地区的青壮汉子们哼着《走西口》小曲儿,纷纷加入了浩荡商队。史料表明,清末民初的祁县,总户数的60%有经商史,家财过百万的有数十家,号称"金祁县""海内第一富"。

在山西全境,像"复盛公"这样的商号很多,像祁县这样的晋商发源地不少。有清以来祁县乔家、榆次常家、太谷曹家、介休侯家、祁县渠家、临汾亢家、介休范家和太谷孔家等"八大晋商集团"的联袂出现,标志着晋商发展达到高峰。雪球是滚大的,商路是蹚开的，晋商以自己的勤奋走出了生财之道、致富之路、人生之旅。

从汉朝到清朝，晋商保持着北部边防军需物资最大提供商、运输商、服务商的地位，清朝边防的军马草料、豆腐制品、生活物品由晋商保障。为朝廷服务、为军队服务、为民生服务是这一时期晋商们的宗旨，他们把全国版图纳入视野，"买全国、卖全国""麻雀能飞到哪里，哪里就有山西人"，敏锐地感知各地商品的盈余短缺，准确地洞察市场的瞬息万变。驼马牛羊畜产品，柴米油盐酱醋茶，绫罗绸缎皮毛线脑，有什么卖什么，缺什么买什么；只要能挣钱，一两半钱不嫌少，千吊万贯不嫌多；只要有好货俏货、有利可图，不辞千辛万苦，甘愿勤扒苦做；生活尚简朴，做事讲实在，做人求老实，即使是富裕发达起来的山西商人，依然保持面朝黄土背朝天、吃苦耐劳不虚浮的农民秉性。勤劳、勤奋、勤俭、勤勉，是他们的本色。

山高水长，天寒地冻，漫漫从商路，步步生死线。北方西域，沿途缺食少水，常常风沙如飙，孤魂苦旅，水险山恶，不知道吞没了多少人口和牲口；兵荒马乱，劫匪横行，多少贩夫走卒命丧恶旅；"一生夫妻三年半，十年夫妻九年空"，数不清的山西商人抛妻别子、背井离乡，浊酒一杯家万里，泪眼望穿南飞雁，幻想总有

242

一天衣锦还乡，却总有一些人客死他乡、马革裹尸；"宁做穷汉妻，不做商人妇"，多少凄怨、多少哀愁，渗进了苍茫西域路，风干在烈烈西风中；有的晋商后代万里寻父，一路上枯骨成堆，血泪千行，最后只能面对荒冢一堆、墓名依稀了。

勤勉的山西商人用生命铺就了漫漫商路。

晋商输送商品，也传播文明。他们向北方游牧民族送去了农耕文明，是中国西部最早的拓荒者、开发者、建设者。他们沿西域古道设号开店，在大漠深处构筑商埠，把华夏民族的物质财富，连同文化观念、文明形态、精神财富，送进蛮荒苍凉之地，边城像雨后的蘑菇生长，文明在草原上播撒。一些边镇由于山西人渐渐积聚，被称作"小山西""小祁县"。

光有勤奋是不够的，智商与情商决定事业的高度。

勤奋如牛的晋商试图耕耘全国商业版图，锤炼出远超土财主的战略眼光、天下情怀、商业能力和执拗意志。我曾在家乡湖北赤壁羊楼洞的青石板老街上，见识过晋商留下的深深辙痕。那里东邻湖南岳阳，北靠万里长江，水陆交通便捷，自然禀赋优良，山林葱茏，雨量丰沛，土壤肥沃，盛产茶叶，是中俄万里茶道的出发地。

清朝的某个清明时节，山西祁县渠家"长裕川"茶庄的晋商驼队路过这里,相中了这片被清新雨雾包裹的绿水青山,他们把这里开辟成茶叶生产基地、加工基地、运输基地,从几百里之外的汉口拖来了蒸汽机和水压机轧制砖茶。史料显示,祁县乔家、榆次常家的茶商在这里做茶生意,人员往来不断。

赤壁砖茶走天下,靠的是晋商。

这里的绿茶、黑茶和砖茶,经水路和陆路到武汉,从汉水到襄阳起岸,取陆路过河南、走山西,再经河北张家口直抵恰克图,向中亚、欧洲、东非延伸。这条从华中腹地出发的万里茶道,与从西南澜沧江畔普洱、丽江启程,穿行滇缅、康藏丛林,走出青海、辐射东南亚的千年茶马古道一样,都是中国茶文化的传播渠道,它们与林林总总的丝绸之路、陶瓷之路一起,沟通了中国与世界,连通了历史与未来。闻香识故交,跨国寻茶味,今天的俄罗斯人、蒙古人、欧洲人、非洲人,仍然津津有味地品尝着来自我家乡的馥郁醇香。

眼光有多远,脚步就能走多远;胸怀有多宽,市场就能有多大;意志有多坚定,事业就有多高远。晋商做注,商路做证。

金山有路勤为径,商海无涯苦作舟。乔家大院的展墙上有一幅地图,图上那一条条曲曲折折、枝枝蔓蔓的线路,深深地打动了我。这些线路是马帮驼队连成的万里商道,是晋商用血泪凝成、生命铺就的足迹。晋商从闽、赣、湘、鄂、浙等地采购茶叶等物，途经河南、山西、河北，一路走河北张家口出东口，一路走山西右玉县杀虎口出西口，到达内蒙古归化后，转运到俄蒙地区及北欧诸国。"投入的驼车和牛马车数以十万计"，浩大的驼阵马队以每小时两到五公里的速度，徐徐地跋涉在旱路、水路、北方草原和戈壁荒漠，行程上万里，纵横几百年。镖旗猎猎，阳关古道西风烈，天昏云暗；驼铃声声，首尾相连不相望，蔚为壮观。

最早注意到这一行行足迹的伟大思想家，是马克思。他在《俄国与中国人》一文中写道："恰克图……这种贸易采用一种年会的方式进行，由十二个商馆经营其事，其中六个是俄国人的，六个是中国人的。"有人认为，这六人都是山西人。马克思的《资本论》第四章"货币与商品流通"中还提到过一个中国人——郝荫茂。有史料表明，这位清朝道光、咸丰年间的理财大臣官至户部右侍郎，祖上也是山西茶商。

某年冬天，我在当年名为"归化城"的内蒙古呼和浩特市，几经周折终于找到玉泉区大南街办事处德胜街 18 号——晋商"大盛魁"商行遗址。此前，我到过这家商行在山西太谷的总部，这是太谷人王相卿和祁县人张杰、史大学等，在清康熙年间合伙创办的。商行遗址是一处形似太谷总部的大四合院，门洞顶上"大盛魁"三字依稀可辨,庭院外墙由青砖砌成,一色到顶,保持着往日的威严自恃与神秘,有防卫、防火功能。院落宽敞,大气从容,沉着内敛,不事招摇,院门一关便与世隔绝。看过蛰居山西的老子,再来探视伫立在边陲风中的孙子,别有一番滋味。当地有"先有大盛魁,后有归化城"之说,这个朴素低调、几近衰败的晋商故园,是这座城市的根。

内蒙古的另一座重要城市包头,也因晋商而建、而兴。这里有山西商行"复盛公"的分号,因商而市、因市而城,没有"复盛公"就没有包头城。"大盛魁""复盛公"是旅蒙晋商留在西部草原的脚印,更是中国商人走向边陲、走向草原、走向欧亚的战略支点。通过这些布点,战略物资、生活物资有序汇聚、输送,农耕产品、中原产品走向西域和异域,域外稀有产品、物种进入中国内地。晋商,是丝绸之路的编织者,茶叶之路的拓荒者。

风尘难拭沧桑泪,苍茫不见来时路,这样的脚印何其多!

张家口是山西商人开疆拓土的见证。它位于冀西北,东接山东,南通河南、安徽、湖南、江西、福建,西连陕西、宁夏、新疆。清军远征蒙古各部落时,紧随的山西商人把张家口开辟成军需物资集散地、民用物资的交换地,来自内陆的盐铁、金银、绸缎、茶烟、药材、杂货汇聚于此,北望塞外,蓄势待发,张家口因此有"塞外商埠""旱码头"之称,而操纵整个张家口地区贸易的"八大商人",全是山西人。

大清朝廷为拢住这些山西商人而承诺许愿、封官赏地,但晋商们并不满足于张家口,而是马鞭北指,驼队西行,直达俄蒙和欧亚。当中俄边贸一开,蛰伏张家口伺机待起的100多家晋商,一拥而入,占据了恰克图交易市场的半壁江山。

除了"马帮""驼帮",山西人还有"船帮"。山西介休的范家在康雍乾年间,曾两次组织大型船队出海,外销丝绸、中药材、瓷器、杂货等货物,并为清政府从海外采购回铜锭。海上丝路源自乡间小路,不能不点赞晋商的眼光、胸怀和气魄。

家业靠勤勉,事业靠智慧。晋商的智商与慧眼,体现在开拓创新上,重要标志和杰出贡献之一,是分娩了中国近代资本主义萌芽时期的金融机构——山西票号。

公元1823年,山西平遥"日升昌"票号诞生。这是中国历史上第一家票号,也是第一家民间金融机构。平遥、祁县、太古三地的票号成为一道风景,被称为"票号三帮",这一带也因此被誉为"中国的华尔街"。山西票号通过汇兑、存放款,钱生钱、钱变钱、钱换钱,获得大量商品利润和金融收益,结束了靠镖局护送真金白银之劳,以及易货交易不便利、长途携带不安全的历史。

　　商机与国运相连,收益与风险同在。板荡中国,时弊丛生,无法为山西票号提供一个安全稳定的环境。

　　公元1856年英法联军发动第二次鸦片战争,攻陷广州;公元1858年5月攻下天津,俄、美、英、法四国一道,威逼清政府分别签订四个不平等的《天津条约》,侵犯中国主权,也打击了中国的民族经济,票号捐输、借款勒索,使包括票号在内的民族商业遭受重创。艰难中求生存,逆境中寻生机,公元1862年起,山西票号与大清朝廷建立起密切的政商关系,依托票号、商贸攀附政权,包揽下清政府岁银、军饷等银钱的缴拨汇兑,贯通了全国及部分国际商业贸易资金借贷,参与了近代中国工业资本投资和资金筹措,既帮助了朝廷,也促进了自身发展,全国票号一度达到50多家,有的总号下设600多个分号,在上海、汉口等商埠重镇和边陲城镇设庄开号,有的票号还把分号开到了朝鲜、日本等国,山西票号迎来了发展的黄金期。大清政府通过力挺票号,控制了金融这个命脉,抓住了经贸这个"牛鼻子",掌握了抗衡外国资本的利器,一度对晋商支持有力、褒奖有加。风骚尽展的晋商集团,一举跃上全国首富的宝座。

　　山西票号,是政治经济的产物,是商品交换的媒介,是近代银行的前身,助推了近代经济和金融业的发展,是近代中国经济史上最伟大的创造发明之一。山西票号，利莫大焉；山西商人，功莫大焉。

晋商的智慧，还表现在精明机灵上。辛亥革命前夕，祁县"三晋源"的东家渠源祯嗅出了千里之外的火药味，赶紧将汇票全部兑成银元，在老家地里掘了个地窖藏起来，时人讥之为保守、吝啬和目光短浅。不久战乱陡起，挤对风潮使多家票号倒闭，只有渠氏几乎毛发无损、一文不亏，这正是土财主的精明之处。一般生意人不会把金库设在铺面，但是平遥"日升昌"票号的老板别出心裁，在当街营业室地下刨了个地坑藏金子，强盗一步跨进大门两脚踩在金库上还不知道财物在哪里，不少店铺票号遭盗劫，"日升昌"票号却一直安然无事，最危险的地方最安全。"日升昌"票号还发明了一套防假票风险的办法，用"假票押密、以字代数"的密码方式传递票面金额，这种商业密码外人难以破译，确保了金融安全。

相传，还有一个山西商人精明透顶的经典故事。说的是晚清时期，张之洞进京谋官，想筹金疏通关系，无奈这位到死都"家不增一亩"的清官囊中羞涩。这位曾经的山西巡抚暗访了京城几家晋商大票号，一听说借银子十万两，老板们思量一番后表现不爽。但平遥十大票号之一"协同庆"的老板早已侦得此讯，非常热情地款待了上门借钱的张之洞,爽快地说,10万两算什么,您老爷一下子也用不完,得,干脆给您一存折,要多少用多少,上不封顶,随时可取。张之洞大喜。其实山西老板心有盘算——他在宫中设有耳目,如皇上对张之洞有重用,买未来大清重臣的期货十万两不算多,如果花上三五万两还没什么反应,冻结这个账户也不晚。果然,钱还没花出去,张之洞便被任命为两广总督。各票号前来道喜,总督大人一概不见,唯独带"协同庆"老板一同赴广东,经手两广所有的财粮国税,"协同庆"一下子暴富起来。

传言不一定属实,但精明却是事实,无智不商,无商不精。

诚者人之道,信者商之道。诚信是从商的立身之本、立业之基,是晋商的价值观,是晋商文化的鲜明品质。像"日升盛"票号这样的晋商企业建立了严格、规范、有效的内部管理制度,有明确的号规和用人制度,规定学徒入商号,得由上司举荐,学徒期满合格后调赴各分号供职,而且多用本地人,慎用外籍人,此所为用人不疑、疑人不用,确保知根知底、可靠可用;出资为银股,出力为身股,当家掌柜由有顶身股者担任,商号所有权与经营权分离,经营业务和人事大权由掌柜独揽,没有特殊情况财东不得干预掌柜,此所谓"东家出资,掌柜经营"。如此模式下,东家对掌柜讲究的是信任,掌柜对东家讲究的是忠诚。诚信,铸成晋商文化的内在品质。

"贵忠诚，鄙利己，奉博爱，薄嫉恨"，是晋商的价值取向。西汉司马迁在《货殖列传》中提出的"以义制利""义为利本"等商业理念，被后来的晋商奉为圭臬。在没有国家财力支持、没有法律保障、没有官方保护的条件下，晋商要生存、要发展，凭的是信义。传统观念认为"君子言义、商人言利"，但晋商以义为先、利他与利己兼顾。做生意货真价实、童叟无欺，不缺斤少两，不以次充好；以和为贵，和气生财，上下和、左右和、内外和，有利同享、有难共担。仁义闯世界，信义走天下，驰骋商场的晋商建立起了良好的信用体系和信义口碑，成就了自己，成就了晋商群体。

晋商在闯荡天下、感知世界的过程中，培养出强烈的家国情怀。每当清政府出现财政赤字或处于危难时刻，山西商人往往不惜巨资、慷慨解囊；每遇饥荒灾难，他们疏财仗义、赈济社会，表现出仁爱善良、见义勇为的风范；每逢国难当头，山西商人识大体、举大义，尽忠报国。清光绪初年遇荒灾，仅常家一家就捐资三万两白银，得到时任山西巡抚曾国荃亲赠的匾额"好行其德""华萼联辉"。像这样的匾额，我在常家大院见到多块。庚子年间，八国联军入侵，晋商集团为保护民族商业，联合起来抵御外侮；外蒙政局动荡,旅蒙晋商利益受损时,晋商们又相互照应,联手转移资产,表现出家国一体、休戚与共的精神,他们用微薄的力量守护家园、保护国家。

相传在八国联军攻入北京后,慈禧太后携光绪皇帝逃往长安,途经山西时已窘迫狼狈不堪。早已获得密报、精确跟踪皇上西逃线路的祁县乔家"大德通"总号,立即设馆盛情款待两宫人员和所有随驾重臣官兵,乔家的另一家商号"大德恒"则慷慨地拿出白银40万两襄助慈禧太后。此事不仅仅是疏财仗义之举,更是爱国救国之举了。慈禧太后极为感动,为谢救命之恩,她回京后特召"大德恒"主事进京,赐命筹办大清银行。对国家有爱,对社会有义,对苍生有善,使晋商逢山有路、遇水有桥,绝处重生,逢凶化吉,迎来一次次高光时刻。

晋商的"诚信"二字,是由"仁""义""礼""智""信"五个字铸成的。山西榆次车辋村常家大院前,建有一座牌楼,立有"中华第一儒商"字碑。常家祖上靠牧羊为生,本与仕儒无缘。常家八世常威背着褡裢背井离乡,徒步行医卜卦经商,闯荡俄蒙商城,走出了绵延数万里、连接丝绸之路的中俄茶叶之路,陆续设立"大德川""大德常"等十大家"德"字号,"大德玉""大昌玉"等十大家"玉"字号为龙头的近百家商号,是当时民间外贸第一大户。常老爷学识不渊深，但目光不短浅，他发达后崇儒尚读，重金延聘硕儒名师开办私塾多达17座，六七十个分支机构遍布全国，家家书院幽雅、书香氤氲、书声琅琅。常家儒风浓郁，子孙间常有诗赋唱和、谜联猜对，常氏家族成立的诗社活动长达13年之久，成为知名的民间学术社团。

如此尊学、重读、尚新的氛围下，常氏后代有机会最早接触到资本主义思想、维新思想和民主观念。常氏十三世常立教与康有为、梁启超有交谊，参加了"公车上书"，成为山西参加戊戌变法仅有的三位举人之一。变法失败后，常立教回乡隐居不露，设馆办学，讲授新学，传播新思想，推动新文化。十四世常赞春修成一代国学大师、著名书法家和考古学家，对金石有精深的研究；十四世常麟书深造于国子监，推崇教育救国思想，著述甚丰；十四世常旭春曾就学于京师学堂，以诗书见长，其书法作品屡见于匾牌联碑。十六世常燕生毕业于北京高等师范学校，参加过五四运动，担任过北京学生联合会领袖，并与鲁迅、胡适、张东荪、高君宇、张友渔、侯外庐等人有密切交往，还曾与毛泽东、张闻天等有过会谈。常赞春、常麟书、常旭春、常燕生被人尊为"近代四大学者"，可谓商门出学子，儒门有商子。

常氏家族绵延200年，走出秀才、举人、进士170多人，除一人为官,其余皆跻身商道学界,以学养商,以商促学,商学互濡。"买卖兴隆有钱赚,换个知县也不干",晋商尊孔、崇儒、尚学的初衷,非为后代致仕,而是为濡染儒风、培养儒商,其家训"学而优则贾",主张学以致用,实业报国、实业救国。常家十二世常麒麟出身拔贡,学问精深,独尊孔子,有人劝他弃商从官,他说,我以子贡为榜样。子贡是孔子的学生,经商后富倾一方,孔子周游列国讲学传道,全赖子贡的鼎力相助,孔子称赞子贡是"经商有道"。儒道与商道结合,成就了重仁义、讲诚信的晋商集团。常家打破了"富不过三代"的旧例,就是因为有强盛的文化背景支撑。如今常家大院的祠堂,仍然供奉着祖传的两件宝物,一件是牧羊鞭,告诫子嗣不忘出身不忘本,另一件是常威老爷当年走西口时的那件破褡裢,一挂就是200年。

山西像常家一样的儒商家族还有很多。平遥王家大院成片的屋宇气势豪迈、层次丰富而且递进,大宅门平实而不显赫,进得门来却见机巧万千。这个大院见证了王氏家族历经450年八代人创业守业的艰辛历程和农、儒、商、官四位一体大家族形成的过程;山西襄汾尉氏家族经商兴盛300年,既兴商也兴学,文以商兴、商因文盛,商儒相长、儒本商末,既富口袋又富脑袋。据传,郑板桥就曾受聘当过尉家的私塾教师,而尉家的回报便是资助郑板桥应考科举，直到他中进士。郑板桥临别时以"布衣暖，菜根香，诗书滋味长"相赠，留下传世美谈。

徜徉在晋商大院，能感受到晋商故里儒风荡漾、书香扑面。文化传统和传统文化，是支撑晋商繁盛500年的深层次力量。

晋商既崇敬文圣孔子，也礼敬武圣关公。

每一位晋商心中供奉着一尊关公神像。

关公是晋商的英雄偶像。关公关羽关云长，今山西运城解县人，三国时期蜀国名将。刘备、关羽、张飞桃园三结义，生死与共一碗酒，情同手足一条命。他追随刘备征剿黄巾、讨伐董卓、驰救陶谦、据守徐州、镇守荆州，战功显赫。面对曹操的苦心挽留，关公决然地表示"吾受刘将军厚恩，誓以共死，不可背之"，要去追随刘备，此为"忠"；火烧赤壁之后，惨败的曹操率三百残兵败走华容道，有如强弩之末，突然遭遇关羽五百精兵以逸待劳、守株待兔，但关羽念及旧情，重情重义，知恩图报，放走了曹操，此为"义"；在以少胜多、以弱胜强的官渡之战中，关羽单枪匹马斩颜良于万军之中，如入无人之地，有"走马百战场，一剑万人敌"，此为"勇"。

忠、义、勇三字敬奉关公，儒、释、道三教共奉关公，关羽登上了民间文化的神坛。他赤胆忠心、义薄云天、除暴安良、伸张正义的秉性,他言必忠信、行必笃敬的品格受人尊重;他"攻略盖天地,神武冠三军"的壮举令人敬佩;他神通广大、有求必应,镇妖降魔、逢凶化吉,教化黎民、护佑苍生的传说故事源远流长、传之久远。关公之心即孔孟之心、关公之道即孔孟之道,人们对关公的崇敬超越时空、超越地域、超越民族、超越阶层,熔铸成中华文化义勇忠信的底质。

关公是晋商的文化形象。千百年来,关公作为忠臣、英雄、保护神的形象,受到崇拜、祭祀。走遍天下的晋商更是敬奉这位家乡的神明,他们走到哪里,就把会馆建到哪里,把关公请到哪里。以关公像为文化形象和镇馆之宝的"山西会馆""山陕会馆"遍布海内,是晋商们聚会议事、处理商务的场所,也是抱团取暖不受欺负和接济弱小帮扶同乡的地方,更是供奉祭祀关公、进行忠义教育的殿堂。每一处山西会馆必供奉关公圣像,每一处山西餐馆必供奉关公神位,这种风俗漫延开来,使关帝庙遍布全国,所谓"县县有文庙,村村有武庙"。明清时期仅北京一地的山西会馆就达四十多处。如今沿海发达地区和港澳地区仍然时兴酒楼设关公圣像位;各地的关公圣庙长年香火鼎盛,拜客如织。

关公是晋商的精神领袖。晋商虔诚地信奉、敬奉关公的神勇和忠信仁义,尊崇关公"敦信义、崇正直,不欺所事、不负所托"的忠义品格,恩谢和祈求关公盖世武功的护佑,慑众驱邪。晋商乃至整个山西人把人世间最美好的词都用在了关公身上,他是中国古代唯一只有美誉、几无差评的人物形象,自东汉以来各种写关公、说关公、唱关公、演关公的艺术作品浩如烟海。"义"是遍布全国的关公庙匾额、楹联、碑文的高频字,如"义冠古今""信义昭著""义参天地""义镇乾坤""大义参天千古正人"等等。各地山西会馆上演的三国戏,更是以关公为主角,如《三英战吕布》《关公战长沙》《关公古城会兄弟》等;位于苏州城东的苏州全晋会馆刻有《关云长千里走单骑》砖雕;天津多个山西会馆称"关帝君为吾乡正神。吾侪蒙福古恩,乌可不报";山东聊城关帝庙更是金碧辉煌、气度不凡,既尊本乡圣人孔子,又供远客关公,称关公"精忠贯日""大义参天",更有楹联"伟烈壮古今,浩气丹心,汉代一时真君子;至诚参天地,英文雄武,晋国千秋大丈夫",可谓气贯长虹荡气回肠,足见山西商人对这位同乡英雄的膜拜。一代骁雄关羽丧身地湖北当阳的关帝庙,有楹联曰:"生蒲州长解州战徐州镇荆州万古神州有赫,兄玄德弟翼德擒庞德释孟德千秋智德无双。"这36个字凝练出关羽战斗的一生、显赫的一生、非凡的一生,表达了人们对英雄好汉的敬重。关公是历代山西商人的崇拜偶像和精神领袖,在中华人文精神上留下深深的烙印。

文圣孔子的思想，武圣关公的精神，凝成晋商文化的底色。尊文尚武，是晋商精神的特质。晋商的精气神，来自这文武之道。

这是晋商文化对中华文化的贡献。

大漠孤烟远

历史的风起潮动,决定了晋商的命运多舛。

倚官经商、以商养官,官商交结紧密,是明清时期十大商帮的共同特点。晋商对封建权力的依附是先天的,官方或明或暗的运作,是晋商经济发展的护身符。成败依兮,祸福依兮。

近代以来,风雨飘摇中的清朝政府内外交困,政治上昏暗暗哑,外交上狼狈窘迫,经济上捉襟见肘,不得不经常倚重民间资本来纾解困局。晚清时期全国尚存51家票号,晋商占43家,它们在捐纳军饷、汇兑公款、解缴税收等事项上起到金融机构和代理金库的作用,扮演朝廷角色,充当国家职能。一些晋商一方面在为国家为朝廷效力,一方面也想急切地交结权贵,从官方渠道获得更多资源和权杖庇护,从官吏手中获得大量的公私存款,帮官吏放贷,为权力寻租,自身也获得大量资金流和利润空间。当朝廷官府为摆脱财政窘境不得不卖官鬻爵、出售国家荣典时,一些商人便趁机捐官买官、沽名钓誉。官位明码标价,荣誉待价而沽,既值钱也不值钱,这成为当时中国社会的一大怪相。

据史料统计,清乾隆年间到清朝覆灭,有的家族中被朝廷授予功名的男性100多人,授封的女性100多人,其中诰命夫人就多达两位数之多。许多商家都获得过朝廷、巡抚等的表彰奖掖、授匾封官。这其中当然不乏实至名归者,但清政府对晋商的青睐可窥一斑,当时的政商关系无须言表。

朝廷掌握着经济的命运,也控制着晋商的命运。有权力的支撑,为朝廷做生意,帮官僚们做交易,敛财迅速,获益巨大,但利润大风险也大。借银子给朝廷,常常是有借无还打了水漂,还不敢要;朝廷办好事你得凑份子,有难事你得掏兜子,签条约赔款你得出银子;得罪了官府,苛捐杂税让你拆东补西、不堪重负;遇到巧取豪夺的贪官污吏,赔了庄家赔商家,晋商自己颗粒无收、债台高筑;时来运转大抱的黄金往怀里扒,但可能一转眼就竹篮打水一场空,没准还得掉脑袋。

天下大势,浩浩汤汤,顺之者昌,逆之者亡。倾巢之下,安有完卵。随着封建王朝的行将覆灭、封建专权的即将解构,作为封建官僚和官僚资本附庸的晋商经济,逐渐失去商业资本的诸多特征、优势和独立性，崩溃之势一触即发，晋商经济由此走向穷途末路，最终成为封建王朝的殉葬品。

晋商经济的民族性、民间性、自发性特点，使得它在外国资本的扩张冲击和帝国主义的强权霸权面前，显得脆弱不堪。清朝咸丰元年到第二次鸦片战争，俄国政府胁迫清政府陆续签订了一系列不平等条约，使中国境内不少地区成为俄商的免税区。俄国政府降低茶叶进口税，逼迫清政府降低出口税，以利于俄商长驱直入觊觎已久的中国茶叶市场。包括俄国在内的外国资本以掠夺为目的，暴露出贪婪嗜血的本性。腐败无能的清政府不仅为俄商提供种种特权，还对民族工商业课以重税，这种抑内扬外的政策，把包括晋商经济在内的民族经济逼进了死胡同。

与此同时，受西方工业革命影响迅速发展起来的英、俄、法、美等国的交通运输、邮电通讯、机械制造等技术，直接进入中国茶叶市场的加工制造和运输环节，使俄商成本降低，竞争力大增。于是，中国广大地区出现了一边是晋商牛车马队骆驼阵和原始手工制作的慢慢吞吞，一边是洋人电报火车轮船队和现代化生产的狼奔虎突。这种不对称的竞争，使本已呈现颓势的晋商经济走向不归之路。

战乱是经济的天敌。国内战争连年，兵燹频发、社会动荡，给经济发展以致命的打击。工商业逃离、原材料中断,生产萎缩、市场萧条,票号撤庄停业,汇兑不通、金融死滞,山西票号也难逃厄运,一路蹇涩维艰。

太平天国起义之后,社会相对平稳的一段时间里,各种商贸活动得以恢复,蛰伏了一阵子的晋商们便悄悄地把票号开进了上海,于19世纪中叶与外国银行资本开始了激烈的交锋。本来山西票号、外国洋行、上海当地钱庄三足鼎立,各有地盘,但是外国资本在帝国主义霸权的支持下,暴露出贪婪本性和扩张本能,使得上海金融市场动荡不宁。山西票号在强大的外国资本面前,在早于我国几个世纪创办的近代金融机构和近代银行制度的冲击下,终究站立不稳。与山西票号一同衰败的,还有南方商人集团,如徽商胡雪岩。这位"红顶商人"也开了票号,红火过一阵,像其他中国民族资本一样,也受到外国资本的残酷挤压,他所依赖的封建官僚没能拯救他。1883年,胡雪岩投资生丝生意,因受到外商联手抑价而破产,他开办的票号随之倒闭,引发了全国范围内的第一次金融风波,冲击到整个票号系统。从创立到衰落,中国票号百年而终,轰然倒塌,敲响了晋商经济的晚钟。

国内穷途末路,国外也举步维艰,晋商之路越走越难。

八国联军入侵中国后,沙皇俄国看到大清朝廷气数已尽,便趁火打劫,猛抬中国商品在俄关税,肆意拖欠中国商人的钱款和贷款,旅俄晋商深受其害。他们曾联合起诉,但俄政府不予理睬。国之不强,民必受辱,无奈的中国商人们奔回北京向清政府求助,但也屡遭推诿。弱国无外交,朝廷不敢说话。天寒地冷,冰雪欲摧,可怜的晋商内受损、外见欺,欲哭无泪、叩诉无门。

但是,更大的灾难还在后面。

1917年俄国爆发战争,1921年外蒙古宣布独立,旅俄和旅蒙晋商在俄、蒙的资产全部被没收,市场被联手的俄蒙商人挤占,"大盛魁"等一批著名商号受到严重打击,真金白银颗粒无收,纷纷倒闭关张。路断异域,梦断他乡。

屋漏偏逢连夜雨,船破又遇打头风。对晋商来说,灾难和明天,永远不知道哪一个先到。20世纪初,清政府为加强对经济的控制,成立政府户部银行,并颁布注册章程,给了全国所有私营票号以致命的一击。

不过,山西票号并没有立即咽气,一位一言九鼎的人物给了山西票号一个回光返照的机会,这个人就是慈禧太后。在前文提到的那次西逃的困厄中,她记住了那位重情重义的山西商人,让"大德恒"商号参加筹办户部银行,并参与了包括庚子赔款汇兑业务等许多公款业务。老佛爷关门留缝,给了山西票号一个喘息的罅隙。

历史终究留在了昨天,无论曾经如何辉煌,如何灰暗。

我们今天评价晋商,既不能无视它的历史意义、忽视它的文化价值、小视它的积极作用,也不能文过饰非、美化夸大。客观公正地评价晋商、晋商经济、晋商集团、晋商文化的历史地位、意义和价值,理性地分析影响晋商发展的历史成因和成功经验、危及生存的内在短板和环境因素,需要实事求是的态度,需要建立唯物史观,构建科学的考察坐标和评价体系。

这是历史自觉、文化自信。

晋商集团毕竟是脱胎于农民阶层的一个经济集团、利益集团,附身于腐朽的政治集团,它与官僚资本勾结在一起,其原始积累阶段不可避免地充满血腥味,剥削本质、趋利本性、小农本色难以铣削;它与外国资本有竞争、有合作、有勾连、有妥协,但本质上是协同加大利润盘剥、加重民众负担,同无产阶级有着天然的不可调和的矛盾,其赖以生存的生产关系注定要被先进的生产力所打破,它也必将同封建社会所有的坛坛罐罐一道,成为历史的碎片。

尽管晋商经济有过长足发展,但它难以摆脱民族资本的局限性和小农经济思维的先天缺陷。晋商集团虽然整体实力不弱,但是缺乏在全国占举足轻重地位的龙头企业商号，份额有限、影响力不足；他们虽然因为利益相连而经常抱团取暖、唇齿相依，但是没有形成真正的经济组织联合体，形成指向明确的合力；他们虽然与朝廷官府关系密切，但并没有深度参与国家政治生活，没有被纳入国计民生的整体规划，他们的合理诉求没有得到重视，影响发展甚至危及生存的问题长期得不到解决；山西商号虽然早就实行了所有权和经营权的分离，但是并没有做到股份与全部身家性命的剥离，东家仍然承担着全部无限责任。一荣俱荣皆大欢喜，但一损俱损，所有商号、家产连带受累，血本无收，丧失再生机能。晋商的业务通江达海，走入国际市场，但是决策机构、指挥中心、结算平台仍然深蛰山西腹地，难以及时感知瞬息万变的市场风云并做出快速反应；晋商人才济济，但过分集中在商界，与其他领域、界别、地域、行业之间的呼应关联几乎没有，一旦风云变幻，连个通风报信、能掐会算的人都没有；从业者一旦业绩卓著就被重用提拔到上一级机构，职位越往上走，人越远离市场前沿，以致最有才干者只能回到山西老家深宅大院，两手套在袖筒里蹲在墙脚懒洋洋地晒太阳，所以当渠本翘、李宏龄为代表的金融家奔走呼号要向外国银行学习、倡议改组近代银行时，处在市场压力和危机感递减终端的总号掌柜毛鸿翰，断然否决了这一议案,错失良机,令人惋惜。

最重要的是,晋商经济和晋商集团尽管根植中国社会,但没有找到符合中国国情、符合社会发展规律、符合人民意愿的生存与发展之路。他们目睹了中国社会的现状,听到了底层的呼声,感受到了历史的潮动,但没有找到可以依靠的、代表前进方向的政治力量,没有找准既符合中国特色又代表历史趋势的发展道路,没有培养出一批具有经济思想和商业才能、政治理想与社会责任、天下胸怀与人民情怀的代表人物和领军人物。没有正确的领路人,就难以找到正确的路。

晋商始终没有走出商圈。20世纪初,祁县晋商渠本翘花5000两白银买下官办的火柴厂,后来又从英国人手里收回山西矿权、办矿务公司,但仅此而已,晋商集团很少投资实体和近代新式企业。除了流通领域,晋商集团几乎没有大的支柱产业,没有把巨额利润投入再生产和扩大再生产,没有形成上下游产业链。巨额资金流虽然巨大,但一部分流向乡下的晋商大院,让晋商和后代们过上了土皇帝般舒适奢华的生活,一部分滞留在流通领域,等待投机和冒险。晋商经济缺乏防风险能力和自救能力,在遭遇整体性冲击和解构时,没有调整产业结构、及时转型的能力和腾挪空间。没有产业支撑的经济不可能持久,没有实体保障的资金流终究会枯竭，没有抵御风险能力的产业必定葬身于风险。近代晋商没有走出祖上的圈囿。

山西商号的号规有实用的一面，严明、苛刻，其中有多项"不准"，如不准私寄钱物，不准携带家属，不准捐买官职，不准赌博、吸鸦片，不准在外娶妻纳妾；一旦入号，三五年不得回家。有的规定有积极效果，但也有的不近人性。他们虽然进入白领阶层，获得令人艳羡的酬薪，但有生活没生机，有压力没活力。"同仁堂"乐家老铺和"六必居"酱菜园都是山西人开办的，这里的学徒工受尽千般苦、遭受万种罪，山西伙计们中流传着"要想活受屈，就进六必居"的说法。东家老板真金白银车载斗量，但伙计们的薪酬每年不过五六两银子，只能买得起一件长袍，熬上十年八年后才能有顶身股，有的只能靠走私、捎带些鸦片毒品回家等。剥削与斗争、压迫与反抗，阶级矛盾一直充斥在东家、管家与雇员之间，一触即发。

晋商成在创业，败在守业。富三代、富四代的不上进、不争气，使晋商走向衰败。他们过着锦衣玉食的生活，抽大烟、睡懒觉、逛窑子，嗜赌豪饮，坐享其成。最典型的例子莫过于"日升昌"的后代，他们几乎个个平庸无能、烟瘾十足，无以传承祖业，家道中落，到其玄孙时只落得个以变卖家产为生的下场，最后连祖坟上的石碑也卖了，流落街头，成为饿殍。

"只恨妹妹我不能跟你一起走，只盼你哥哥早回家门口……"

这首嗯嗯呃呃的小曲儿，靡靡地缠绵在山西商人的心田，牵引着他们，在奔波挥洒了一圈又回到黄土地，在晋商豪宅里美滋滋地享受着前辈或者前半生的劳动成果。多少的惊心动魄一夜归零，多少的苦辣酸甜化为沉默无语，两手插兜，一脸憨笑，多少雄心被雌化，多少故事被简化。商海如潮，不涨则退，晋商们用智慧和血汗凝成的大院，是人生的起点，又是时代的终结。

千百年来，一代又一代晋商诚实劳动、诚信聚财、诚厚做人，诚贪贾奸商、尚诚贾廉商，笃信重义、舍利取义；他们待己唯俭、待人唯诚，一诺千金，义孚天下。晋商的理念、品质、追求，奠定了中国商业和中国商人的底质。

千百年来，从"士大夫不杂于工商"，商人不得与贤人君子"比肩而立、同坐而食"，到士、农、工、商"四民异业而同道"，"夫士与商，异术而同心"，人们对商业的认识在升华，这与晋商的踔厉躬行密不可分。晋商为形成商业文化和中华文化做出了贡献。

千百年来，晋商崇儒行商，将深厚的中华儒家文化与丰富的从商实践相融合，以儒家道德观念构建从商价值准则，既有四海行商循之蹈之、共同遵从的行规公约，又有天下晋商自成特色、一以贯之的独特理念,逐步形成以儒学为基础的重商思想和商业经济理论。

晋商集团虽然终究不可能挽救封建专制社会的政治经济颓势,但仍然是一支激活中国晚清和民初经济的兴奋剂。晋商集团,是一个从商理念相当明确、经营手段相当先进、业绩效益相当可观、总体素质相当整齐的财富创造者和拥有者的集合;是一批代表中国近代商人智力、能力和财力水平的商海弄潮儿、人生搏击者,他们存亡与共、攻守相谐、竞争有序,互相倚重、彼此造势、共度时艰,终于成就了乱云飞渡的历史天空一抹亮色;他们缔造了以勤勉进取、诚实守信、义为利先、济世报国的晋商精神为主体的晋商文化,为中国商业文化和中华文化注入了新鲜的源流;他们是以乔贵发、乔致庸、渠映潢、渠本翘、李宏龄、展玉泉、程化鹏、雷履泰、常威、常万达等一大批身价万贯的名字垒起的丰碑,他们的身后,是浩浩荡荡的著名商行票号,是绵延千年的马帮、骡队、驼阵,是蜿蜒万里、曲曲弯弯、深深浅浅的晋商脚印。

残阳如血,驼铃声咽。荒漠古道,西风尤烈。

《走西口》的旋律飘然西去,如一缕孤烟,凄迷不知所终,定格成一幅苍黄残卷的油画,在风中……

性／情／写／作

面对玛雅象形文字的断想

一

20世纪90年代末，古老的玛雅文明带着神秘而拙朴的气息来到北京陈展。我多次流连其中，似乎感觉到有一种超自然的力，在吸引和攫取着我。

玛雅文明被誉为"中南美洲的希腊"，覆盖范围包括今墨西哥的尤卡坦半岛、伯利兹、危地马拉、洪都拉斯、萨尔瓦多西部。它形成于公元前2500年，鼎盛于公元300年至公元900年，衰落于公元1500年，是古代印第安文明的重要代表。

这样一段独异于其他地域的文明是如何孤立地兴盛起来的？曾经一度极度辉煌，连今天高技术条件下的人们都瞠目结舌的文明是怎样突然消失归零的？玛雅文明的失落给了不断创造新兴文明的我们以什么样的警示？在玛雅文明标识的几百个象形文字前，我徘徊踌躇，不得其解。

玛雅人对全人类做出了重大贡献。他们第一个把野生玉米培育成粮食作物，为人类创造了得以繁衍绵延的食物，这是了不起的农业成就；他们是世界上第一个发现数学上"零"概念的人群，比欧洲人还要早 800 年。他们用一个圆点（代表 1）、一横（代表 5）、一个贝壳（代表 0），就能组合运算出相当精确的天文历法，这是了不起的数学成就。他们在没有金属工具和畜力车的条件下，开采、运送巨石，构建起许多恢宏的神殿、庙宇、陵墓、石碑和巨型金字塔，而且这些建筑里玄机暗藏、精妙四伏。

譬如，玛雅人建造的太阳金字塔与埃及的胡夫金字塔体积大致相等，塔基长 225 米、宽 222 米，正好也是东南西北四个朝向，这四个面也都呈等边三角形，底边与塔高之比恰好也等于圆周与半径之比。天狼星的光线经过南墙上的气流通道可以直射上层厅堂，而北极星的光线经过北墙上的气流通道可以直射到下层厅堂。再譬如，库库尔坎金字塔共分九层，四个面各有 91 级台阶，加起来共 364 级，再加上塔顶平台正好 365 级，恰好是一年的天数。金字塔的内部结构更是让人难以想象，1968 年科学家们在每天的同一时间、用同一设备，对金字塔的同一部位进行 X

射线探测,让他们惊诧不已的是他们所得图形竟无一相同。

一如其他文明的源起,宗教是玛雅人的全部精神文化生活,他们崇拜太阳神、雨神、五谷神、死神、战神、风神、玉米神等,于是留下一处处精美的宫殿、神庙、庭院、广场,还有象形文字、雕刻、彩陶、壁画等远古遗存,这些都是玛雅文明的载体。从人类文明的长河来审视这些载体的水平之高、承载文化内涵之丰富,我们不能不对玛雅文明肃然起敬。

令我们肃然起敬的不仅如此。玛雅人通过观测天象测出一年是 365.2420 天,而今天的我们用现代天文观测得出的一年是 365.2422 天,误差仅 0.0002 天;玛雅人观测金星绕太阳运行一周的时间是 584 天,而我们今天测算的时间是 584.92 天,如此之接近,这不能不让人惊讶万分。

玛雅人让我们惊讶,他们的预言更是让当今世界不寒而栗。玛雅人说,地球已经过了四个太阳纪,每一纪结束时都会出现毁灭性灾难,预言地球将在第五太阳纪结束时发生大动荡,直至毁灭。按照西历换算,这一天应该在公元 2012 年 12 月 21 日。这让许多人提心吊胆、战战兢兢、寝食难安,加之这几年世界范围内的地震、海啸、火山喷发、天气异常、战争频发、社会动荡等天灾人祸的叠加效应,西方一些电影大片的创意渲染,让人们不得不

"今"人忧天，似乎在等待世界末日的来临。但也有人说，这是对玛雅预言的误读，第五个太阳纪后地球将跨入一个新纪元，而并非世界末日。孰是孰非，无可明辨，但玛雅预言在争论中被炒作、放大、误读、曲解，效应不可低估。

从上述诸多的成果来看，玛雅文明中科学的成分让我们深深的震撼。真正让我们目瞪口呆的，是一幅奇怪的浮雕。大约在1948年到1952年间，有学者在玛雅遗址巴伦杰神殿的碑铭神庙发现了这幅浮雕，其中间是一位戴头盔的年轻人，似乎正在操作一台精密复杂的机器，头盔上好像有管子连接某处，他的双手正紧握操纵杆，背后有类似喷火的设备。整个造型，就像杨利伟躺在神舟号飞船里。这是否说明几千年前的玛雅人已经具备从事太空探险的能力？

如此这般，诱得不少人在茂密的丛林中寻觅谜底。

二

一切人类文明的源起，都是带着血色的。

我曾经在《玛雅悲歌》一文中说过，不论是哪一种远古文明，都有血腥、残暴、野蛮的出生。辉煌的玛雅文明也不例外。

譬如说,在玛雅祭仪中,被用作牺牲品的人仰躺在祭坛上,祭司们分别抓住他的手脚,主祭司快速而准确地把锋利的刀刺进他的左胸下,掏出热乎乎血淋淋跳动的心,立即交给大祭司,由他把血涂在神像上。刚刚从牺牲者身上扒下的皮肤被权贵们剥下钻进去起舞,血淋淋的肉体则被同类欢呼着分吃了。再譬如,玛雅人抓住战俘后,一般要剁断双手双脚、揭掉头顶盖、掏空内脏,然后作为献给诸神的祭品。玛雅人不光往圣井里扔香炉,扔黄金、铜和燧石、玉石、兵器、陶器等贵重物品,以示虔诚,他们还往深井里扔活人,玛雅国王甚至往深井里扔自己心爱的女人,让她们去问讯圣井下的诸神来年的气候、收成和疫情,有点儿像中国古代为河伯娶媳妇。还有的父母把自己的孩子当作祭品抛进深不见底的井里,并坚信他们还能活着。

于是,这些圣井里,留下许多不文明的载体。今天来看这些"神圣的娱乐",我们似乎还能嗅得出那残酷的血腥味儿。

我们当然不能以今天的眼光来谴责古代文明的这些落后成分,哪个民族都是从血泊中站立起来的,哪个人种都是从愚昧中清醒、进化过来的,人类的进步历来是以生命为代价的。

关注人类文明和玛雅文明的人都在思考,为什么这里能有几百座城邦突然崛起,繁华了几千年之后,陡然同时失去了生机？数以万计的玛雅人为什么突然同时离开家园向丛林更深处仓皇迁徙，只留下风蚀草掩的宫殿，使得中南美洲最伟大的文明就这样失落了？

是玛雅人内部的部落战争，或者底层人民对僧侣祭司的武力反抗导致的灾难？还是西班牙人武装入侵戕害了土著玛雅人？或者是由于干旱、地震、海啸、煌虫等自然灾害？还是由于封闭孤立，缺乏与其他文明的文化交流，缺乏自我创新能力导致衰败？

雾里看花，真相难辨。地上找不着答案，人们便两眼望天，指望着从神秘太空中找出点蛛丝马迹来：玛雅人如此了解天文，莫非玛雅文明是地外文明的遗存？是外星人探寻地球的着陆点？玛雅人难道是外星人留下的一支队伍，外星人离开时许诺某个时间来接回他们，这种种奇特的天文数字、奇特的金字塔结构等，或许是他们返回地球时的某个对接暗号？

有人认为，由于种种难以推测的原因，外星人终于没有再回来。于是玛雅人祭天以求，日复一日，年复一年，一个世纪又一个世纪过去了，心中所有的希望完全幻灭。于是，有人断言玛雅文明的失落是源自他们精神上的失望和绝望。

不过我认为，关于玛雅文明属于地外文明的臆测，确实是带有悲观主义色彩。因为它解读不了除了天文、历法、数学方面的辉煌之外,运转有序的国家体系、等级森严的社会制度、博大精深思想体系的辉煌是如何形成和发展的,它们是怎样维持和变革着国家秩序的。

我想,这应该是地球人的智慧。

千古之谜,谁与解说?

三

象形文字能说清楚吗?

玛雅象形文字诞生于其形成期的后期,玛雅人以土台、祭坛等载体建立了祭祀中心,在此基础上成立了原始意义上的国家,象形文字于是被发明和应用。

玛雅象形文字以一些复杂的带着各种超乎今人意想的图形组成的,现在人们知道的大约有800多种,这些象形文字刻在土台、祭坛、梯道、门槛、石柱之上,还编纂了成千上万种书籍,只是后来被西班牙人焚之一炬了。仅存的象形文字图形奇异,如入迷宫,除少数纪年符号、名称之外,其他有关历史、天文、水利、人物、科技、仪规等方面的内容至今无人能解读。

进入公元300年到900年,玛雅文明鼎盛期的一个标志,就是象形文字被各个大小国家的普遍采用。这些象形文字的主要用途是祭祀，只是被少数领主、祭司们等精英阶层所掌握，因而没有得到广泛传播。公元1523年前后，西班牙侵略者的铁蹄踏进这片丛林，紧随其后的还有修道士、欧洲封建领主，他们采取了"焚书坑儒"的政策，疯狂地捣毁了玛雅人的神庙、神龛，恣意焚毁玛雅经卷图谱，残酷地迫害和清除异教徒，把有文化的祭司们都捉来砍了头，玛雅文明惨遭摧毁，于是象形文字无人认识了，更不用提应用、传播和创新了。这帮西班牙人中，有一个名叫迪戈·德·兰达的修道士，他在几年之内便熟悉了当地的风俗习惯、农耕技术、宗教仪规等，称得上是玛雅学专家了，但最使他困惑的，还是那一个个古老的乱麻般的象形文字。他试图破译它们，但无果而终。

1839年11月，美国律师、外交官、旅行家和游记作家史蒂芬斯与英国画家卡塞伍德让古老的玛雅文明一夜之间成为世界的新贵。他俩是玛雅学史上的功臣，因为是他们第一次提出玛雅文明是"土著"，是独立诞生的。但是，他们也遇到了一道不可逾越的天堑，那就是玛雅象形文字。面对几百个形态迥异的象形字，他们有点像目不识丁的文盲。

还有一个叫莫利兹的英国人，引起了我的注意。他深入玛雅丛林考察了许多遗址，如获至宝，虽然他也读不懂玛雅象形文字，但他掂量出了它们的价值，于是颇费周折地把刻有象形文字的建筑装饰和横楣车载船运送回英国，就像当年许多英国盗贼偷偷摸摸地把中国敦煌壁画偷运到英国一样。

2007年11月，在英国学习期间，我特地去了大英博物馆，拜谒了流落在外的中国敦煌壁画，心里当然漾起许多酸涩。之后，我还专门去了玛雅文化专区，一眼就认出了那尊曾让我留下印象的横楣，惊叹之余我不禁产生了几分怜悯。巡视偌大的大英博物馆，我相信这个世界文明的集合往往是通过形形色色不文明的手段形成的，有许多文明的载体上还浸染着硝烟和血腥。譬如除敦煌壁画之外还有150年前我的祖国圆明园里被英军队洗劫而流落海外的珍宝。一位英国朋友说，是大英博物馆等保护了世界文明的成果，不是掠夺。我承认，处在战乱、凋敝、饥寒包括"文革"状态中的我的国家，当时的确无力保护自己的国宝，但当我们缓过气儿来了之后，你是不是应该把我的孩子们还给我？我相信，玛雅人如有知，也一定如我一般伤口泪血，只不过玛雅文明的母体已烟消云散了。

这正是玛雅文明的可悲。人们知其珍贵，但不知其所以珍贵。文字是一切文化的母亲，能辨识玛雅象形文字的人寥寥无几,因此据说世界上能识读其只言片语的专家不过百人。

无论如何,这一堆乱麻却是人类进步的纪事绳结。

如果没有玛雅文明,人类文明的项链上就少了一颗奇光异彩的珍珠;如果没有这些存留的象形文字,人类文明的盛宴上就少了一道美味佳肴。

象形是对形象的一种表达和解读,是不能缺少的文化载体。没有读懂这些象形文字未必是件坏事,只要它们还存在。

实际上,人类社会所有的创造都是书写,是给历史留下一些印记。

为了不让印记成为后世谜团,有必要留下清晰而普及的标志。玛雅文明的悲剧警醒我们,一种文化或者文明,只有为大众所掌握和传播,才能流芳百世。

从玛雅象形文字中,我们似乎能读懂点什么。

四

人类总是在制造新的象形文字。

它的载体,就是形象,不仅仅是文字。

这是一个越来越重视形象的时代。中国社会好像以 5 年一个周期在刷新自己的屏幕。过去衣不裹体、破帽遮颜,如今讲究穿出自己的气质风度、扮出自己的个性特点,这是人们生活质量和品位在提高的表现;提升产品外观、包装、标识层次,扩大市场知名度和社会美誉度,以获得最大的利润份额,是企业孜孜以求的方向;突出地域特色,提高本地名声,招徕更多的旅游者和投资者,成为不少地方官员冥思苦想的招数。

形象是社会进步的标志。正如玛雅人创造的许多文化载体,一定是玛雅文明发展到一定程度的产物。在饥寒交迫、满目疮痍的年代,在明争暗斗、人人自危的年代,在尔虞我诈、诚信缺失的年代,连尊严都没有,遑论形象?

20世纪80年代中期,CI、CIS(Corporate Identity System 的缩写)理念大举登陆中国,企业单位、行政机关、社会组织、产品广告、文化产品等等,一时间遍地 CI、CI 遍地,CI 读物琳琅满目,CI 大师口若悬河,CI 之风甚嚣尘上,仿佛谁不被 CI,谁就是没有出土的文物。20多年下来,中国社会的确出现了一批 CI 典范,但绝大多数单位或产品只是张贴了一个标签, 或者炮制了一批不土不洋、不古不今、不明不白的象形符号而已。

CI 直译为企业识别系统,意译为企业形象战略,是某一个企业组织或社会组织通过视觉标识设计、信息传导系统,将组织的文化理念、价值观念和精神内涵向社会广为传播的行为。

形象是标志，是品牌，是生产力，这在当今社会越来越被广泛地证明。注重形象设计，是经济发展、社会进步、文明程度提高的标志。国家形象、地域形象、企业形象、团队形象已经成为产品，知名度和美誉度则为产品创造了高价附加值，这是被广泛认同的共识。

形象的表现有三种形式——物质的、社会的和精神的，但人们往往重视物质的、忽视精神的。形象是精神的标志和符号，作为表现形式和传播载体，首先靠精神内核来支撑。内涵决定外表，本质决定表象。精神是核心，是形象赖以存立的基础和依据，就像玛雅文明的丰富内涵一样，具有深刻而长久的震撼力。

所有的精神都要通过形象来表达，就像文化需要载体来生存。内因通过外因来表现，是意识通过物质、主观通过客观的表达。

有人称形象塑造为包装。对，也不对。包装可以是没有内涵的外壳，是简单的线条构成和平面几何的任意组合，没有生命力。完美的形象塑造，一定是内容与形式的统一、历史文化元素与现代元素的结合。不仅是技术层面的独具匠心、符号图形的简单勾勒，更是核心元素、当代元素、时尚元素、国际化元素的有机构成和深刻体现。就像通过福特、波音、IBM 认识美国,通过奔驰认识德国,通过索尼、日立、卡西欧认识日本,通过三星、大宇、现代认识韩国,通过金字塔、象形文字认识玛雅文明,我们应该通过孔子让全世界认识中国的历史文化,通过杨利伟认识中国的今天和未来。

形象塑造是一门学问,对社会来说是公关学,对市场来说是营销学,对政要来说是政治学。外国领袖对自己形象塑造的重视程度,甚于生命。一些西方社会想对他国实行政治干预、文化扩张、能源掠夺、军事打击,往往从破坏该领导人形象开始,譬如对列宁、斯大林,对铁托、齐奥塞斯库,对萨达姆、穆巴拉克、卡扎菲、查韦斯……因此"形象"一词已上升为政治术语。

有精神,有形象,还要有传播,而且是大众传播,不走入大众、走进草根,不为广大人民群众所知晓、传唱和普及,形象终将坍塌,精神终将萎靡,就像玛雅悲歌,一再悲歌。

五

象形文字与形象文字,应该是形式与内容的关系。

形象的塑造,首先是对精神的解读与提炼,否则就停留在象形文字的造字阶段。

形象或许是感性的,但塑造形象却是理性的。社会学、政治学、科学、心理学、文化学、传播学,是搭建形象雕塑的脚手架。从这几个角度审视它,方能映射出不同的风景。因此,关于形象的文字,必须是深刻的,用思想性的文字表达思想性的主题。

有人说,越是民族的东西就越是世界的东西。我一直固执地认为,这句话只说对了一半,必须要再加一句话:一定要找到解读与对接的信号平台。如果文明的信息读不懂、解不开,就像一个古董埋在深土无人知。

如果说,缔造精神是一种内向行为,那么塑造形象则是一种外在行为,传播是解读和对接的唯一平台。传播是人的一种主观行为,但必须尊重客观规律,包括遵循社会规律、文化规律、传播规律,甚至自然规律。

任何一个社会对它的示范都是有要求的。就像祭祀活动和祭司受到玛雅人的遵从,宗教仪规、等级制度、价值理念、精神信仰受到玛雅人的推崇,这种具有某种感召力和震慑力的示范,是维系玛雅社会几千年的本根,一旦被动摇、被瓦解、被击毁,这个社会就分崩离析了。这是不是玛雅文明的失落给我们的教训?

任何一种文化都是需要在开放的环境下成长和发展。玛雅文明在独立的环境中生成,在孤闭的环境中自我循环,尽管有过辉煌的鼎盛、独特的风景,甚至矗立起超越一切人类智慧的金字塔,但是由于缺乏与外界的交流和必要的冲突,因而没有借鉴其他优秀文明的成果,也没有抵御外来文化的抗击力,缺乏竞争动力和创新活力。这是不是玛雅文明的失落给我们的教训?

任何一种文明都必须为大众服务、为大众所掌握。玛雅人的等级制度既是维系其社会机制的内在力量,也是其社会进步和文化发展的障碍。森严的等级使底层百姓爬不到金字塔顶,他们不掌握象形文字,不掌控祭祀大权,读不懂经书典籍,愚昧充塞,民智混沌,只能沦为专供上层精英们做祭神的牺牲品,玛雅一个城邦甚至创造了三天用 14 万生命做祭品的记录。当外敌入侵,祭司们就戮后,玛雅文化就无人相继了。这是不是玛雅文明的失落给我们的教训?

············

当今社会反对形象工程,但形象是需要的,而且形象塑造是一项艰难、复杂的工程。

我们这个国家、这个民族、这个时代、这个社会需要形象,需要富有文化内涵的精神雕塑,需要为人民大众所认可、所接受、所追慕、所仿效的价值引领。

　　玛雅象形文字是人类文明皇冠上的明珠,但至今尘埃未拭,流光半掩。但愿今天的我们,不再步其后尘。

文化的中国　飞扬的诗词

在没有文字的时代,人类的文化活动主要是口口相传。"古"字从十、从口,十口为古,中华先民以口述歌谣的方式创造了远古文化,留住了中华文明的种子;3000多年来浩若烟海的歌谣诗词经史曲赋铭文典籍, 定格了神州大地上的历史沿革、政治变迁、社会动荡、风俗流变、时序轮回,保有了中国人的思想智慧,涵养了中华文化取之不尽、用之不竭的精神源泉。

无论是口头文化还是有字文化,所记录的神话人物、帝王将相、黎民苍生及他们创造的历史, 所记录的智者贤达对治政得失、民心向背、社会兴衰的指点评说真知灼见,都是人类文明的瑰宝,中国的语言文字在点横撇捺,篆隶楷行,颠张醉素之间绘就我们这个民族波澜壮阔的历史画卷、腾挪翻覆的社会风云和灿烂绚丽的文化基因图谱。中华文明因此而熠熠生辉。

中华文化的百花园中,中华诗词是最为葳蕤芬芳的一枝;中国精神的源流中,中华诗词是最富思想力量的一脉。不一定每一个人都能熟读经典雄文,但只要是断文识字的中国人,大多张口就能吟诵几句古典诗词。这就是中华诗词的魅力。一种文化形态是否有生命力,一是要看她能绵延多久,时间是检验一切生命的标尺;二是要看她能流传多广,生生不息的拥趸是衡量一切价值的砝码。中国传统文化中,唯有生机勃勃蔚为壮观的中华诗词独享殊荣。她拥有尊严的禀赋,却以平近的方式流进我们的血脉,滋养着中华民族高贵的心灵。《尚书·尧典》中说:"诗言志,歌咏言,声依咏,律和声",诗之志、歌之言、声之咏、音之律,构成中华诗词的四大要素,情思深邃,意韵绵长,中华诗词因此而成为中国人的精神标识、文化基因。

2014年9月11日,在从北京飞往塔吉克斯坦的万米高空,百忙中的习近平总书记畅谈了对中华传统文化的认识,他说,"古诗文经典已融入中华民族的血脉,成了我们的基因""语文课应该学古诗文经典,把中华民族优秀传统文化不断传承下去"。数典不忘祖,树高不忘根,饮水不忘源,这是今天中国人的文化观。

中华诗词是深植在神州大地的根,贯穿于中华血脉的魂。四书五经、《资治通鉴》《史记》《汉书》等古籍经典,名篇巨著、史志、医书、佛经、道经、铭文、楹联、戏曲、散曲、小令、书画、雕刻等,是盛开在中华诗词土壤上的文化百花,哪一个都离不开诗与词的构件。没有诗意词韵,不成经典佳作;缺少诗情词采,文字苍白无力。一个失落了诗情画意的民族就失去了创意和想象力的空间,了无生机和前景。文可载舟,亦可覆舟,文彰则国兴,国强则文盛。弘扬中华文化,离不开中华诗词,它是中华文化的本根;审视中华文化,同样离不开中华诗词,它是中华文明的活化石、中国文化的标本。

中华诗词承载了丰富的思想。"文以载道",诗以言志,自古以来的中华经典无一不是智慧的深泉、文化的航标、思想的峰峦,价值观的表达是中华诗词的第一注力量。"断竹,续竹,飞土,逐宍",简洁、明快、生动、形象,富于动感韵律的《弹歌》,是上古歌谣,是最早的二言诗,反映了远古时期洪荒年代的先民"断竹以制弹弓,用石块击获兽肉"的渔猎生活场景,讴歌了创造,赞美了劳动。"日出而作,日入而息。凿井而饮,耕田而食。帝力于我何有哉!"这首唐尧歌谣《击壤歌》,反映的是劳作的人们对美好生活的向往,表达出一种积极健康的人生观。《诗经·蒹葭》里"道阻且长""道阻且跻""道阻且右"却"溯洄从之""溯游从之",表达的不只是对美好爱情的向往，更是对崇高理想的追求。先秦古歌《五子歌》的"民可近，不可下。民惟邦本，本固邦宁""内作色荒，外作禽荒，甘酒嗜音，峻宇雕墙，有一于此，未或不亡"，是对历代治国理政者的警言。汉乐府《东门行》《病妇行》《孤儿行》《艳歌行》等记录了对普通人命运的嗟叹；魏晋南北朝诗词里的《薤露行》《短歌行》《蒿里行》《饮马长城窟行》《咏荆轲》等显示了对命运的抗争。远古、先秦及秦汉作品，深刻地反映了从原始社会走向奴隶社会、从奴隶社会走向封建社会的艰难过程中，中华先民对大自然的叩问，对天人关系的探问，对人性和人类命运的拷问。这些追问有如剥笋抽丝，层层递进，渐渐提炼出讲仁爱、重民本、守诚信、崇正义、尚和合、求大同的共同价值观，中华诗词也因此获得了思想的力量。

国家观是价值观的最高境界，爱国主义是中华诗词的永恒主题。从春秋楚国屈原"长太息以掩涕兮，哀民生之多艰"的仰天长叹，到战国时期荆轲"风萧萧兮易水寒，壮士一去兮不复还"的慷慨悲歌，再到北宋范仲淹"先天下之忧而忧，后天下之乐而乐"的振臂高歌；从南宋文天祥"人生自古谁无死？留取丹心照汗青"的耿耿忠心，到清代林则徐的"苟利国家生死以，岂因祸福避趋之"的昭昭义胆，再到毛泽东"问苍茫天地，谁主沉浮"的浩浩胸怀，爱国、为国、利国、报国一直是中华儿女的价值追求，也一直是中华诗词的主体主流。明末少年英雄夏完淳从小随父抗清，其父阵亡后，16岁的夏完淳以一首"缟素酬家国，戈船决死生！胡笳千古恨，一片月临城"，表达抗争到死的决心。被俘后他宁死不屈，临刑时他立而不跪，谈笑自若，英气摄人，连刽子手都战战兢兢、不敢正视。就义前他留下"无限河山泪，谁言天地宽？已知泉路近，欲别故乡难。毅魄归来日，灵旗空际看"，字字忠烈，句句英武；与夏完淳几乎同时代的思想家顾炎武矢志抗清复明，虽屡败但志不移，他自比精卫填海以明心志，"长将一寸身，衔木到终古？我愿平东海，身沉心不改；大海无平期，我心无绝时"；与顾炎武一样境遇、一样豪情，有"中国思想启蒙之父"之誉的黄宗羲，参加过抗清斗争，明亡后隐居著述，拒绝为清廷做官，直至故去依然思念南明，愤恨清廷，他的《卧病旬日未已，闲书所感》自述了这种痛苦心情，"此地那堪再度年？此身惭愧在灯前。梦中失哭儿呼我，天末招魂鸟降筵"，对前朝的忠诚跃然笔下；一代名将郑成功从荷兰殖民者手中收复台湾，并起兵抗清，他以"开辟荆榛逐荷夷，十年始克复先基。田横尚有三千客，茹苦间关不忍离"，表达了驱逐外寇的英勇气概。历览前贤先烈，中华诗词成为他们表达爱国情怀最常见的方式、最集中的平台，凝聚着最浓烈、最真挚、最深沉、最持久的民族情感。在塑造民族性格、传承民族精神、稳定民族心理、刷新民族思想方面，中华诗词功不可没、不可替代，守住了中华民族的根。

中华诗词富含了美好的情愫。瞻望中华民族的诗山词海，既有浩荡长波一泻千里的壮美，又有画龙点睛金雕玉琢的精美，峰峦叠翠，流金泛银，美不胜收。《诗经》里的"关关雎鸠，在河之洲""采采卷耳，不盈顷筐，嗟我怀人，寘彼周行""桃之夭夭，灼灼其华""燕燕于飞，差池其羽"；《楚辞》里的"浴兰汤兮沐芳，华采衣兮若英。灵连蜷兮既留，烂昭昭兮未央"，词美意美情更美。美是中华诗词的情愫和天性，勤劳的美、执着的美、彷徨的美、痛苦的美、情感的美、抗争的美，培育了中华民族最初的审美取向。

盛唐之美，不仅仅在倾国倾城之妩媚肥美，更在诗行词句之唯美。唐代卢照邻的"寂寂寥寥扬子居，年年岁岁一床书"，骆宾王的"无人信高洁，谁为表予心"，杜审言的"独怜京国人南窜，不似湘江水北流"，王勃的"阁中帝子今何在？槛外长江空自流"，陈子昂的"念天地之悠悠，独怆然而涕下"，孟浩然的"欲取鸣琴弹，恨无知音赏"，他们对自心的观照，油然而生的顾影自怜与悲切，高洁孤秀，谁人能比？王维"大漠孤烟直，长河落日圆"的雄浑与粗犷，谁不震撼？"明月松间照，清泉石上流""峡里谁知有人事，世中遥望空云山"的隐逸与超然,谁不羡慕?王昌龄的"黄沙百战穿金甲,不破楼兰终不还""但使龙城飞将在,不教胡马度阴山",气势豪迈,谁与争锋?李白对"峨眉山月半轮秋,影入平羌江水流""长安一片月,万户捣衣声""人烟寒橘柚,秋色老梧桐"的怡情悦性,对当朝现世"猩猩啼烟兮鬼啸雨,我纵言之将何补""姑苏台上乌栖时,吴王宫里醉西施。吴歌楚舞欢未毕,青山欲衔半边日"的忧虑惆怅,以及"长风破浪会有时,直挂云帆济沧海""孤帆远影碧空尽,唯见长江天际流"的豪放气象,可谓风情万种。杜甫"国破山河在,城春草木深""新鬼烦冤旧鬼哭,天阴雨湿声啾啾""朱门酒肉臭,路有冻死骨""自经丧乱少睡眠,长夜沾湿何由彻"的忧世嫉俗情怀,令人起敬。高适的"万里不惜死,一朝得成功",岑参的"万里奉王事,一身无所求",韦应物的"迷路,迷路,边草无穷日暮"等戍边报国情怀,赤胆忠心日月可鉴。白居易对"幼者形不蔽,老者体无温""可怜身上衣正单,心忧炭贱愿天寒""厨有臭败肉,库有贯朽钱"的忡忡忧心,杜牧对"一骑红尘妃子笑,无人知是荔枝来""霓裳一曲千峰上,舞破中原始下来"的愕愕讥讽,李商隐以"一笑相倾国便亡,何劳荆棘始堪伤。小怜玉体横陈夜,已报周师入晋阳",都表达了对帝王骄奢淫逸生活的愤懑和对艰难民生的同情。五代十国时,欧阳炯"六代繁华,暗逐逝波声"的惆怅失落,南唐中主李璟"手卷真珠上玉钩,依前春恨锁重楼"的亡国恨,南唐后主李煜"小楼昨夜又东风,故国不堪回首月明中"的故国情,留下嗟伤满耳酸楚满心。

这些锦绣文章字斟句酌用心良苦,或气壮山河、吞纳云雾,字如日月声若雷霆;或声声哀婉、句句凄厉,最悲的往事,最惨的现实,却用了最美的文字、最美的意境。中华诗词的清美、凄美、哀美、壮美,美得让你落泪,让你心碎,让你震撼。

中华诗词展示了多彩的文化。诗词滋养文化,文化成就诗词,中国文化的密码隐藏在中华诗词里,若隐若现。宋代是中国历史上最值得深思的一个时代,北宋九皇、南宋九帝,虽然饱受内乱与围剿,却享国 320 年,成就中国古代经济、科技、文化的一次鼎盛与辉煌。公元 1000 年时北宋王朝的 GDP 占世界总量的四分之一,中国古代四大发明宋代占其三,唐宋八大家宋代占其六,一些外国专家甚至认为宋代是中国古代的文艺复兴时期。范仲淹、柳永、欧阳修、曾巩、王安石、苏轼、黄庭坚、李清照、岳飞、陆游、范成大、杨万里、朱熹、辛弃疾、陈亮、叶绍翁、文天祥等人的文学成就呈井喷式壮丽,其中的宋词成为古今之最高峰。岳飞的"怒发冲冠,凭栏处潇潇雨歇。抬望眼,仰天长啸,壮怀激烈。三十功名尘与土,八千里路云和月。莫等闲白了少年头,空悲切"

"何日请缨提锐旅，一鞭直渡清河洛"，读得人激情澎湃热血沸腾，直教人跃马挥戈征战死；陆游的"塞上长城空自许，镜中衰鬓已先斑""王师北定中原日，家祭无忘告乃翁"，家国沦丧却无以报国的悲愤与忧伤，字字血、声声泪；辛弃疾的"醉里挑灯看剑，梦回吹角连营""马作的卢飞快，弓如霹雳弦惊""举头西北浮云，倚天万里须长剑"，气势千钧，豪情万丈；文天祥的"臣心一片磁针石，不指南方不肯休""人生自古谁无死，留取丹心照汗青""从今别却江南路，化作啼鹃带血归""悠悠我心忧，苍天曷有极"，忧心系南宋，正气满乾坤，英雄豪气直上九霄，殉国之心耿耿昭然。这些家国情怀浓烈炽热的诗词作品大多出自中原、来自汉人，这种志在天下、舍我其谁的爱国文化，是在古代中国又一次陷于游牧民族与大汉民族争战的背景下形成的，这场几乎持续了大宋王朝一半生命时长的战争是在两个战场展开的，一个是疆土层面，攻城圈地掠财争民，一个是文化层面，北方游牧文化与中原农耕文化的交锋交流交融，催生了中华诗词的多样多元多变，浇灌了共生共荣共享的文化景观。

地域文化的差异，思想观念的差别，造就了中华诗词的斑斓多姿。中国的辽代、金代、元代、明代对中华诗词都有自己的贡献。如辽太祖的长子耶律倍的《海上诗》、辽圣宗耶律隆绪"子孙宜慎守,世业当永昌"的告诫,辽道宗耶律弘基不用契丹文而是写汉诗,他的皇后萧观音因擅长写诗还被称为"女中才子",他们的诗词在中华文苑中留下艳丽的一簇;金主完颜亮"提兵百万西湖上,立马吴山第一峰"的虎虎雄心令南宋朝廷心悸不已,金代诗人元好问的"岐阳西望无来信,陇水东流闻哭声。野蔓有情萦战骨,残阳何意照空城",表达了蒙古大军攻陷岐阳城,金国衰亡已成定势下的无奈;元代开国名相耶律楚材的"阴山千里横东西,秋声浩浩鸣秋溪。猿猱鸿鹄不能过,天兵百万驰霜蹄",显示了蒙古铁骑的雷霆气势,而忽必烈的左丞相伯颜的"剑指青山山欲裂,马饮长江江欲竭。精兵百万下江南,干戈不染生灵血",喷发着势欲灭宋的豪气,如此猎猎有声的诗戈词戟,怎不令残宋弱帝胆战心惊! 多民族诗词的同坛斗妍,增添了中华文化的艳丽与多彩。

诗风词韵各烂漫,你方唱罢我登台,各有源头,尽展纷纭。中华律诗中的五言诗、七言诗、汉乐府沿革悠久、声形有道。五律八句四十字,七律八句五十六,五绝四句二十字,七绝四句二十八,无论是平起仄收或是仄起平收,都要求声律讲究、平仄规范,对仗工整、韵脚严格。中华古词更是丰富多彩,光词牌就多达一两千个,常用词牌也达四五十,如梦令、忆秦娥,相思令、虞美人,浣溪沙、蝶恋花，浪淘沙、点绛唇、渔家傲、菩萨蛮，采桑子、鹧鸪天，卜算子、清平乐，各有韵律平仄，争奇斗艳，自成风景。

海涵百川的风格流派成就了中华诗词的洋洋大观。明朝开国皇帝朱元璋的重要谋臣刘基以一首"笑扬雄寂寞，刘伶沉湎，嵇生纵诞，贺老清狂。江左夷吾，隆中诸葛，济弱扶危计甚长"，既嘲笑玄虚寂寞的扬雄、一醉方休的刘伶、狂傲不拘的嵇康、粗犷狂放的贺知章，又赞美了东晋的王导、刘蜀的诸葛亮的"济弱扶危"义举，表达了自己积极进取的人生哲学。与刘基同时、同朝的高启，是朱元璋的户部侍郎，他的《登金陵雨花台望大江》以"石头城下涛声怒，武骑千群谁敢渡""从今四海永为家，不用长江限南北"的豪迈雄浑之句，一扫元末以来柔弱之诗风，开启明代文必秦汉、诗必唐宋的复古拟旧先声。200多年后的汤显祖以"春虚寒雨石门泉，远似虹霓近若烟。独洗苍苔注云壑，悬飞白鹤绕青田"，表现了超然脱俗与高雅清丽；以"偶然弹剑一高歌，墙上当趋可奈何？便作羽毛天外去，虎兄雁弟亦无多"，表达愤世嫉俗且决不同流合污的高洁志向。与汤显祖同时代的"公安派"三袁的核心人物袁宏道，有"不见两关传露布，尚闻三殿未垂衣，边筹自古无中下，朝论于今有是非"对国家大事的忧心，有"妾家白蘋洲，随风作乡土""四月鱼苗风，随君到巴东""青天处处横峒虎，鬻女陪男偿税钱"对平民百姓的同情,也有"溪深六七寻,山高四五里。纵有百尺钩,岂能到潭底""竹床松涧净无尘,僧老当知寺亦贫"的禅意境界,其独抒性灵、不拘格套,皆出自胸臆,为本色独造,一扫古风旧体。而晚明时期钟惺的"落日下山径,草堂人未归。砌虫泣凉露,篱犬吠残晖。霜静月逾皎,烟生墟更微。入秋知几日,邻杵数声稀",一定程度上矫正了"公安派"俚语俗言的浅率粗鄙,以"幽深孤峭"见长,却又难免落入"竟陵派"的晦涩艰深难懂。在文化的横断面和学术的百花园中,中华诗词做了最绚烂的展示。继承与创新,分享与共赏,刚健与柔美,雅趣与流俗,历朝历代,各个民族,都恭奉出自己的盛宴,使中华诗词园斑斓锦绣五光十色。

中华诗词揭示了人生的哲理。寥寥数个字,绵绵无穷理,诗律词格中隐藏着深奥的哲理玄思,这是中华诗词独有的魅力。南宋陆游的"纸上得来终觉浅,绝知此事要躬行",道出了知与行、学与思的哲学关系,揭示了实践是认识唯一来源的深刻道理;北宋苏轼的"人有悲欢离合,月有阴晴圆缺,此事古难全",因揭示矛盾的对立统一关系而显深邃;南宋朱熹的"沉舟侧畔千帆过,病树前头万木春",告诉你新陈代谢、新旧转化的客观规律,"问渠那得清如水? 为有源头活水来",告诉你学思之道、知行之道。

南宋陆游的"梅须逊雪三分白,雪却输梅一段香",告诉你"两点论""二分法"、绝对与相对的辩证思维方法;"少壮不努力,老大徒伤悲""书到用时方恨少,事非经过不知难"教导你人生的方向、目标和方法。明代于谦的"清风两袖朝天去,免得闾阎话短长""粉骨碎身浑不怕,要留清白在人间",咏物言志,清廉高洁,其忠心义烈,与日月争光。清代郑板桥的"衙斋卧听萧萧竹,疑是民间疾苦声""千磨万击还坚劲,任尔东西南北风",告诉你为官做事之道;清代魏源的"少闻鸡声眠,老听鸡声起。千古万代人,消磨数声里",叹人生苦短,须奋起立业,是励志之言、醒世之声;清代王士禛的"一蓑一笠一扁舟,一丈丝纶一寸钩。一曲高歌一樽酒,一人独钓一江秋",散发的清丽神韵、淡远境界、隽永意趣,独成风格;清代袁枚的"先生容易醉,偶尔石上眠。谁知一拳石,艳传千百年",看似白描,却灵性斐然、意趣横生。

在诗词韵律中构筑自己的世外桃源,赋闲时以逸待劳、守静待动,逆境中韬光养晦、不与乱世争英雄,不失为一种人生韬略,但"扬善挞恶,扶正压邪"更是中华诗词的一种道德担当。"谁言寸草心,报得三春晖""谁知盘中餐,粒粒皆辛苦"等俯首即拾的经典名句,潜移默化地熏染着淳化着中华民族的心灵,仁义礼智信,温良恭俭让,孝悌廉耻,忠勇善爱,是中华文化的细胞,中华诗词在不知不觉中承担起了教化道德、净化灵魂、陶冶性灵的责任，影响之深、作用之大，是其他文化形式难以比肩的。古人云："志微焦衰之音作，而民思忧；单缓慢易繁文简节之音作，而民康乐；粗厉猛起奋末广贲之音作，而民刚毅；廉直经正庄诚之音作，而民肃敬；宽裕肉好顺成和动之音作，而民慈爱；流辟邪散狄成涤滥之音作，而民淫乱。"音乐如此，诗词同理。诗词自有人生理，读尽青丝方悟道，它是中华民族不可缺少的心灵医生。

中华诗词寄托了共同的情感。一首诗词一腔情，中华诗词是最好的情感载体。唐代李白的"床前明月光""天涯若毗邻"，唐代杜牧的"清明雨""杏花村"，北宋苏轼的"大江东去""周郎赤壁"，南宋杨万里的"接天莲叶""映日荷花"，辽代赵延寿的"云重阴山""马渡冰河"，金代王庭筠的"千古雨声""依旧残阳"，元代关汉卿的"梁园月""东京酒""洛阳花""章台柳"，明代戚继光的"未敢忘危""手掬流泉""勒名峰上"，即使迢遥千里关山远隔，心却相连相通相亲相近。清代的诗词，亦是语重心长情满，扬抑着中华诗词的情感波澜。虽然总的成就稍逊于唐诗宋词，但成就卓然者不寡，这其中既有明朝不降之遗民，也有归清致仕的文臣，但更多的是有清一代成长起来的诗词作家。这三类作者三份情感，都在诗词中倾诉心语、独白心灵。第一类诗词作者中，如前面所述的顾炎武、黄宗羲、王夫之等人的作品爱国之情慷慨悲壮凄凉，诗情词意等艺术水准达到新的标高；第二类诗词作者中，以钱谦益、吴伟业等为代表，他们在清代特殊的民族命运、特殊的文化背景下，多有对故国前朝的怀念和对自己境遇的追悔尴尬，他们以诗词为媒，抒发着难以言说的情感。譬如明朝旧臣钱谦益，降清不久即告病还乡，诗作中多有追悔之意，写了不少怀念明朝的诗文，成为明末清初诗坛的一代宗主，他的"寂寞枯枰响沉寥，秦淮秋老咽寒潮。白头灯影凉宵里，一局残棋见六朝"，触景生情，借景抒情，倾诉了明亡局残人凄苦、思君追悔心痛彻的情感；再譬如，明朝前官吴伟业，先降清致仕，后辞职归乡，但因为曾屈节侍清一事，至死都后悔不已，他的"浮生所欠只一死，尘世无由识九还。我本淮王旧鸡犬，不随仙去落人间"，表达了忠君和羞愧之心；又譬如明末诗人李渔，他的"四方丰歉觇三楚，两载饥寒遍九州。民命久悬仓廪绝，问天何事苦为仇"，表现了对清初民众疾苦的忧虑；陈维崧的"征发榷船郎十万，列郡风驰雨骤。叹闾左、骚然鸡狗。里正前团催后保，尽垒垒锁系空仓后。捽头去，敢摇手"，刻画了清朝顺治年间，清廷为围剿南方汉族农民起义而征兵十万，给江南农民造成的苦难和悲惨。对国之不国、民不聊生的关切悲戚，使中华诗词富于怜悯同情之心。第三类诗词作者中,以陈维崧、纳兰性德等为代表,他们有自己的独特关注和自己的独特风格。譬如,有清一代,纳兰性德留下300多首词,首首经典,篇篇唯美,如,"人生若只如初见,何事秋风悲画扇?等闲变却故人心,却道故人心易变",意境肃杀凄婉,只教人肝肠寸断;又如,"山一程,水一程,身向榆关那畔行,夜深千帐灯。风一更,雪一更,聒碎乡心梦不成,故园无此声",用词简朴晓白,但乡愁浓炽得无以复加;再如,"今古山河无定据。画角声中,牧马频来去。满目荒凉谁可语。西风吹老丹枫树。从前幽怨应无数。铁马金戈,青冢黄昏路。一往情深深几许。深山夕照深秋雨",叹兴衰存亡没有定期,感家国情怀愁肠百转。纳兰性德词风清丽婉约,意感哀婉艳冶,格调高远韵长,独具特色,多一字意繁,少一字境失,成为清代词家的精美之作、巅峰之作。晚清龚自珍的"绝域从军计惘然,东南幽恨满词笺。一箫一剑平生意,负尽狂名十五年",表达了他面对内忧外患心急如焚,希望能用自己的文武之才为国出力。晚清黄遵宪多次出使英、美、日等国考察,被称为"真正是走向世界的第一人",他的诗作多以反帝卫国、变法图强为主题,甲午中日战争后他写下《悲平壤》《哀旅顺》《哭威海》《台湾行》《渡辽将军歌》等诗作以示抗争,写了《感怀》《杂感》等诗词热情讴歌变法维新,希冀中华民族的重新崛起:"黄人捧日撑空起,要放光明照大千。"面对丧权辱国的《马关条约》签订,谭嗣同长歌当哭:"四万万人齐下泪,天涯何处是神州?"喊出了多少中华儿女共同的痛感!思乡曲、桑梓情,爱国志、苍生心,中华诗词以强烈的艺术感染力、情感凝聚力、文化向心力、身份认同感,成为中华儿女天下归心的集结号。

我国近代以来许多著名思想家、政治家、革命家、科学家、文学家,如邹容、梁启超、谭嗣同、徐锡麟、陈天华、孙中山、曾国藩、鲁迅、秋瑾、毛泽东、陈毅、叶剑英、柳亚子等,都是驾驭中华诗词艺术的高手,他们留下的许多传世之作,培育了共同的家国情怀、共同的民族感情、共同的文化根脉。毛泽东的词作《沁园春·雪》包含气象万千:"北国风光,千里冰封,万里雪飘。望长城内外,惟余莽莽;大河上下,顿失滔滔。山舞银蛇,原驰蜡象,欲与天公试比高。须晴日,看红装素裹,分外妖娆。江山如此多娇,引无数英雄竞折腰。惜秦皇汉武,略输文采;唐宗宋祖,稍逊风骚。一代天骄,成吉思汗,只识弯弓射大雕。俱往矣,数风流人物,还看今朝。"堪称罕见之精品、千古之绝唱;他的律诗《人民解放军占领南京》运气磅礴:"钟山风雨起苍黄,百万雄师过大江。虎踞龙盘今胜昔,天翻地覆慨而慷。宜将剩勇追穷寇,不可沽名学霸王。天若有情天亦老,人间正道是沧桑。"立意高远,胸怀宏大,气吞万里如虎,遣词凝练而语意厚重,开创了政治诗词的新气象。

写完"诗词飞扬"时,有一种"我心飞扬"之感,文章里既有黄钟大吕弦歌干扬的正大庄严,又有浅吟低唱一咏三叹的柔情百转,使我强烈地感受到其中的信仰之美、理想之美、精神之美,其中的劳动之美、奋斗之美、崇高之美,感受到中华诗词的无限魅力。一篇篇诗词作品,是当代中国一首首理想的壮歌、一篇篇信念的史诗、一尊尊力量的雕塑、一支支奋进的旋律,我们的时代、我们的人民需要这样充满正能量的精神食粮。

人类，从血泊中站起

　　一向英雄的武汉，忽然成了一座教人心疼的城市，一向聪明机灵勤奋敢拼的九头鸟，真的受伤了。

　　"你此刻的心，像一个泪包，一碰就是汪洋一片"，这是我在长诗《给武汉的一封信》里的一句。这种感觉，是这些天来我在同家乡众多亲友的密切联系中得出来的。写下"泪包"二字，我已然泪包了。

　　武汉封城，春节无法回家，我只能通过手机客户端的"强国直播"看武汉。八个摄像头直播武汉的街景实况，其中一个正对长江边上的江汉关钟楼。画面上的长江依然浩瀚，但南北穿梭的轮渡停摆了，孤零零的趸船泊在岸边；对岸的建筑春笋般矗立，偶有一两艘货船队从东往西逆水而上；往日里人车挤挤密密熙熙攘攘的沿江大道，此刻鲜见人身车影；旁边是著名的江汉路步行街,此刻空荡寂寥。画面的主角,是江边那座已近百年历史的江汉关钟楼,嶙峋骨立昂然倔强,楼顶一杆鲜红的国旗依然迎风飘扬。

欧洲风格的江汉关是英国殖民者设立的海关,是中国沦为半殖民地的见证,也是汉口开埠、武汉走向近代的标志。早已收归国有的江汉关曾是武汉海关的办公地,现在是武汉海关博物馆,收纳着中国海关的风云沧桑。不知道茕茕孑立的江汉关目睹百年未有的空旷,是否觉得孤独而怆然?大钟的指针是否依然坚定地前行,在寒风冷雨中还能否发出深沉浑厚而悠扬飘远的钟声?

每每看到这个画面,我都为之心动。那天清晨,一位身着橘红色工作服的保洁工进入了画面,在空落落静悄悄的江汉关街面,这个踽踽独行的身影认真地打扫地上的落叶枯草。几乎在每天的早晚时分,这个生动的画面都会出现,让我鼻子发酸。全城封闭,万人归巷,他们依然顶着寒风、冒着风险,维护着这座城市的容颜和尊严,坚定而执着。他们的存在是一种坚守,他们的身影是一种力量,有了他们你可以长舒一口气,这座城市还在正常运转。

江汉关上空阴云笼罩,像武汉城此刻的心情。新冠病毒有如魔鬼,暴虐地攫取一条条鲜活的生命。威胁无处不在,死神随处藏身,城里几乎每一个人都能听到这恐怖的足音,都有认识的或拐几个弯认识的人被感染、被确诊,甚至罹难,提前没有预约,中枪没有前兆,对象不加选择。几十例,几百例,上千例,数据不断攀升,像是开发互联网产品进行的灰度测试,比灰度测试更可怕的是,下一个是谁,什么时间,程度怎样,结果如何,扩大到多大范围,谁也不知道。只知道,他们是院士、教授、博导、医院院长、医生护士、工程师、董事长、警察、画家、诗人、导演、飞行员、志愿者、社区工作者、长江救人者、出租车司机、健美冠军、农民工人兄弟,是爷爷奶奶爸爸妈妈,是孝顺的儿女乖巧的孩子,是我的老师、学长、熟人、同乡,同学的朋友、朋友的同学。看到那一个个在猝不及防中倒下的身影,我一阵阵地心疼。心有时候是会疼得落泪,甚至会滴血的。

我对武汉,没法不牵肠挂肚。我的祖籍是湖北赤壁,距武汉一小时车程。武汉是湖北人的中心,是湖北人工作生活的坐标指向。父亲当年从赤壁山沟里考入北师大物理系,毕业分配在位于汉阳的军工厂工作,我在汉阳的龙灯堤旁边上的幼儿园,3岁起跟着擅泳的父亲在汉水里学游泳,所以才有了我后来多次参加"7·16"横渡长江活动。读小学时回到赤壁老家的山村莲花塘刘家,每年的寒暑假回到武汉,两次读大学在武汉。第一次参加工作在武汉,在长江上度过我人生最浪漫最具印记的五年,我曾经工作的办公大楼距江汉关钟楼百步之遥, 到我曾经住了 3 年的汉口洞庭街只需三分钟。虽然我现在北京工作,但一年总要回几次武汉看望年迈的父母。疫情发生以来,他们一直困在家中不敢出门,我每天几个电话和视频"查"父母的岗,检查平时就在家中憋不住的老父亲是不是擅自出门了、是不是听话了。在武汉,还有那么多亲人,数不清的来自武汉的信息,向我诉说着难过、痛苦、愤懑、悲伤、祈盼。

不光是武汉,孝感、黄冈、荆州、咸宁等,还有我的故乡赤壁,湖北的每一条信息、每一个数据都牵扯着我。

湖北是一个充满生机的地方,武汉是一座英雄的城市,但现在是一只受伤的九头鸟,一个曾经聪明勤奋、能闯敢拼、顽皮活泼、重情重义,此刻却是满心伤楚楚、满眼泪汪汪的孩子。如何教人不心疼!

令人心疼的,不仅仅是今天的湖北、武汉,还有我们这个在多难中兴起的民族,这个从苦难走向辉煌的国度。

关注古代文学的人会发现, 在东汉末年三国时期建安七子们的生卒表中,陈琳、王粲、徐干、应场、刘桢等五人的生命定格在公元 217 年(建安二十二年)。是的,他们代表了那个时代的文学高峰,却齐刷刷地倒毙于同一场瘟疫。史料记载,"冬,是岁大疫"。他们的文友曹植是这样描述的,"家家有僵尸之痛,室室有号泣之哀""或阖门而殪,或覆族而丧",文心之殇,如泣如咽。

瘟疫一直伴随并威胁着我们脚下这片古老的土地。大头瘟、虾蟆瘟、疫痢、白喉、烂喉丹痧、天花、霍乱、血吸虫病,有如蝗虫般疯狂撕噬着一条条生命,仅麻风病在中国就留存了 2000 多年。有人考证,中国古代发生过多次重大疫情,秦汉出现 13 次,魏晋 17 次,隋唐 17 次,两宋 32 次,元代 20 次,明代 64 次,清代 74 次。另一说,公元前 243 年—公元 1911 年,这 2154 年间发生重大疫情 352 次,其中秦汉 34 次,三国 8 次,两晋 24 次,南北朝 16 次,隋唐 22 次,宋金 70 次,元代 24 次,明代 39 次,清代 115 次,平均每 6.1 年发生一次,而到了清代发生频率加快,平均每 2.4 年就发生一次。1644 年明朝末年始发于中国北方的一次鼠疫,使全国三分之一人口丧生。这些数据很难说是否精确,但能大致勾勒出我们这个多灾多难的民族成长中的心电图。

面对瘟疫高密度的袭击,我们的先祖不断在溯源探究,寻觅救世良方,发现其特征是"五疫之至,皆相染易,无问大小,病状相似";论证其后果是"人感乖戾之气而生病,则病气转相染易,乃至灭门";提出的防治办法是"养内避外""正气存内,邪不可干""五宜六不宜"等等,古代中国的智慧之光映古烁今。扁鹊、华佗、张仲景、孙思邈、宋慈、李时珍、葛洪等一大批名医先驱,医者仁心悬壶济世;《黄帝内经》《神农本草经》《伤寒杂病论》《金匮要略》《肘后备急方》《本草纲目》《温疫论》等一大批医书经典拯救苍生流传至今。据传孙思邈还把自己同麻风病人关在山洞里8年,得出的结论是只有提高人自身的免疫力,以正祛邪,方可不被感染,还写下医学百科全书《千金方》。前人积累的秘笈宝典,仍然是今天的灵丹妙药。

除了瘟疫,地震、水灾等也一直伴随着我们。《山海经·海内篇》记载:"洪水滔天""水逆行,泛滥于中国""望古之际,四极废,九州裂,天不兼覆,地不周载,火炎炎而不灭,水浃浃而不息。"灾难千千万,困厄万万千,古老的中国一次次在磕磕绊绊中艰难前行向死而生。

我亲历过非典疫情和"5·12"汶川特大地震,疫灾与震灾同样给人以心灵的创伤。地震发生那一刻,使你的心一下子沉到海底、沉到黑夜,在灾区现场的日日夜夜,我目睹过抢救生命的艰难,87000多个鲜活生命的消逝,让我深切地感受到人类的痛楚与悲哀。每抢救出一个生命的信息都让这个世界感到欣慰和希望,而疫灾病亡数据每增加一个,就越感到死神在逼近一步。拐点不到,压迫感就难以释放。

灾难当头,唯有抗争。盘古开天辟地、女娲补天、精卫填海、夸父追日、大禹治水、后羿射日、愚公移山、神农尝百草救百姓,都是中国古代神话中与灾难斗争的形象。与西方创始说不同,中华先祖没有逃离天谴躲进诺亚方舟的先例。

中华民族屡经灾难却愈挫愈勇,从血泊中站起,在困苦中前进,在磨难中成长。面对惨烈,不惮凶险,磨练出强健的心理、坚韧的毅力、顽强的意志,这叫中国精神。

人类,总是在艰难中前行。

几百万年的成长历程既波澜壮阔又惊心动魄,无数的危险、威胁和灾难,如荆棘密布。譬如,鼠疫、霍乱、天花、流感、疟疾、伤寒、狂犬病、艾滋病、炭疽、肺结核、麻风病、黄热病、登革热、非典;譬如,地震、飓风、火灾、冰灾、雪灾、虫灾、海啸、洪水、泥石流;譬如战争,等等。无论是自然因素还是人为因素,自恃站在生物链最顶端的人类,其实是灾难中的最弱者、受害者,永远处在最危险的终端。

战争导致灾难,生命贱若草芥。战国时期的秦将白起是一员猛将,领兵30多年战无不胜,攻城70多座杀人如麻,为秦国统一六国立下赫赫战功,声震天下。他是中国历史上最杰出的军事家,也是生命灾难的制造者。公元前 293 年白起率秦军伊阙之战斩首韩魏联军 24 万人;公元前 279 年至前 278 年鄢郢之战淹杀楚国鄢城军民数十万人;公元前 273 年华阳之战斩首魏赵联军 15 万人;公元前 264 年陉城之战斩首韩军 5 万人;公元前 262 年至前 260 年长平之战,斩杀、坑杀赵国军队 45 万人。如此数来,死于白起手下的生命超过百万之众,占整个战国时期死亡人口的一半。后因失宠于秦昭襄王被赐死,拔剑自刎前他幡然自责道:"我本就该死,长平一战,我坑杀赵军降卒几十万,足够死罪了啊!"人之将亡,其悟也彻。

第一次世界大战从 1914 年 7 月打到 1918 年 11 月,从欧洲打到亚洲,1000 多万人丧生,2000 万人受伤。第二次世界大战是迄今人类历史上规模最大的战争,从 1939 年 9 月打到 1945 年 9 月,60 多个国家和地区、二十亿以上的人口被卷入战争,伤亡九千余万人。无论是冷兵器、热兵器还是核武器时代,战争是生命的绞肉机,是人类的灾难。备战是为了不战,人性的阴暗需要理性的光辉照亮。

瘟疫像毒蛇追逐人类,几十万种病毒一直在影响甚至戕害着人类,是威胁人类时间最长、波及面最广的杀手。始于公元前

431 年、持续时间长达 27 年之久的伯罗奔尼撒战争，是一场发生在雅典人和伯罗奔尼撒人之间的漫长战斗，最后以斯巴达率领伯罗奔尼撒人取得胜利而终。这场战争是古希腊城邦历史的转折点，它结束了雅典的霸权，使古希腊奴隶制城邦制度退出了历史舞台，古希腊也因此由盛转衰。战争第二年，一场鼠疫由海港城市比雷埃夫斯传入雅典，首先死亡的是医生，前仆后继的是战士，雅典一半人死亡，城里满地的尸体像苍蝇密布，最后连雅典首领伯里克利也死了。一位从死尸堆里爬出来的雅典人，在回忆录中写道："身强体健的人们突然被剧烈的高烧所袭击，眼睛发红仿佛喷射出火焰，喉咙或舌头开始充血并散发出不自然的恶臭，伴随呕吐和腹泻而来的是可怕的干渴，病者的身体疼痛发炎并转成溃疡，无法入睡或忍受床榻的触碰，有些病人赤裸着身体在街上游荡，寻找水喝直到倒地而死。甚至狗也死于此病，吃了人尸的乌鸦和大雕也死了，存活下来的人不是没了指头、脚趾、眼睛，就是丧失了记忆。"这个雅典人就是"十将军"之一的修昔底德，后来成为著名的历史学家。"雅典大瘟疫"成为关于瘟疫最早的记录。

瘟疫改写历史，改变着人类的轨迹。公元 164 年，强大的罗马帝国发起了对安息帝国的战争，凶猛的罗马大军攻下了坚固的安息重镇,但安息的瘟疫却缠上了罗马军队。得胜回朝的罗马士兵带回了瘟疫,导致500万人丧命,连出席欢宴的罗马皇帝马可·奥勒略·安东尼也不幸染病离世,因此这次瘟疫也被称作"安东尼瘟疫",是人类历史上的第二次大规模瘟疫。

公元533年,企盼再现罗马帝国昔日辉煌的拜占庭帝国皇帝查士丁尼挥师向西,征服地中海,横扫北非,攻克意大利。大功告成之际,一场突如其来的瘟疫使他的梦想幻灭。公元541年,瘟疫从帝国下的埃及暴发,很快传播到都城君士坦丁堡,大批的人突然倒毙街头或地头,一天有数千甚至上万人死去,尸横遍野,都城近一半的居民、帝国近四分之一的人口死亡。最终,这场"查士丁尼瘟疫"使帝国不但没有辉煌,反而走向了崩溃,留下人类历史上第三次大规模瘟疫的记录。

800年之后,瘟疫刷新了它重创人类的纪录。1347年9月,源起中亚的黑死病随十字军登陆意大利南部的西西里岛,经水路到达北部的热那亚和法国的马赛,1348年1月攻入威尼斯和比萨,随后占领意大利重镇佛罗伦萨。从这里,黑死病通过水陆两路四面出击,直抵维也纳、抢滩诺曼底、横扫巴黎、攻克伦敦,越过莱茵河,辐射巴塞尔、法兰克福、科隆、汉堡、不来梅,以吞噬7500万人的战绩疯狂肆虐,之后狂飙烧向东欧,俄罗斯大草原不幸接着了这个死神接力棒,立即被死亡阴云笼罩,交战中的鞑靼人竟将病死者的尸体抛入城中,导致瘟疫流行,逃往地中海的人们又导致黑死病更大范围的传播。欧洲中世纪的这次大瘟疫,成为人类历史上第四次大规模灾难,也是最惨烈的一次。

此后300年,巨大的瘟疫阴影,一直笼罩在欧亚和美洲上空。

公元1492年10月,意大利航海家哥伦布发现了新大陆,也给这片大陆带来了灾难。腮腺炎、麻疹、天花、霍乱、淋病和黄热病等"欧洲病",对毫无免疫力的印第安人进行了不费一刀一枪的摧毁,数百万原住民死去,史学家称之为"人类史上最大的种族屠杀"。公元1521年,西班牙派两路殖民军进攻南美洲,一路600人马进攻墨西哥土著帝国阿兹特克,久攻不下后的某天,阿兹特克人忽然停止了顽抗,西班牙人冲进城堡一看,发现似乎有一种神奇的力量帮他们横扫了对手,满城腐尸、恶臭难闻,一场莫名其妙的瘟疫以大大超过火枪弹的速度袭击了这个一度辉煌的南美帝国;而另一路180人马进攻印加帝国,在他们达到智利之前,一场瘟疫已经帮他们瓦解了这个当时文明程度最高的南美帝国,皇帝瓦伊纳·卡帕克和他的继承人尼南·库尤奇先后殒命,内讧爆发,社会动荡,因此西班牙人以极少的兵力拿下了拥有8万兵力的帝国。大航海带来的大瘟疫,使世界上第一个日不落帝国西班牙创造了两大战例奇迹。

有人推测，一度辉煌的玛雅文明突然消失，是不是也与西班牙军队有关，因为几乎在攻打上述两大帝国的同时，他们也踏进了玛雅这片南美丛林。为解开玛雅文明消失之谜，学者们列出了人口爆炸、粮食匮乏、能源紧缺、震灾风灾、外敌入侵、疾病传播、逃往外星等多种可能，是不是西班牙人同样也把瘟疫带进了玛雅王国？很多人支持这一观点。同样，位于东南亚的柬埔寨吴哥文明，在兴盛600年之后，于15世纪初突然消沉了，是不是与瘟疫有关？有学者这样猜测。

瘟疫从来就没有停下过肆虐的脚步，时常在没想到的地方制造想不到的灾难。公元1665年4月的某天，两个法国海员晕倒在伦敦西区的街口，他们身上携带的病毒引爆了伦敦。人们把染病者封在门里，用红漆涂上十字，无数人在孤独凄惨中死亡。店铺关门，市声若噤，街上空无一人，路旁杂草丛生，城里唯一行驶的是运尸车。伦敦大瘟疫导致7.5万到10万人丧生，直到一场神秘的大火才结束了它血腥的征程。

人类历史上记录的第五次大规模瘟疫灾难，起始于19世纪末，持续半个世纪，波及中国的南方和南亚、北美洲、欧洲、非洲60多个国家，死亡上千万人。这次大瘟疫离现在最近，所以记忆更深、影响更大。除此之外,1918 年源自美国军营、发作于西班牙的大流感,其症状虽然不像瘟疫那么恐怖,但传播速度之快、传播面之广不亚于瘟疫,全球 10 亿人感染,4000 万人死亡,光西班牙就有 800 万人丧生,所以这次流感被称为"西班牙大流感",也是导致第一次世界大战提前结束的原因之一。

美国学者卡尔·齐默在《病毒星球》一书中说,"我们生活的历史,其实就是一部病毒史"。病毒改变生活,也改写历史。

意大利文艺复兴先驱薄伽丘在他的名著《十日谈》中,记录了瘟疫袭击佛罗伦萨的惨景,有的人在大街上突然倒地死去,有的人在冷冷清清的家中死去无人知晓,到处是荒芜的田园、洞开的酒窖、无主的奶牛,送葬的钟声几乎没有停止过哀鸣。瘟疫还穿越法国,搭乘帆船渡过英吉利海峡,使得英国的村落、庄园、城镇到处是尸体、垃圾、污水。情急下的人们想出各种荒诞的治疗办法、各种滑稽的祈祷方式,人性善恶毕露,世相百态尽显。

文化为历史留下记忆,现实为文学提供素材。英国作家丹尼尔·笛福的《瘟疫年纪事》、英国诗人琼斯·威尔逊的诗剧《鼠疫城》、俄国作家普希金的戏剧《瘟疫流行时的宴会》、英国作家毛姆的小说《面纱》、德国作家托马斯·曼的小说《死于威尼斯》、法国作家让·吉奥诺的小说《屋顶上的轻骑兵》、委内瑞拉小说家米盖尔·奥特罗·西尔瓦的《死屋》、秘鲁作家西罗·阿莱格里亚的小说《饥饿的狗》、法国作家阿尔贝·加缪的《鼠疫》、葡萄牙作家若泽·萨拉马戈的小说《失明症漫记》、哥伦比亚作家加西亚·马尔克斯的小说《霍乱时期的爱情》，电影《卡桑德拉大桥》《极度恐慌》《惊变28天》《死亡录像》《感染列岛》《流感》《传染病》《大明劫》等等，都是瘟疫大灾的切片，是疫情与人性痛苦绞杀的精彩呈现。

文学，为人类的抗灾史留下斑斓的碎片。

即使进入科学技术高度发达的21世纪，人类仍然摆脱不了如影随形的疫灾。2003年年初发生非典，波及32个国家和地区，全球累计病例8422个，病亡919人。2009年的H1N1流感持续16个月，波及214个国家，163万人受到感染，28万人病死。2014年脊髓灰质炎疫情、西非埃博拉病毒疫情，2015年寨卡病毒疫情、韩国中东呼吸综合征，2018年刚果埃博拉病毒疫情，给这个世界留下创痕累累。美国流感自2019年9月29日以来，美国全国至少有2200万人感染，死亡人数超过12000人，至今还没有探底。灾难的渊薮，是人类的黑洞。

人类无可选择地承受着大自然的各种打击，也通过各种神谕预言，试图解释或者预测灾害的发生，试图找寻某种规律或者祈求某种灵验。这是人类的努力，不管有用还是无用。

譬如，关于"大洪水"。整个北半球民族的上古传说中，都有关于"大洪水"的传说。历史学家和考古学家一直试图假设和推想：大约在一万年前，一场持续了100多天的滔天洪水，席卷了北半球，所有低于一千米的山峰都被淹没，只有生活在高原和山区的人们才幸存下来。《圣经》甚至这样描述："在2月17日，天窗打开了，巨大的渊薮全部被冲溃。大雨伴着风暴持续了40个白天和40个黑夜。"无论有否考证，据此可以推测，一场空前绝后的大洪水，是人类的朦胧记忆。

譬如，关于"世界末日"。玛雅文明曾预言，公元2012年12月21日，将是第五个"太阳纪"结束的时候，是"世界末日"。那一天全世界有许多人在等待预言结果，一些人甚至有引颈自刎的悲壮。当时我在上海的一家宾馆，凝视着窗外的黄浦江想象着这一刻的到来。马后炮也是炮，有学者事后解释，所谓"末日"是玛雅历法中重新计时的"零天"，表示一个轮回结束，一个新的时代的开始。在玛雅历法中，1872000天算是一个轮回，即5125.37年，据此，到2012年冬至时分，当前时代的时间结束，一切归零。

神谕也好，先知也罢，与自然相伴、与灾难为伍，亦敌亦友，人类似乎无可选择、无法逃避，"三灾九难十劫"是人类的坎，只能昂首面对,悲壮相迎。

灾害的形态千奇百怪,人类一直在无奈地承受各种重创。1912 年 4 月 10 日英国"泰坦尼克号"冰海沉船,1513 人命丧大西洋;1940 年 6 月 17 日英国"兰开斯特里亚号"游轮在法国卢瓦尔河口海域被德军击沉,3500 人葬身海底;1945 年 1 月 30 日德国"古斯特洛夫号"游轮被潜艇攻击,在波兰格但斯克港附近海域沉没,9343 人遇难;1987 年 12 月 20 日菲律宾附近海域"多纳·帕斯"号渡轮与一艘油轮相撞后沉没,4300 多人殒命;2002 年 9 月 26 日一艘塞内加尔客轮在冈比亚附近海域沉没,1863 人被淹死;2003 年 12 月 26 日的一场地震,使伊朗巴姆古城连同 5 万条生命消失;2005 年 8 月 23 日美国卡特里娜飓风,导致 1800 多人死亡;2006 年 7 月印尼海啸,伤亡 2500 多人;2011 年 3 月 11 日本发生海啸,近 18000 条生命被吞没,造成福岛核电站泄漏,方圆 30 公里成为无人区。飞机问世 100 多年,火车发明 200 多年,还有数不清的事故夺走了数不清的生命。在中国,1920 年 12 月 16 日宁夏海原发生大地震,28 万人死亡、30 万人重伤;1976 年 7 月 28 日唐山发生大地震,造成 24 万人遇难、16 万人重伤,这两次大地震造成的生命损失创下历史最高纪录。

今天,灾难还在以新的面目出现。细菌武器、生化武器、基因武器、核武器、金融战争、互联网战争、人工智能技术、环境污染、太空威胁等渐露峥嵘，可以预想却难以预测的后果将一遍遍刷新人类的认知，一次次挑战人类生存的底线，也一次次激起人类抗灾的斗志。

全世界的科学家都在关注地球自身的安全，无数个天文望远镜在密切追踪地外星体，天体重叠会不会毁灭地球，800多颗具有潜在威胁的行星会在什么时候、什么位置撞击地球，太阳风暴袭击地球会造成怎样的伤害？"中国天眼"的问世给人类擦亮了观察宇宙的眼睛，500米口径球面射电望远镜投入使用不久便已发现多颗脉冲星，代表了世界最高水平，这是中国对人类的贡献。

冬天固然阴晦，春天依然明媚。2020年年初的新冠疫情，是对中国的考验，对科学的挑战。病毒肉眼看不见、源头难查证，特征奇异诡秘，路径错综复杂，来势汹汹滔滔，其生物特性、致病机理、传播机制、易感人群有待科学探究。这不是一个城市的尴尬，是整个世界都没有做好准备；这不是医学的无能，是全部科学面对未知世界的共同难题。

在血泊中诞生，在磨难中成长，在抗争中壮大，灾难成为人类进步的砥砺石、垫脚石、试金石。大灾就是大考，是对底线思维的冲撞、对极限思维的挑战，是对动员能力极限式测试和防御系统的破坏性试验。灾前的任何模拟演练，阵前的所有应急预案，都显得苍白无力和漏洞百出，必须接受实战的考验和修补。不单要记住肝肠寸断的悲痛，还要有背水一战的勇气，更要有决战决胜的信心。

大疫需要大医，大灾呼唤大爱。这个难熬的季节里，诗文是抚慰心灵的药剂。一些人用文字记录下这个难过的城市难过的日日夜夜，那些难过的人难过的事难过的心，就像病人向医生描述自己的症状，甚至述说自己的隐私，说出来比憋着好；不少人无论身处疫区内外，无论是否有亲友受困，都在用文字用声音用图片用视频，表达自己的忧心同情焦虑赞美敬佩与祝福；许多人在读诵这些诗文或泪流满面或热血沸腾，用或悲怆或凄美或激愤或豪迈的表达，安抚那一个个汩汩淌血的创口，激励那一颗颗疲倦消沉失望的心灵，每一个字每一个音都是那么情深深、意浓浓、热乎乎。诗文也是一把尺子，能测试灵魂的高度和心底的温度。我把草拟的小诗第一时间发给了身处湖北的几位朋友，一位官员读后说，建议把"在惊恐中煎熬，在焦虑中翻炒""此刻你的心就像是一个泪包，一碰就是汪洋一片"删掉，武汉的情况没有那么严重，市民的心情也没有那么糟糕；而一位艺术家朋友则建议把那句"摆一桌酒,煨一锅汤,炉上的日子慢慢熬"删掉,说此刻全武汉城没有人能有这样轻松的心情。我后来知道,他的亲弟弟终于挤进了医院,但已经被下了病危通知单。同一首诗,测出了温差,冷暖我自知。

这是一个悲情满满的日子,也是一个温情浩荡的季节,更是一个激情涌动的时刻,人类史册将记载这武汉一页、中国篇章。大地已经回暖,枝头正在泛青,只要不被自己打倒,英雄的武汉一定会从血泊中站起,江汉关钟楼顶上的国旗,依然昂首挺立,迎风飘扬,猎猎有声。

让科学之光照亮精神的星辰大海

到中国科技馆来参加活动，是一件很美好的事，感觉自己还原成了一个青葱少年。今天下午的阳光特别好，天空特别蓝。晴朗的天空为什么看起来是蓝色的？今天的小学生都知道的这个小问题，却曾经困扰了科学家们许多年。

我们要感谢英国物理学家瑞利。

整整一个半世纪之前的公元 1871 年，他提出了著名的瑞利散射理论。根据这一理论的解释，太阳光在穿过大气层时，各种波长的光都会被散射，波长较长的波，如红光等散射较小、穿透力强，因而能辐射到地面，而波长较短的蓝、绿光在穿越大气层时被散射，留在了天空，所以我们看到的天空，是美丽的蓝色。

瑞利的贡献不止于此，他还是化学元素"氩"的发现者。他在实验中发现，由"氨"提取的"氮"，比由空气直接制得的"氮"，密度要小千分之五左右。尽管这个微小的误差,属物理实验允许的误差范围,但瑞利在反复验证中判断,这个"误差"里有可能存在另外一种物质。公元 1894 年,经过反复实验和精确测量,他首先发现并向世界公布了这种被命名为"氩"的物质,随后氦、氖、氪、氙等惰性气体元素被发现。这一惊人的成果,填补了门捷列夫元素周期表上的重大遗漏。公元 1900 年,瑞利通过大量的实验得出这样一个结论:在长波区域内,热辐射的能量密度,应正比于绝对温度。这一重要的结论,为量子论的诞生创造了条件。他因此而获得 1904 年度诺贝尔物理学奖。

瑞利让我们记住了一句名言:一切科学上最伟大的发现,几乎都来自精确的量度。

瑞利让我们看到,严肃认真、严谨细致的科学态度,敢于质疑、实事求是的批判精神,不墨守成规、不因循守旧的创新精神,追求真理、不怕失败的奋斗精神,相互学习、精诚合作的协作精神,是科学家的高贵品质,这便是科学精神。

公元 1607 年的春天,20 岁的徐霞客挥别莺飞草长的江南,开始了他一个人长达 30 多年的科考之旅。他孤独地跋涉在崇山峻岭,足迹遍布今天 19 个省份的 100 多座城市,走过并记载下 1000 多座桥,记录攀登过 140 多座高山,记录深入过 376 个溶洞,残存下来的考察文字有 60 多万字。他测定的一些地理高度至今被引用,他指正的一些地理位置至今得到肯定,他描摹的许多山川地貌仍然可以作为今天生态文明建设参考和生态修复的样本。《徐霞客游记》是文学著作,也是科考笔记、地理发现、地质勘定的记录,是国土资源调查报告、百科全书、国情咨文,是伟大的科学著作、哲学著作。

徐霞客是中国古代科学精神的集大成者,也是中华文化精神标高的确立者。徐霞客关于岩溶地貌的考察,比欧洲科学家要早 150 到 200 年。法国洞穴联盟专家说,"徐霞客是早期真正的喀斯特地学家和洞穴学家"。美国科学家甚至以"近代岩溶地貌之父""最卓越的地理地质学奠基者"来赞誉中国的徐霞客。奋斗信念、实证作风、求是态度、诚信观念、批判意识、创新思想、奉献精神,铸成徐霞客的科学精神。

徐霞客创造了中国古代科学精神的高峰,是科学家的代表。

从中外两位科学家的身上,我们可以得出结论,没有科学精神,就不会有科学成就,也不会有人类的科学,更不会有人类的发展。

科学是技术的灵魂,科学精神是科技革命的核心、基础、先导和动力。没有科学精神正确引领的技术发展,一定会走偏。很长一个时期以来，人类徘徊在自己设置的怪圈里，有技术没有科学，有产品没有文化，有数据没有灵魂，有学术没有道德。在以知识经济为主要特征的后工业社会，那些思想赝品、文化次品、精神废品、技术毒品令人担忧。

人类的科学文化失去了什么？实用主义、功利主义、霸权主义正一格一格地降低人文关怀的温度，一砖一瓦地解构人类的精神宫殿。当今世界的一些角落，科学被技术绑架，理想被现实拆卸，人道被霸权玷污，正义被邪恶杀戮，善良被金钱出卖，先进的技术成为生命的绞肉机，一些古老文明的发祥地成为尖端武器的试验场，科学失去贞洁，良知正在流泪；在一些地区，文明被晒干、被踩躏、被腌制、被窖藏，成了一坛了无生机、没有营养的霉菜，人类失去了文化的味道；在一些领域，价值被打折、传统被阉割，思想被搁浅、理想被击碎、真理被伪化、精神被矮化，思想的绿荫地在枯萎；在一些场合，科学让位迷信，伪装扼杀本真，谣言快过真相，一批科学的疑似物、仿真品、畸形儿、残次品蹦踏在精神的舞台，一些圣殿失去了对科学、对真理、对信念的坚守。

这是世界范围内科学文化的悲哀。没有科学文化就没有科学精神，这是人类的悲哀。

在百年未遇之大变局和科技发展的大格局中，如何涵养人类的科学精神，是一个沉重的话题。

量子理论和相对论，现代物理学上这两大基石，无疑是人类科学史上最巍峨的峰峦，峰峦上最华丽的宫殿，宫殿里最美丽的皇冠，皇冠上两颗最耀眼的明珠。这两大理论的创立过程，堪称人类认识客观世界、探索自然规律最壮丽的史诗。这是科学家的伟大贡献，但如何运用这两大理论，是用来建造核电站、造福人类，还是用来掀起核武竞赛、毁灭人类？这需要科学精神的引领。

崇高科学精神的本质和内核是真、善、美，这是思想的高峰、哲学的高峰，是人类文明的最高境界、最高形态，是辉映这个星球的熊熊火炬和温暖太阳，是唯一能穿越历史时空、跨越国界疆域的精神力量，是全人类必须认同、必须坚守的共同价值观。

当今时代，"更加重视科学精神、创新能力、批判性思维的培养培育"，"必须弘扬胸怀祖国、服务人民的爱国精神，勇攀高峰、敢为人先的创新精神，追求真理、严谨治学的求实精神，淡泊名利、潜心研究的奉献精神，集智攻关、团结协作的协同精神，甘为人梯、奖掖后学的育人精神"，已经成为共识与强音，这是对新时代科学精神和科学家精神的精辟概括和经典总结。

中国科技馆是科学成果的展示地、科普知识的集散地，是科学真理的传播地、科学精神的孵化地。在这里举办的"天宫课堂"

拉近了天地之间的距离，更拉近了中国航天员与中国孩子们的距离，拉近了科学与公众的距离。空间站与科技馆，都是神圣的科学殿堂，是科学梦想的摇篮、科学翅膀的起飞的地方。

一把钥匙存在的理由

作为法国 20 世纪最重要的哲学家、文学家之一的萨特没有想到，在他 1980 年 4 月 15 日逝世之后，他在西方略显寂寥的哲学思想，能在中国产生那么大的影响。

萨特的"存在主义"哲学以"自我选择"的方式，强调人的主体意识和自我创造，张扬人道主义、自由主义、个性主义，让经过真理标准讨论之后、改革开放之初的中国人，对自己的生存状态和命运进行反思。正如"一千个读者就有一千个哈姆雷特"，一千个中国人心中揣着一千个"萨特"，许多年轻人在"萨特哲学"中寻觅自己的价值观，在"萨特存在说"中寻找自己的存在感，在"萨特自由说"中寻求自己的自由度。萨特的那句"人是自由的，懦夫使自己懦弱，英雄把自己变成英雄"成为很多年轻人的座右铭。

哲学是人类认识自我的钥匙。"萨特"像一把钥匙，开启着不少中国人的心锁。一时间，许多人心中有"选择"，言必称"存在"，文必谈"设计"，中国社会形成了一股"萨特热"。

萨特走红中国，得感谢一位今年已84岁高龄的中国学者——毕生从事法国文学研究、翻译的大家柳鸣九先生。

柳先生以独到而富有前瞻的眼光，看到萨特"存在主义"的哲学价值，看到萨特哲学在中国的社会价值。1980年，柳鸣九在中国学界颇有影响的《读书》杂志7月号发表《给萨特以历史地位》，在对萨特哲学和文学成果进行不遗余力的推介。他大声疾呼："萨特是属于世界进步人类的""我们不能拒绝萨特所留下来的这份精神遗产，这一份遗产应该为无产阶级所继承，也只能由无产阶级来继承，由无产阶级来科学地加以分析，取其精华，去其糟粕。"

这一呼声如石破天惊，让中国社会的目光投向了塞纳河畔的那位法国学者。

1981年，柳鸣九主编的《萨特研究》出版，1985年再版。正是这位被称为法国文学研究领域里"领头羊"的柳鸣九，把萨特隆重地引进中国，领到了中国读者跟前。

此时的萨特，不期而遇地得到一次千载难逢的机会。

柳鸣九的《给萨特以历史地位》一文发表前后，恰逢中国社会迎来继真理标准大讨论之后的又一场声势浩大的人生观大讨论。

1980年5月,《中国青年》杂志发表署名"潘晓"的读者来信《人生的路呵,怎么越走越窄……》,作者用沉重而激愤的笔调叙述了自己在工作、生活、事业上遇到的种种困惑和痛苦,发出了人生的感叹。

一石激起千层浪,这声感叹迅速引发全国范围内许多青年人的共鸣,甚至引起了党和国家最高层的注意。半年左右时间里,《中国青年》杂志共收到6万多封来信,工矿企业、机关学校,许多人热议之、感叹之、自比之。

其实,这封信是《中国青年》杂志根据当时北京第五羊毛衫厂青年女工黄晓菊的来信和北京经济学院二年级学生潘祎的来信综合编成的,他们二人的来信对人生的迷茫、不解、追问,代表了那个阶段许多年轻人的心理,编辑部决定合二为一,编辑成一封信公开发表,还从他们二人的名字中各取一字,署名"潘晓"。

"潘晓现象"持续了半年之久,在中国社会产生的思想涟漪荡漾至今。据黄晓菊后来回忆,一夜成名的她社会活动骤然增多,"许多大学生们纷纷请我参加活动,和我共同讨论萨特"。由此可见,中国问题的"萨特"因素和"萨特"问题的中国因素产生了化学反应，"萨特"成了"潘晓现象"的酵母。正是在这次众目睽睽之中，"萨特"接过柳鸣九先生交付的"签证"和车票，登上了中国社会思想解放的列车，跑遍全国城乡。

萨特当感谢柳鸣九。

柳先生的确独具慧眼、独运匠心。萨特是有中国情结的，他曾经来过北京人民大会堂、到过天安门城楼。柳鸣九把萨特"请"到中国，算是遂了这位法国哲学家的遗愿。

萨特具有超高的文学成就和较高的哲学成就，不光在哲学著作中表达"自由选择"观，还通过《自由之路》《间隔》等文艺作品表达"自由选择"的主题，使他的哲理思想插上了艺术的翅膀，文学充满哲理、哲学充满文化。萨特，这位资产阶级的批评者、社会主义的同情者、共产主义的同路者、1964年诺贝尔奖的拒领者，在柳鸣九的躬引下，走进了中国，也使西方哲学走向了中国大众，做了一次中国人的心理医生和心灵钥匙。

"萨特"走红中国，是改革开放之后一个显著性的文化事件，对外文化交流中一个标志性的文化现象，在中国社会的思想星空划出了一道绚彩。柳鸣九先生也因此被学界誉为"中国萨特研究第一人"。时至今日，许多介绍萨特的书籍文章，包括互联网上的"百度"搜索、360搜索等关于"萨特"的条目资料，大多引自柳鸣九先生的《给萨特以历史地位》一文。

一把"法国钥匙"能打开千万把"中国锁",是因为这把钥匙可以为人类所共有、对中国有启示。萨特的"自我选择"哲学是对个体意识的承认、尊重、强调,契合了走向改革开放的中国人在个体精神和主体意识上的苏醒。遍地的"小确幸""小浪漫""小梦想""小人设",让中国社会充满生机。

纵观中国改革开放的历程和中国社会的民主进程,如果没有个体意识的渐醒、个性特征的张扬、个人价值的实现,就不会有主人翁意识、主观能动性、人民主体地位、公民权益的被尊重,也不会有"我的青春我做主""有体面的劳动、有尊严的生活",更不会有"人民的梦""中国梦"这些热词的涌现。没有个体的设计就没有社会的构想,没有个人的梦想就没有民族的梦想,没有个体意识的唤醒就没有国家精神的重构。社会主义核心价值观的24个字,正是融合了国家、社会、个体三个层面目标的产物。试想,一群浑浑噩噩无所向往的个体能够支撑起一个生机勃勃兴旺发达的社会吗?为社会发展而自我设计,为国家崛起而自定目标,为实现民族复兴而实现自我价值,是文明的标尺、进步的标杆、民主的标志。

"萨特"这把钥匙也重启了尘封的中国文化之门。无论是《左传》里"立德""立功""立言"的"三立",还是北宋大儒张载"为天地立心、为生民立命、为往圣继绝学、为万世开太平"的"横渠四为",中国人传统精神中的自立、自主、自强意识从来就有,但长期以来受到压抑,甚至在不知、不觉、不敢、不愿中散失弱化。当然,中国公民个体意识的增强并不只是法国公民萨特的功劳,它是中国的民主意识与萨特的自我意识进行文化交流、精神对撞之后的能量释放,是人性的共有、人类的共情。当然,更不仅仅是柳鸣九一己之功,他只是一个有先见、远见、深见的学者在合适的时机做了一件有先见、远见、深见的事情,或者说,他只是一个推销法国"萨特牌"钥匙的中国代理。

但必须承认,柳鸣九对萨特的理解超过一般人。萨特即我,我即萨特,柳鸣九似乎从萨特身上找到了自己的影子,惺惺相惜。为萨特宣介,为萨特辩白,为萨特注释,不遗余力。萨特是一把钥匙,柳鸣九也是一把钥匙,一把"中国式钥匙",他让我们知道除了物欲、功利,还有一种存在叫"精神";他让我们知道了要在生动实践和火热生活中实现自我的价值,完成人生的设计,不要当社会的旁观者、时代的冷漠者。

开门之后,人们往往忘记了钥匙的存在。柳鸣九先生并没有想过被人惦记,就像萨特很快被人淡忘。他在自我的欣慰中从容地老着，在晚秋的丰收中执着地写着，青丝被岁月洗白，皱纹写满沧桑，淡泊得如一把不声不响的钥匙，生着锈，等着老。尽管不再光鲜时新，却依然有棱有角，有凸有凹，槽齿分明，随时可以启用。

柳鸣九不仅是满腔热忱的引荐者，还是训练有素的质疑者、充满锐气的批评者。

20世纪30年代，苏联主管意识形态的领导人日丹诺夫曾做过一个政治报告，认为欧美文化是"反动、腐朽和颓废"的，作品的主人公都是"骗子、流氓、色情狂和娼妓"。这种"日丹诺夫论断"长期以来主导着苏联的文化领域，也深深地影响着中国对欧美文学的态度，如果不进行彻底批判，外国文学就很难走进中国，人类文明的交流互鉴就是一句空话。站在外国文学研究制高点上的柳鸣九看到了这个肯綮。不越过这座冰山就难以领略大海，不铲除这个障碍就难以步入新境，他暗下挑战"权威"的决心。但是，对政治家的批判要有政治的胆识，对思想家的诘问要有思想的利器，对文化故垒发起冲锋要有文化的战略定力和战斗实力。

经过数月的充分准备，在中国社科院外国文学研究所所长冯至先生的支持下，柳鸣九于1979年在广州召开的第一次全国外国文学规划会议上，做了一个长达五六个小时的长篇发言，题目就叫《西方现当代文学评价的几个问题》。他站在马克思恩格斯文艺理论的立场上，对长期占据主导地位的"日丹诺夫论断"发起猛烈批判，犀利深刻，锐不可当。外国文学所随后在《外国文学研究》杂志上组织起系列讨论，对柳鸣九的观点进行呼应，起到了打破坚冰、解放思想的作用。这一套"组合拳"在中国的外国文学研究领域具有里程碑意义。从这个意义上说，柳鸣九又是一位挑战者、拓荒者、清道夫、建树者。

柳鸣九先生长期担任中国社会科学院法国文学研究室主任、中国法国文学研究会会长，享有最高学术称号"终身荣誉学部委员"，无疑是外国文学研究领域的代表人物、领军人物。他主持的许多工作、创造的许多成果具有开拓性、独创性和突破性意义。他研究雨果、左拉、蒙田、卢梭、加缪、司汤达、巴尔扎克、罗曼·罗兰、萨特等的文章，翻译雨果、莫泊桑、都德、梅里美、加缪、圣爱克·苏佩里等的作品，成为一个个文化标志，有的甚至产生了"现象级"影响。

1981年11月，柳鸣九首次访问法国，拜谒了萨特墓，拜访了萨特的终身伴侣、著名作家西蒙娜·德·波伏瓦等文学大师，同她就萨特的有关话题进行了深入的访谈、交流。法国之行，加深了柳鸣九对法国文学的理解和感情，法国文学中关于人的解放的人文思想，追求社会公平合理的启蒙思想，同情劳动人民的人道主义精神等，以及各种文学流派源泉、艺术风格，洋溢着的浪漫情怀和艺术表现力，吸引着柳鸣九向纵深处走去。

移步换景，柳暗花明，柳鸣九一边尽情地欣赏，一边勤奋地笔耕，风景美不胜收，成果累积如山，蔚为大观，有一种阿里巴巴闯进了藏金洞的收获。他痴迷于异域文化，不计其他，像一位苦行僧，风雨不动地坚守几十年，虔诚地行走在人类文明的欧洲丛林。他的一篇篇文艺评论、评介引起人们的关注，成为不少法国文学爱好者入门的钥匙，也成为法国作家、学者走进中国的钥匙。

柳鸣九有自己的文化理念，那就是"为丰富社会的人文书架而作贡献"。他坚信。尽管这个世界芸芸众生利来利往、名来名去，但"人文书架"依然是国人"精神骨骼"的支撑；他笃信这个速朽的时代、速忘的时代、速食的时代，要拂却的是虚浮，能沉淀的是经典，仍然是一个需要经典、需要人文精神的时代。于是，他像一头辛勤的老黄牛，在文学创作、文学翻译、文艺理论、文学编著四大领域耕耘播种，既有"喜看稻菽千重浪"的欢欣，也成就了自己作为著作家、翻译家、研究家、编辑家的权威地位。他主编的

《法国文学史》《法国二十世纪文学译丛》《外国文学经典》丛书、《雨果文集》(20卷)等，翻译的《雨果文学论文选》《莫泊桑短篇小说选》《都德短篇小说选》、加缪的《局外人》等相继出版、再版，15卷本、600多万字的《柳鸣九文集》问世，各类独著、编著、译著达三四百种，各种文集、选本、丛刊、丛书门类繁多，堆起来，像山。书山字海、经典迭出，柳鸣九不是"著作等身"，而是著作"超"身了。每每有人以此恭维柳鸣九，这位谦逊、自信倔强的湖南人会说："我是一个矮个子。"

愚公移山不容易，柳公造山更不容易，因为建构总比解构难，何况建造的是气势雄浑、气象万千的文化之山、思想之山、精神之山。"积土成山，风雨兴焉"，柳鸣九构建的文化大山有参天大木、深涧悬崖，也有涓涓细流、雾歇鸟鸣，留得住脚步，搁得下心灵，可以作为当代中国人安顿心身的度假村。

近年来，柳鸣九致力编书，自成风景，渐成气候，是名副其实的编辑大家。他主编的《本色文丛》尤其值得一说。作为擅写散文的学者，柳鸣九推崇学者散文，试图萃取一批"言之有正气、大气、底气、骨气"的文化散文，他认为英国的培根、美国的爱默生等，法国的孟德斯鸠、蒙田、伏尔泰、狄德罗、卢梭、雨果、左拉、法朗士、萨特等，既是学者，又是散文大家，作品值得深读细研。具有世界文学视野的柳鸣九决心打造一批中国的学者散文和散文学者，并给出了一个鲜明定位，即"本色"。于是，一艘名为"本色"的文化大船起锚出发了，船头上站立着一群学者，他们的名字分别叫真实、朴素、真挚、深刻、广博、卓绝、独特等，他们手里攥着的船票上分别写着知性、学养、见识、哲思、责任、智慧等，而柳鸣九本人则是这条船上的水手，一会儿用力撑篙，一会儿奋力划桨，一会儿全力掌舵，忙得不亦乐乎。目前《本色文丛》已经出了四辑共计 30 多册，作者都是各有造诣、享誉国内的学者型作家、作家型学者，丛书既受读者追捧，又受学者青睐，这种景象说明有品质的精神、有品位的文化依然是这个社会的需求。这令柳鸣九这位中国的"西绪福斯"多少有些欣慰和自得。

拿起笔来是国王，放下笔来是草民，这大概是柳鸣九的人生境界。柳鸣九思维活跃，像一架开启的全天候雷达，不停地转动、扫描、捕捉信号。他关心时局、关心社会、关心学界，有一颗匡时济世之心。他评价自己是"思想不规范，但言行不出格"，但我还是想修改一下，我认为他是"出格"但不"出轨"，像一个写毛笔字的小学生，偶尔把点横撇捺胳膊腿儿伸到米字格外面，是正常现象，但还是字正体端、棱角分明，不写错字。柳鸣九有时候一些想法也不一定正确或者完善，有时候又过于谨慎小心而略显局促，有着典型的文人之气。但是他对文人的认识、对文化现象的认知，是入木三分的，批评是有劲道、有力度的。他像一位园丁，不断地整枝剪叶、删繁就简，刈除野花、锄除恶花，不断地薅除疯长的恶俗之草、泛滥的媚俗之草、丛生的低俗之草，力图清出一亩三分地，让圣洁高贵之花有自由清新的成长空间。尽管他也深知，他的这些劳作也许是白费力气，于世无益、于事无补，但他依然在推石上山、乐此不疲。他在学术领域王气侧露、霸气十足，底气充盈、锐气逼人，用他湖南老家的话说叫"霸得蛮"。这种王气、霸气、底气、锐气来自他的精修深造和性情耿直。一如盘旋的老鹰鸟瞰大地，一如山巅的寒松俯视层峦叠嶂。目光深远不等于目空一切，居高临下不等于居高自傲，孤芳自赏是自信的前提，并不等同于否定他人。他有思想、有锋芒，敢于建树、敢于挑战，却不是一个争荣邀宠、贪功占利的人，当然他也很敏感而且很有尊严，傲骨铮铮，风骨凛凛，守护着自己的学术王国，守卫着自己的庄稼、收成，呵护着自己的秧苗、嫩芽，坚守着自己为人的准则、底线，不容藐视、践踏。人不可有傲气，但不可无傲骨，"轻骨头"绝不是文化的本质，文化人的骨头最硬、最重。有风骨的文化是有力量的思想，文化的风骨保有着文化的本色。我们应该尊重有风骨的文化、敬畏有文化的风骨。失去文化坐标的行动容易走偏,缺少文化底蕴的构建容易崩塌,没有文化胸怀和文化视野的思想容易偏狭。文人的价值在于文化的贡献,柳鸣九为我们创造了一个中国知识分子的经典样本。

生活中的柳鸣九是一位闲淡隐逸之士,一个名利淡泊、与世无争、清静有为的谦谦君子、优雅名士,好用"阁下"尊称对方,用词谦和讲究,平和中有智慧,平淡中有深意,令人回味和咀嚼。有一句公益广告词说得好,"30度,45度,60度,90度……这不是水的温度,是低头的角度"。柳鸣九不是能向任何人都鞠躬90度的人,甚至也不一定能弯到60度,但绝不是微倾一下敷衍客套应付之人,45到60度是他礼敬他人的常态。

柳鸣九写过《名士风流——中国两代西学名家群像》一书,叙述和评价了令他所敬重的冯至、李健吾、朱光潜、卞之琳、钱锺书、杨绛、马寅初、何其芳、蔡仪、郭麟阁、吴达元、杨周翰、罗大冈、何西来等文化名士,有的是他的恩师,有的是他的领导,有的是他的同事,但都是学养深厚、成就显著、才大德高的大家。他的追忆文章写得真挚、深情、客观、理性,譬如他佩服钱锺书先生的博闻强识、旁征博引,认同何其芳先生的"提出问题是为了解决问题",景仰朱光潜先生高贵的精神人格、纯粹的学者风范,感激蔡仪先生的伯乐相马之恩,他们都得到了柳鸣九的礼敬。评价他人也是评价自己，从这些纪念文章中我们不难反观柳鸣九的价值取向和人格力量。谦逊是一种修炼、一种气度、一种风范、一种睿智，是一种落落大方的人生状态。他好用法国17世纪思想家布莱兹·帕斯卡尔"会思想的芦苇"来自喻，脆弱却有自重。他喜不形于色，怒不表于言，从不蹈之舞之、张之狂之，遇到冒犯、轻薄，耄耋之年的他最大反抗和愤怒常常是："再也不给你们写稿了"或者"这是我给你的最后一篇稿子"。在语言暴力泛滥的今天，这种"柳式反抗"显得多么苍白绵软而又文质彬彬，但有力量。

柳鸣九十分看重亲情，用饱蘸情感的笔墨记述了作为一位父亲对儿子、一位祖父对孙女的爱恋深情。他如过电影一般回放着儿子柳涤非从呱呱坠地到远赴美国求学创业、成家立业的过程，不无遗憾地讲述儿子十年未归、离多聚少的思念和牵挂，不无痛楚地倾诉了老年失子的心境，以及反复追忆远在美国的儿子留给人世间的最后一句话，是告诉前来的急救车救护人员："不要开灯，不要拉警报，我的女儿睡着了。"绵绵眷眷、凄凄切切的思念，白发老父笔悼黑发亲子，该是人间最悲苦的心境了，而柳鸣九一句写纪念文章"是为了给小孙女留一个她爸爸的记忆"，让人读到一位老人的内心强大与高尚，令人泪目。

儿子走了，却为柳鸣九留下了一个可爱的小孙女，那是他内心深处的柳暗花明。小孙女名柳一村,2003年出生在美国,虽然远隔重洋,但老祖父对小孙女的那份爱却飞越万水千山、穿透地幔地核,像岩浆一样炽热。2004年5月,小孙女回国,老祖父对小孙女爱不自禁,写下一篇意趣横生而哲理深伏的美文《小蛮女记趣》,不胫而走,成为他的散文代表作。2006年,由柳鸣九翻译的法国作家圣埃克·苏佩里的童话作品《小王子》出版,扉页上留下一行字:"为小孙女艾玛而译",简洁却深情。10年后,《小王子》以新面目出现在读者视野,是老祖父柳鸣九翻译、小孙女柳一村插画的共同作品,50多幅充满童趣和神奇想象的画作给了这部作品新的意境。老祖父特地写代序、作后记、附散文,穿靴戴帽,隆重包装,有满满的欣慰、淡淡的遗憾和闪闪的泪光,情透纸背,心在泪中。平日里,老祖父呕心沥血地写字著文,自己几无消费,为孙女积累了一笔不菲的稿费,以确保她将来能受到良好的教育,替儿子完成他未竟的义务。但愿这位华裔小才女能时常记得她的祖国、她的祖父、她的"祖屋",记得她才华横溢成绩卓著而爱心深沉的老祖父,在须发皆白地巴望着她的归来,哪怕是一个暖心的电话。要知道,这位开启过许多人心灵的老祖父,如同一把家门的钥匙,一把能开启亲情之门、人生之门、事业之门的钥匙,正生着锈,在等她。

译作《小王子》是柳鸣九献给小孙女的，也是一本让成人读的书，因为其中蕴藏着丰富的成人思辨和生态哲理。《小王子》所体现的地球意识、人类意识、全球关切、共同命运构想，超越了宗教纷争、民族矛盾、地域冲突、国别界限、种族差别、阵营隔阂，"小王子"是世界的童心，是人类的本心，是地球的初心。"现象"只要存在，"问题"只要存在，作品就会永恒，经典就会保值。《小王子》表达的思想，是开启人类共同命运之门的钥匙。从这个角度看柳鸣九，他一身轻松地从小爱走向了大爱。

柳鸣九真的有着人间大爱。他有另外一个孙女，虽然没有血亲。她叫晶晶，是安徽保姆小慧、小艾夫妇的女儿。小慧在柳家服务了 40 年，无微不至地照顾柳鸣九先生和他的夫人、研究英美文学的学者朱虹先生，朝夕相处，情同一家人。小慧在柳先生、朱老师家结婚，晶晶在柳家出生、成长，在柳先生帮助下在北京读书，在柳先生资助下赴美国的大学攻读生物医学专业。柳先生甚至留下遗嘱，百年之后将房子馈赠小慧一家。2017 年 3 月中旬，柳先生小恙住院，晶晶从美国回来，专门去看爷爷。这份爱的涓滴在相互浸润，让人心暖，是一份经得住时间考验的人间真情。

我经常拜访柳鸣九先生位于北京城东二环护城河边上的家。这是一栋极其普通、老式的住宅楼，隶属于中国社会科学院，楼上楼下住着一批从事俄国文学、法国文学、德国文学、英美文学等研究、翻译工作的著名大家，以及文艺评论大家，许多人的名字出现在书籍和课本上，这里曾经是京城最有文化含量和知识分量的民宅之一。当年我作为工科男，曾痴迷于外国文学，读过一些后来才知道是柳鸣九先生翻译的法国作品，不曾想到日后还能多次登门拜访、聆听教诲，更没有想到会受先生之命写这篇"序"。

每一次与柳先生会面，都是心灵的滋养。有的时候是我主动去探望，提前预约，不敢打乱了他的作息时间；有的时候是他打电话来约，问"阁下是否有空"。有一次我提前到了，先生见面的第一句话竟然是为没有来得及刮胡子而表示歉意。

先生鹤发童颜，一脸的儒雅、和善、慈祥，聊时政，讲文化，谈写作，说人事，思维迅敏而缜密；深居简出，粗茶淡饭，一切清清爽爽、简简单单、从从容容，是先生的生活常态；家徒四壁，唯有书墙，饰以小孙女的画作，一台电脑或闪现着字符或放着舒缓的轻音乐，如舒曼的《梦幻曲》等，是先生的生活场景。我登门拜访过 102 岁时的杨绛先生，她住在城西北的三里河，杨、柳两家互有关切。柳先生的家同杨先生的家都在三楼，有诸多的相同，简朴、舒适，书多、雅静，满室的清辉，一屋的淡泊，像 20 世纪 80 年代的旧照片，没有那么纷繁的背景色，没有那么杂乱的工艺品，但让你感受到一种平静的力量、强大的气场，只是杨绛先生书桌上多摆了两副助听器，她会说，一副好用，一副不好用。一样的书香四溢，一样的宁静雅致，一样的娓娓道来，只有从容在从容中信步，自在于自在中闲谈。柳先生除了吃饭、睡觉、散步，就是伏案读写，甘坐冷板凳，长年磨剑，笔耕不辍，在方块汉字和法文字母间垒砌文学的高楼和文化的桥梁，让我想起刘禹锡的《陋室铭》，想起鲁迅先生的"躲进小楼成一统，管它春夏与秋冬"。柳先生甚至常常门窗不启、窗帘紧闭，像是生怕满屋的书香、才气、灵感从哪个门缝窗隙中溜走，自己却在上午时分溜进楼后的小院里，走几步。

记得 2014 年 10 月 15 日习近平总书记主持召开文艺工作座谈会后，我去看望柳先生，说起总书记提到许多世界文化名家大师，其中有法国的拉伯雷、拉封丹、莫里哀、司汤达、巴尔扎克、雨果、大仲马、小仲马、莫泊桑、罗曼·罗兰、萨特、加缪等，柳先生显得十分兴奋，连称"没有想到"；记得 2016 年 5 月从陕西延安梁家河村回来，我告诉他，去看过总书记插队时住过的三孔窑洞，年轻时候的习近平在窑洞读过大量经典名著，先生连称总书记是文化人；记得 2016 年 5 月 17 日总书记主持召开哲学社会科学工作座谈会后的某一天，我拜会先生，他对总书记说的"这是一个需要思想并且一定能产生伟大思想的时代"非常认同,还谈到18世纪法国启蒙文学思潮和美国作品《汤姆叔叔的小屋》等,对社会进程产生过重大影响。不管是他说我听,还是我问他教,他总是一位认真的倾听者、一位敬业的布道者,我像一个虔诚的受业者。他寥寥数语、画龙点睛,让我有思有悟、心灵受洗。知道我在研究学习某一朝代的历史,先生送我一本由他主编的法国思想家伏尔泰的著作,命我一定要读读其中的《路易十四时代》。先生的15卷本《柳鸣九文集》出版后,他在每一本书的扉页上,都亲笔写下一言相赠,且各不相同,如"洛阳亲友如相问,一片冰心在玉壶。——思想不规范、言行不出格的老朽一个""伏尔泰曰:'耕种你们自己的园地要紧',我是此言的信奉者,执着与超脱、自律与自私,皆出于此""以诚善为本,以礼义相待,致成忘年莫逆之交,柳老头生平一大幸事也",等等,总共15句,既是人生感悟,更是勉励赐教。先生像一把钥匙,为我打开一扇又一扇的门。先生还告诉我,他的"中国梦"是用五年的时间,把雨果的一些作品再重新翻译一次。

那年,陪先生于桃之夭夭的三月,在北京的明城墙根下晒太阳、过"桃花节";偶尔,陪先生到国家大剧院、保利剧院听音乐;偶尔,陪先生在他家楼下的肥牛火锅城吃饭,给他一个买单的机会,他会点上一桌让你吃不完的菜然后让你吃不完兜着走;有时候他点名去崇文门国瑞城的"汉口码头"酒家,点吃湖南人、湖北人都喜爱的红烧甲鱼;有时候他在家铺满一桌马克西姆餐厅外卖的西点,或者外卖的红烧甲鱼。其实我知道,年事已高,血糖也高,牙齿稀松,吃不了两口的先生,只想看着我吃个痛快。

无论身处喧嚣还是独处一隅,先生总是那样宁静和沉醉,仿佛众生不在、市声退去,有如深山古刹间一僧者、一智者、一慧者正打坐入定,在静观凡世、悲悯苍生。

高贵者最寂寞,思想者最孤独。淡泊中的先生却并不寂寞孤独,他的心中有着万千丘壑、百态人生,他的笔下鲜活着那么多名人巨擘和灵动的思想,他的作品有成千上万的研究者、读者在研习。那次,陪先生在国家大剧院听音乐,后座一位中学生得知这位白发苍苍的老爷爷竟然就是课本中法国名著的翻译者,兴奋不已。那次,推着轮椅中的先生徜徉在西绪福斯书店,一位母亲带着孩子正在购买先生翻译的《小王子》,轮到先生兴奋不已了。

坐看云卷云舒,静听花开花谢,远观日出日落,近瞰潮起潮降,柳鸣九先生像那个遨游在七颗星球之间的"小王子",既辛勤,又超越。法国作家都德的《最后一课》中,那位韩麦尔老师告诫他的学生们说,只要牢牢记住他们的语言,"就好像拿着一把……钥匙"。

萨特是一把钥匙，柳鸣九也是一把钥匙。你需要或者不需要，它都在那儿。

写完这篇不敢妄称为"序"的读后感，我忽然意识到，先生这是在导读我，命我补上法国文学学习这一课。

做完此文，呈先生审阅。先生未改一字，拱手示意：同意。

学生深以为谢，谨记师恩。

（本文为应柳鸣九先生之约，为他的《友人对话录》一书而作的序）

补记

再阅此文时，89岁高龄的柳鸣九先生正躺在家中，他刚从医院回来。那天，我去北京同仁医院看望住院数月的他，在疫情防控严格、亲友无法探视，连小慧都无法陪护的情况下，迷糊中的先生唯一清醒的感觉，是寂寞。听到我的声音，老人急促地动弹起来，喉咙发出急促的声响。脑梗压迫着视觉神经，他只能凭残存的听觉来辨认这个世界了。持续反复的高烧，也一再蚕食着这最后的听觉。帕金森病导致他的双手不停地抖动，像在敲击电脑键盘。这几年，翻译《包法利夫人》的100岁的许渊冲走了，翻译

《红与黑》的 85 岁的罗新璋走了,翻译《卡夫卡全集》的 85 岁的叶廷芳走了,只有住在楼上的也是 80 多岁的翻译家宁瑛偶尔来看一眼,颤巍巍地来,依依不舍地走。征得医院的同意,小慧执意把老人接回家中伺候,一如既往地像亲生女儿一样悉心照料老人,事无巨细,没日没夜,不嫌脏累,唯愿老人好起来。奇怪的是,老人在医院里连日高烧,连医生都觉得棘手,回到家里体温却渐趋平稳了。

毕竟风烛残年,柳先生脆弱得像一根干草了——一根正在枯萎的芦苇。

但是,柳先生是一根"会思想的芦苇"。这是他在一本散文里的自喻。

唯愿柳先生好起来。

补记于 2022 年 9 月底

留下"萨特""雨果""加缪"《小王子》的
柳鸣九先生永远走了……

尽管这一段时间,早有预感,一种不祥、难过、不舍、惋惜的情绪一直萦绕着我,但这一刻还是来了。2022 年 12 月 15 日凌晨

3点40分,我国著名的文艺批评家、翻译家、散文家、出版家,中国社会科学院终身荣誉学部委员、我国法国文学研究领域泰斗级人物,中国翻译界最高奖——翻译文化终身成就奖的获得者,中国图书奖的获得者,为中国读者留下雨果、左拉、蒙田、卢梭、加缪、司汤达、巴尔扎克、罗曼·罗兰、莫泊桑、都德、梅里美、圣爱克·苏佩里等名字,第一个把萨特比较全面系统地介绍来中国的中国学者,最后一部翻译作品是深受中国小读者喜爱的《小王子》的翻译家,甚至为自己最后一部作品起好了书名叫《麦场上的遗穗》的作者,自喻是一根"会思想的芦苇"的柳鸣九先生,于2022年12月15日在北京同仁医院,收住了他那纵驰中西文坛七十载、关爱老少读者几代人的目光。

享年88岁。

柳鸣九,1934年出生于湖南长沙,1953年毕业于湖南省立一中,考入北京大学西语系,毕业后一直在中国社会科学院外国文学研究所工作,曾任中国法国文学研究会会长。柳先生的夫人朱虹先生,是英美文学研究大家。

柳先生留下了丰富的文化遗产,用他自己的话说,"写的和译的有四五十种吧,编选的和主编的图书有500多册吧。"他家里的书房,堪称他一生成果的博览会。更重要的是,柳先生留下了宝贵的精神遗产，从他身上能看到一位中国作家对文学事业的无限追求，一位中国学者对学术研究的不懈坚持，一位传统文人的人文情怀、人文精神和文学使命、文化担当。走近柳鸣九先生，才知道什么叫皓首穷经、著作等身、心无旁骛，什么叫板凳须坐十年冷、文章不写半句空，什么叫寒窗不知苦、嚼字自觉甜，什么叫耐得住寂寞、守得住灵魂。

2022年12月14日中午时分，是我和柳先生交流的最后时刻，他的生命已经进入倒计时的读秒阶段。疫情阻断了我对老人的探视，但这一段时间互动仍然频繁。在视频里，弥留之际的柳先生听到他家人说我的名字、听到我的声音了，竟然慢慢地睁开了眼睛、动了动嘴，脸上有了生动。今年9月7日，我和社科院负责老干部工作的同志在做好严格防护工作的情况去看他，已是风烛残年的他依然那么坚强、那么顽强、那么倔强，虽然口不能言，但对我的声音——应该是他生命最后时光里最熟悉的男声依然熟悉，每次听到，必有反应。我告诉老人家，您要坚强，等康复了，我来接您回家。他的家，是一座书城，那是他最感宁静、温馨的地方。他动弹起来，似乎在点头。11月17日，由于护理不方便，家人希望能转一家离家近、家人能日夜陪伴的医院，我联系北京市和东城区的几位朋友，一听柳先生的名字大家都肃然起敬、热情帮忙,但都得稍等。终于,柳先生等不起了。所幸的是,最后一天,女儿、外孙女和我们守在他的身边,他的远行之舟是在亲人们的呼唤中离去的。遵从柳先生的心愿,我们商量,拟将先生的骨灰一分为三,一份留在北京某处,一个碧波荡漾、绿意氤氲的潭边;一份回到湖南家乡,那里是他梦想的起点,是他人生的归宿;一份送到美国,与儿子的骨灰在一起,儿子英年早逝,是他作为父亲永远的痛,生不能陪死相伴,但愿这多少能慰藉他痛苦半生的心灵。

"鹤鸣于九皋","声闻于野""声闻于天"。柳鸣九驾鹤西行,留声于世,温润众生。愿先生一路走好,在天堂,继续垒他的书城世界,只是,只是别再太累了……

藏在深山里的密码

2348,是一个代码,也是一个密码。

在鄂之南,湘鄂赣交界之地,幕阜山巍峨耸立,陆水湖清波荡漾。一山连三省,千峰回旋如马;一湖汇三江,万涓归宗入怀。幕阜山的余脉北麓,是荆泉山,这里层峦叠嶂起千壑,林深草密锁万径,是人间仙界、童话世界。

这里曾是一色青绿、几乎被原始植被覆盖的千年空谷,又曾是多彩多姿、现代化气息浓郁的纺织工业城。两者之间的切换,发生在整整 55 年前。蓦然回首,却在弹指一挥间。

这是一个注定要在共和国建设史、军事工业史、纺织工业史、改革开放史上,留下浓重一笔的锦绣之地、神秘之地、神奇之地。

一

造化独钟神秀，天降大任于斯。1967年，党中央、国务院决定，在湖北蒲圻荆泉山区筹建中南化工厂。当时的化工部迅速行动，在全国范围内的石油化工企业、科研院所、学校调集一批技术人员、管理人员、青年知识分子来到这里。他们从零起步，白手起家，以盘古开天、愚公移山的精神，开山炸石，移山填谷，在密林中筑路；他们搭工棚、挖土方、挑河砂、和水泥，浇预制板，在深沟里盖房。隆隆的开山炮震醒了沉睡的荆泉山，哒哒哒的掘土机开垦出古老的桃花坪，突突突的抽水机沸腾了平静的陆水湖。一幢幢简易的厂房住房像蘑菇依山绽放，一项项基础设施像春笋破土而出，新生的化工企业轮廓初现、模样既出。但是，两年之后，夯歌正欢、战旗飞舞之际，一项新的历史使命又降落在这片热土上。

1969年年初，随着中苏关系的紧张升级，已在边境陈兵百万的苏联，声称要对中国实施"外科手术般的"核打击。同年3月，我边防部队在黑龙江省虎林县乌苏里江段的珍宝岛发起自卫反击战，击退入侵的苏军边防军，两国关系再趋紧张。与此同时，在我东南沿海，美国军舰军机无视我数以百次的警告，不断侵入我领海领空，气焰嚣张，咄咄逼人。一个独立自主、爱好和平的国家，一个不畏强暴、不惧霸权的民族，岂能任人欺侮！1969 年 6月，毛主席、党中央审时度势，在此前已开展"三线建设"战略基础上，向全国发出全民备战的动员令，中央有关部门和人民军队立即行动，投入大量人力物力财力，加紧筹建人防工程、生产战略物资，做好打大仗的准备。按照战备需要，全国被划分三个区域，北京、上海、天津及东北、西北大部、东南沿海为一线地区；西南的云贵川、西北的陕甘宁青，以及晋、冀、豫、湘、鄂、桂等省区的腹地为三线地区，地处一线、三线地区之间的区域为二线地区。幅员辽阔的中国，因为有战略纵深而具有战备优势。居安思危，忘战必危，敢战方能言和，备战必须是常态。一个从百年屈辱中站起的民族，一个从战争中走来的新中国，一个敢于斗争、不怕牺牲的政党，必须做好随时打仗、敢打胜仗的准备。"三线建设"的主要任务，是本着"靠山、隐蔽、分散"的原则，充分利用地理和资源优势，在三线地区建设一大批生产制造武器装备和战略物资的军工企业。大国利剑在这里试锋，国之重器在这里铸造，这是国家安全的保障。

这是一个令人难忘的日子。1969 年 11 月 14 日，一纸命令，隶属于化工部的中南化工厂整体移交给中国人民解放军总后勤部,任务是建成全军最大的被装生产军工企业,番号是3110,工程代号是2348,下辖单位以大队、连建制。上有命令,下有行动,从此,2348成为这个军工企业的称谓,原中南化工厂职工的身份就地变成2348军工厂的职工。从化工到纺织、从国企到军企,这是企业迎来的第一次转型。

在"备战备荒为人民""好人好马上三线"的感召下,一大批现役军人、转业军人,以及来自全国各地、各条战线、各个部门的干部工人、知识分子、下乡知青向这个神秘的深山沟集结,接管工程、接续建设、接力创业,开拓军工纺织的新天地。这里山多林茂、水网密布,资源丰富,又与世隔绝,是纺织企业的天然资源库,又是军事工程的极好隐蔽地。陆水湖上岛千座、水无边,据传因东吴大将陆逊在这里操练水军而得名,此时成为重要的水源地。一条专用铁路绵延10公里,从京广铁路上的蒲圻火车站直达2348。一号公路从这里出发,翻山越岭,蜿蜒前行,联通了山里工厂、蒲圻县城和全国各地。一座座纺织厂、针织厂、丝织厂、机械厂、热力厂破土而出,一个个生产线、供应链、产品库、产业群、生活圈相继建成。一个规模更大、科技含量和组织化程度更高,设备先进、工种齐全、门类丰富、人口密集的大型纺织企业,在本无人烟的山谷建成。2348成为我国军事装备的重要生产基地,大量军需产品从这里运往前线、装备全军,每一件军服军被上,都印有2348或3110的字样。藏身山林,献身国防,猎猎军旗写忠诚。

时代的风浪汹涌澎湃,总在给弄潮儿以一展身手的机会。1975年3月,根据指令,中国人民解放军总后勤部将2348军工厂整体移交给地方,厂名更名为国营湖北省蒲圻纺织总厂。战备任务完成,新的任务开始,服从是军人和军企的天职。从军工企业转变成国营企业,从服务军队到服务全国,这片热土被赋予新的使命。尽管企业不再隶属于军队,但人们仍然习惯地称之为2348,一直到如今。这是曾经的军企代码,是永久的基因密码,是永不磨灭的印记,是几代人的情感所系和共同记忆。

凭借军工企业的组织优势、技术优势、设备优势、管理优势、队伍优势,蒲纺总厂如鲲鹏展翅、鸿鹄翩跹,向着蓝天飞扬,短短几年就发展成为技术先进、门类齐全、产品丰富、管理科学的大型纺织企业,成为全国的标杆和示范。长天任翱翔,彩练当空舞,改革开放的鼓点激发了奋力向前的步履。东方风来满眼春,万山红遍花千树,蒲纺迎来了鼎盛与辉煌。厂区面貌日新月异,技术设备更新换代,各大银行竞相来此设行建点,各路商家纷纷到此排队订货。蒲纺产品不断创新出新,一批品牌获得国家级质量金奖,许多产品成为市场紧俏商品,蒲纺生产的巨幅国旗曾冉冉升起在举世瞩目的北京天安门广场，这是共和国的标志，更是蒲纺人的骄傲。尽管现在国旗的供应厂家不一定是蒲纺了，但当我每天上下班经过天安门广场，每次向共和国第一旗敬注目礼时，我的心中都会漾起一阵来自家乡的自豪。这一时期，总厂年上交利润超过亿元，跻身全国工业企业500强之列，实力雄厚；厂区内新楼林立，宿舍楼鳞次栉比，面貌更新；公路铁路通厂区、通城区、通乡村，四通八达；学校、医院、球场、澡堂、供应站、影剧院、文化宫、游泳池到处可见，一应俱全；报纸、广播、闭路电视生动多彩，有声有色；文艺宣传队吹拉弹唱演遍蒲圻城乡，唱响全国；交谊舞、迪斯科劲爆热辣，歌厅舞厅热闹红火，引领时尚；逢年过节，一片张灯结彩，家家户户分米分油、发鱼肉发水果，老少欢喜。20世纪整个80年代，十里纺织城处处景象繁荣、人人喜气洋洋，是本地人向往的工作打卡地、生活百乐园，蒲纺总厂的第二次转型亮丽而壮阔。

前进的路上并非总是坦途，驶向远方的航程并非永远一帆风顺。在"保军转民，自负盈亏"的政策调整下，计划任务在减少，市场因素在增多，20世纪90年代的蒲纺总厂面临新的形势、新的情况、新的考验，前进阻力重重，发展困难多多。闭锁深山，视野局限，科研、信息、物流、融资、技术开发、市场营销等关键部门没有走出大山，没有在一线城市、东南沿海开辟前沿阵地，观念在山沟沟里打转转，思维在水凼凼里打旋涡，大山的屏障还在，心中的围墙没拆；远离市场，远离前沿，信息不畅，渠道不通，没有感知到改革开放浪潮的冲击，没有呼吸到海风劲吹的新鲜空气；坐等观念重，机遇意识弱，习惯于等计划、靠指令，没有抓住"三来一补"的机会主动出击；工厂包袱重，资金压力大，"企业办社会"得不到及时剥离，低端产业得不到淘汰，为解决职工就业、福利待遇等问题而不得不维持低水平的重复建设；资金捉襟见肘，拆东补西，杯水车薪，本不优厚的资金没有用在技术研发、设备升级上；招商引资收益不明显，订单不多、拖欠不少，不得不到处卖袜子、卖西服，找活干、找饭吃，不得不举债、还债、讨债、追债；管理低效，机制呆板，内耗严重，活力不足；人往山外走，孔雀东南飞，优秀人才被挖走，骨干人才流失。经历了改革开放初期的勃勃生机，也经历了市场转型期的迷茫失落，问题积重难返，产品市场开拓困难，内部改革缺乏动力，矛盾冲突加剧，还偶发群体性事件，许多人深切地感受到了断崖式转变的阵痛。这种阵痛是一个行业的缩影，是一个时代的痛点，是共和国的难忘经历。

在风起云涌的惊涛骇浪中，既有船大调头难的新问题，又有船旧漏洞多的老问题。如何走出闭塞、走出狭隘，走出低效、走出单一，企业面对的乱麻一团团、一堆堆。独步辉煌，非一日之功；坠入困境，也非一夕之事，长期积压的问题，长久积累的矛盾，像病菌一天天蚕食着这个曾经青春健壮的肌体，使之忍受着无以言说的痛楚。这一痛，就痛到了 21 世纪初。

这是企业发展过程中，经受的第三次转型。与其说是转型，不如说是衰败中的痛感。衰败的责任，无从追究，无法厘清，不是哪一年的，也不是哪一任的，更不是哪一次决策的。乌云压城，夜雨滂沱，你永远无法分辨哪一滴雨来自哪一朵云。蒲纺总厂经历的痛感，是改革开放中必须承受的成本代价，是市场经济带来的必然冲击。这次转型虽然不成功，但很悲壮，是一批人的悲壮，几代人的悲壮。值得点赞的是，尽管企业前景渐感黯淡，不少人心中有乌云雾霾，肚里有牢骚怨气，甚至有过激举动，但蒲纺人仍然人心思好、人心思进，负重前行，永不言败，在这一时期依然创造了许多领先技术成果、先进工作法，涌现了一批爱厂如家、爱岗敬业的先进典型，不少劳动模范、岗位能手走上了领奖台，走进了北京人民大会堂，受到党中央的表彰。痛苦的战士仍然是战士，迷惘的英雄依然是英雄。燕子衔泥苦，喜鹊筑窝忙，再苦再累，再怨再恨，他们也永远深爱自己的家园。

　　阳光常在风雨后，曙色总在黎明时。历史总是在关上一扇门时，打开一扇窗、透进一烛光。2004年2月，湖北省政府决定将已经全面亏损、困难重重的蒲纺下放移交给赤壁市，实行属地管理，同时进行破产改制工作。新的领导班子临危受命，一方面抓紧破产清算、盘活存量，一方面招商引资、寻找增量，这其中最大的问题是人员安置，当地党委政府为企业减负，能卸的包袱都卸，能减的负担全减，企业所办的学校、医院、公安、广电、消防、供电等全部剥离、移交地方。9000多名职工买断工龄下岗，1300多名满30年工龄的职工内退，3000名员工含泪背井离乡外出打工，从主人翁变成了下岗工人、打工仔。这是第四次转型，一次彻底的转型，也是一次彻底的痛，痛彻肺腑，剜心割肉。因为这一次，从军工企业到国有企业的光环从此没有了，军工企业、国有企业职工的荣耀从此没有了，许多人国家干部的身份从此没有了。但思想观念一旦转变，失去的是包袱，减掉的是负担，有利于企业轻装上阵。在此关键时刻，蒲纺人表现出了高度的自觉意识和大局观念。高风亮节，高的是风格、风度、风气，亮的是胸襟、素质、情怀。

　　2012年6月，一项建设"蒲纺新城"的蓝图被挂在了现场，开始变成现实的彩图。这是十里纺织城的第五次转型，是一道新的风景，这道风景最鲜明的特征，是回归自然、回归绿色、回归生态，建设宜居、生态、兴业的山城。这不是简单的复原，而是高层次的升华，是对美好生活的塑造。拆除棚户区，兴建新楼房，让职工住上安居房；修建蒲纺大道，实施亮化工程，让人车行走大马路；改造供水管网，提高饮水质量，让居民喝上放心水；建设文体中心，加快场馆改造，让职工重回游泳池。蓝图绘就，未来可期。十里纺织城，曾是一个绿色之城、红色之城，一个活力之城、创新之城，如今基因尚存，根脉犹健，精神还在，相信第五次转型必定成功，归来依然是年少，满血复活正青春。

蓦然回首，蒲纺人意识到，绿水青山就是金山银山，绿水青山就在我们身边，就在我们的日子里。只道是，身在画中不识画，人在福中不知福。十里春风十里桃花，十里夏日十里蝉鸣，十里秋爽十里丹桂，十里雪城十里蜡梅。蹉跎岁月，仓促人生，劳碌生活，人们忘记了享受。这里曾经是城市工业化、企业城市化的模板，生活现代化、城乡一体化的范例，现在正打造十里山城的 2.0 版，一个现代生活的标准、文明时代的标签、理想社会的标杆。高山常青，碧水长流，诗和远方就在眼前、就在脚下。

五次转型，每一次都是创业，每一次都是重生，每一次都是再出发。

历史从不会忘记创造历史的人。从创业之初的几百人,到鼎盛时期的数万人,一批接一批、一代接一代的创业者、建设者汇聚到这里,他们筚路蓝缕,披荆斩棘,开荒拓土,在人烟稀罕的地方建成一座城,创造了建设史上的奇迹;他们扎根深山,战天斗地,业绩卓然,为军事工业发展发挥了不可替代的作用,为国防事业发展做出了不可磨灭的贡献,为纺织企业发展打开了不可低估的局面;他们自力更生,艰苦奋斗,辛勤劳动,用勤劳的双手建设了家园、养活了自己;他们纺纱织布,制衣织袜,服务了国家、满足了社会、温暖了这个世界。春去秋来,寒来暑往,他们创造、熔铸、磨练了"2348"这个精神遗传密码。

二

是文化的绿谷,是精神的高地。

这里是艰苦创业、无私奉献的典范。早期到这里的,是一批"打讪(意为外地口音)"的建设者。他们来自天南地北,操着南腔北调,扶老携幼、拖儿带女,在这里伐木安家、以石垒窝,在这里饮溪餐露、只争朝夕,甩开膀子拼命干;他们语言不懂,生活不便,人生地不熟,两眼一抹黑。那时候的山里,有蚊虫、毒蛇、百足虫,冷不防在厂区的路上、家里的地上、屋内的梁上,有蜈蚣在爬,有蛇在缠绕,山的背后、厂房外面,还有猛兽出没。但困难压不垮真的勇士。他们只有一个观念叫服从、一个信念叫创业、一种姿态叫战斗,只有一种感觉叫激情、一种快乐叫奉献、一种美味叫艰苦。他们是勇敢顽强的创业者,也是英勇无畏的牺牲者。

这里是团结协作、共同奋斗的楷模。全国一盘棋,上下一条心,十里山城的建设,是举国体制、制度优势的产物,全国支援2348建设,2348反哺全国全军。五湖四海聚热土,四面八方汇真情,人不分男女老少,地不分东南西北,来了就是一家人、大集体。他们齐心协力、团结战斗,一碗水分着喝,一粒米掰开吃,共克时艰、共渡难关。他们同甘苦、共患难,既共尝艰辛创业之苦,又共担转型落寞之难;既同庆幸福的喜悦,又同享成功的盛宴。他们完成了从外来客到本地人、本土化的转变,实现了从本地人到央企人、国企人的转变,适应了从革命军人、军工战士到军企工人、国企工人的转变,他们走进了蒲圻的山山水水,融进了赤壁的一草一木。工厂离不开农村,工人离不开农民。山里山外远远近近的农民,无私地帮助了这些初来乍到的创业者,请他们到农家吃派饭、睡竹床、喝泉水,有米一个锅里吃饭,有肉一个罐里喝汤,没粮一个钵里吃苕,奉献了荆泉山的瓜果菜蔬、陆水河的鱼鳖虾蟹、湖塘港坝里的菱角莲藕、自己家舍不得吃的腊鱼腊肉,用大山一样的怀抱接纳和温暖了共和国的建设者们。工农同心,其利断金,城乡聚力,山河动容。

这里是勇于创新、敢于开拓的标杆。在白纸上画图,在黑板上盖楼,技术人员挑灯夜战搞革新,工人师傅立足岗位搞发明。分来的大学生,不管学什么专业、在什么岗位,要什么就学什么,缺什么就创造什么。凭自己的双手和智慧,发明生产出一台台新式梳棉机、粗纱机、细纱机等,逐步建起门类齐全、技术先进、配套完备的纺织企业。2348 的许多技术革新在全国领先,不少技术人员到北京、上海、武汉等地传经送宝,帮同行解决技术难题。作为国有大型企业,这里不但培养了一大批党政军群组织的领导干部,还诞生了一大批全国劳模、全国五一劳动奖章获得者、岗位技术能手、大国工匠、能工巧匠、优秀企业家、知名文化人。创新是创业者的品质,开拓是奋进者的姿态,2348 成为敢为人先、追求卓越的排头兵。

2348,是精神的密码。铁打的营盘铁打的兵,一代又一代的中南化工人、2348 人、蒲纺人在这里工作生活,他们藏身深山练筋骨,扎根基层磨意志,创造的“蒲纺精神”是“艰苦创业、无私奉献、团结协作、勇于创新”的“三线精神”的重要组成部分,是“三线精神"在这里的播种、生根、发芽、成材,是中国精神在备战时期、和平年代的生动展现,是民族精神在奋斗年代、创业时期的具体体现。这种精神曾激励了多少人的斗志,激活了多少人的梦想,创造了多少人间奇迹、世间神话!共和国的创业史册中有他们的不朽篇章,新中国的奋斗旋律中有他们的华彩乐章,现代化的历史进程中有他们的壮丽华章。理想与信念、青春与热血、知识与智慧、光荣与梦想,在这里绘就精神图谱,传承不息。创业的艰辛、生活的艰难、发展的困顿,在这里锻打、熔铸、淬火,形成坚定的意志和鲜明的品格,风雨来洗礼,日月来镀色,"2348"不只是一个企业代码,更是精神基因的遗传密码。基因不改,精神永存。

2348,是文化的密码。蒲纺的历史,是一部新中国化学工业的开创史、军工企业的创业史、国有纺织企业的发展史;蒲纺是军民融合的典范、改革开放的先锋,蒲纺创业史是党史、国史、军史的重要篇章。今天的十里山谷,依然流淌着红色文化、军营文化、绿色文化的血脉。这里的每一座或兴或废的建筑,都是鲜活的博物馆、展览馆、陈列馆,是历史的旧址、文化的遗存、精神的故居。这里的每一座山、每一条溪,每一片草木和峰谷,都与这片鄂南山水连着根、连着筋、连着脉。2348 与过去的蒲圻县、现在的赤壁市有着千丝万缕的联系,本地许多家庭有亲友在 2348 工作,他们称这里叫"山上","上"字读重音,表明她在本地人心中的分量。那个时候,许多人以在这里当工人为荣誉为骄傲,托关系、找门路,搞招工指标、在这里找对象。我莲花塘刘家的几个姑姑、兄弟姐妹,还有儿时的不少同学,都在厂里工作生活。可以说2348是属于全赤壁人的,她不止养活了一厂子人,也培育了一座城、熏染了一方土。蒲纺的洋溢青春焕新了赤壁故垒的浩荡古风,激活了千年古城的文化因子。蒲纺文化中的革命斗志、价值追求、文化理念、行为方式,开阔的视野、开放的生活、开明的观念,带来了文明新风;赤壁文化中的农耕本色、乡土气息、淳朴民风,赤壁人的勤劳朴实、聪明智慧、自强不息,滋养了蒲纺文化。抹去磨合期的粗粝之后,赤壁文化与蒲纺文化水乳交融、相互温暖,像山林里两股交织在一起的藤蔓,紧紧缠绕、密不可分,一路向上攀缘。

2348,是青春的密码。蒲纺是一个青春之城,这里创业者大多是年轻人,他们把青春种在山林,用热血浇灌理想之花。这里永远活力四射、春潮澎湃。大雪封山,天地一片苍茫,他们是残雪消融后的新绿。满目苍翠,山林一片青绿,他们是绿中的花、花里的红。十里山城,到处有不谢的花儿在绽放,到处有青春的小鸟在飞翔。山谷里每天两次回荡的军号声,是青春在集结、在出发、在放歌。他们献了青春献终身,献了终身献子孙,总有青春在这里发芽、在这里开花、在这里结果,在这里轮回育种、循环耕耘,花开不败,一年复一年,一代接一代。即使在最艰难、最痛苦、最悲惨的至暗时分,他们依然四处奔走呼号寻找出路,想尽千方百计呵护企业,把爱恨情仇、酸甜苦辣、悲欢离合深埋山林,只绽放青春的美丽。为了产品,为了市场,为了融资,为了合作,他们走了千山万水,说了千言万语,喝了千杯万盏,历尽千辛万苦,用泪水和汗水点亮希望的灯、燃起希望的火。没有激情燃烧的岁月,就没有生动火热的年代;没有生生不息的音符,就没有昂扬奋进的旋律。他们用青春涵养了永不懈怠的志气、自力更生的骨气、攻坚克难的勇气、改革创新的锐气。岁月无情,青春无悔,革命人永远是年轻,陆水湖作证,荆泉山作证。

2348,是爱情的密码。青春不打烊,爱情不归家,这里是青春之城,也是爱情之谷。厂里员工不到一万人时,年轻女性有六千多人,美丽的织女注定要在这里创造美丽的传说,鲜艳的爱情注定要在这里结出灿烂的花果。这里的一草一木见证过他们的青春模样,一枝一叶目睹过他们的爱情故事。青春燃烧的岁月,是爱情疯长的季节。这里有青春的心跳、期待的暧昧、慌张的偶遇,以及不敢署名的情书。马路边,路灯下,汽车站,有痴痴的等待;

车间里,食堂外,电影院,有长长的思念。随时有青春碰撞的角落,到处有爱情盛开的山坡,哪里都有恋情氤氲的溪边。厂门口的路遇,文化宫的邂逅,芦苇丛中的张望,教室墙角的翘盼,马路对面的凝视,打包成册便是爱情故事集、青春连续剧。热情比夏天还热,暗恋比路灯还暗,青春一跺脚,爱情就脸红,思念一发嗲,心情就唱歌。陆水河是相思河,荆泉山是誓言山,爱情一旦在这里发芽,青春便在这里扎根。

2348,是情感的密码。这里是几代蒲纺人的精神家园和永远的故乡。喝过陆水湖水的人,心里永远荡漾着一湖碧绿。这片你为之奉献、挥洒、骄傲、荣耀过的热土,也是养活了你、养育了你、成就了你的故土,是一个你爱过、喜过又怨过、哭过的地方。这里留下过你外出打工时的茫然、出走时的愤怒、失意时的落寞、生活中的委屈、离别时的凄惶。你把下岗失业时的痛苦挣扎,生死一别时的惆怅迷惘,怒其不争时的怨气牢骚,永不回来的赌气顿足,终究搓成了一根,一根长长的麻绳,走得再远、再久,那一头依然牵着那山那水、那人那物。寒来暑往,冬去夏来,来就来了,走就走了,就像满山漫坡的树叶,没有谁在意,没有谁挽留,遗忘在旧日,遗落在沟里,遗失在风中。群山亘古连绵,万木依然苍翠,记不得每一片绿叶、枯叶、落叶,但每一片树叶都记得住这座山、这湖水。那每一片陈叶新叶，都是山的儿子、水的女儿，每一根茎脉都有河的模样，每一片叶面都留有山的味道，此生不改。父母走远了，儿女还在这里坚守；儿女走出了，父母还在守望。无论你是回到曾经的家园、成了故乡的客人，还是浪迹天涯，像飘浮的云，你的根在这里、情在这里、心在这里。像风筝飘在天高处，无论多高、多远、多久，风筝线在这里，2348永远是蒲纺人心底的乡愁。

赤壁的艺术家刘健写了一首歌叫《永远的二三四八》，用小提琴一拉，便流淌出悠扬而深情的旋律，带着淡淡的忧伤和弱弱的惆怅。曲美、词美、好上口，那一句"我的初恋就是在啊你的路灯下，你的晚风偷听了我痴痴的情话"，让很多人春风回暖、苦尽甘来，那一句"我在你的怀抱里慢慢长大""走过多少岁月总把你放不下，走过多少地方总把你牵挂"，引发多少蒲纺人的共情，让在外地打拼的蒲纺人、蒲纺子弟们一个个唱得泪流满面。蒲纺永远是他们共同的家园，一生的情结。

三

作为赤壁人，我也有着不解的"2348情结"。

我不是蒲纺子弟,只是生活在蒲纺边上的农村孩子,对蒲纺充满羡慕、充满向往,是蒲纺兴衰的旁观者、见证者,也是受益者。

我的老家大田畈莲花塘刘家,离蒲纺不远,从塘坝上出发,翻过一座小山就是角塘湾李家,沿李家垅的港边走上蒲纺铁路,沿铁路一直走一直走,走过红旗桥下,再往前就是蒲纺的桂花树;或者穿过两个山冲,从老屋邹家到望山程家,上了坡就是一号公路,沿公路一直走一直走,走过红旗桥上,也到了桂花树。桂花树并无树,据说当年建厂时把这里一棵挡道的大桂花树移栽了,树走了,名还在。当时的桂花树设有检查站岗哨,主要是检查出厂车辆和行人的携带,最出名的管理员外号叫"黑耳朵",大人小孩都怕他。对孩童时候的我来说,蒲纺很新奇,也好遥远好遥远,总也走不到,但一路上都是踩着兴奋的音符和节拍。母亲是2348的常客,她中学时期的闺密谭阿姨是蒲纺六米桥医院的医生,谭阿姨的丈夫余伯伯后来当到了蒲纺总厂的主要负责人,他们家好像有三个孩子,其中男孩的小名叫"三桶",我俩打得火热,他一箱子的小人书最吸引我。经常在星期天的时候,母亲带着我和弟弟妹妹到谭阿姨家玩,从附近的店里买肉买布买玩具枪。我从小喜欢蒲纺,这里有机器的味道、汽油的味道、纺纱的味道、火车的味道、馒头的味道，那是城市的味道、文明的味道。父亲当年是蒲圻县考到北京的两个大学生之一，自然是满县城出名，北师大物理系毕业后分配到武汉一家从事海军装备生产、代号为463的军工厂搞技术，厂区里坐落着"中国的保尔·柯察金"吴运铎的铜像。父亲当年的愿望，是从武汉的463厂调回到家乡的2348厂，专业从无线电改为热工仪表。我还记得父亲当年从工厂、学校、图书馆搬回许多关于热工仪表方面的书，床上桌上书架上摆满了，还跟着父亲去过2348一个满是仪表的控制室。后来虽然没有实现建设家乡、到蒲纺工作的愿望，而是到一所大学教物理学，但父亲的这个愿望拉近了儿时的我对2348的感情。

那个时候，蒲纺是我们的乐园。乡村小学下午不上课，我常常跟着莲花塘刘家、角塘坝李家、月亮井任家、新屋任家、老屋任家、大塘坝任家的大孩子们到蒲纺玩儿。一大群孩子提着竹篮或者小篓，嬉闹着，追逐着，在厂里翻煤渣、拾棉纱、拣废铁，或者在厂边的林区砍柴火、捡竹丫，或者在陆水河里游泳。厂内火车冒着蒸汽热嘟嘟、扑腾腾地响着，哐且哐且地开过来，把烧过的煤渣往坡上一倒，孩子们便一拥而上，翻找没有烧透的煤块煤夹。数不清的自制小铁耙在煤渣上飞舞，有时候也在孩子们的脑袋上飞舞,这个村那个村、这个湾那个湾、山这边山那边的,认识或不认识的孩子们打起来了,有的时候甚至是头破血流。

那个时候,蒲纺是我们的家园。附近的菜农、瓜农从不把自己当外人,把自家的米面菜蔬肩挑手提的,或者用板车、骡车、鸡公车装了,送到厂子的路旁街面,摆开了架势卖,扯开了嗓子喊。记得在桂花树、六米桥、桃花坪、向阳坡,在一大队、三大队、四大队、五大队、六大队,都有这样的场景。村里人常有亲友在2348工作,相互间的熟人或者是拐弯抹角的亲戚多,讨价还价,一团和气。买菜的想吃个新鲜解个馋,嘱咐几句明后天就捎来了,卖菜的大大咧咧喊喊叫叫,把卖完塘藕糊着厚泥巴的挑篓往厂房里的水龙头下一扔,自顾自地冲洗起来。远远近近的农民多是把自家种的舍不得吃的好菜、自家腌的好肉好鱼好酸菜送来这里,卖个好价钱,赚个好名声。大塘坝郑家的秋儿,是一位泼辣能干、敢爱敢骂、心地善良的农家女,当年在大塘里抢地盘捉鱼儿时,把我的三叔骂得不敢还嘴、打得落荒而逃。没想到秋儿后来成了我的亲三婶,她嫁到刘家后操持着全家的生计。后来一段时间,她每天天不亮就起床去园子里摘菜,踩着露水,挑着担子,翻几道山、过几个垄,去2348卖菜。谁都没有想到,忽然有一天,她就倒在蒲纺卖菜的路边,再也没有醒过来,她最小的儿子叫"尾巴"，当时正蹲在地上玩泥巴。走了多年的三婶没有想到，她当年起早贪黑、含辛茹苦抚养的五个孩子个个成器，二儿子成长为国家最大电厂的总工程师、厂长，上了《新闻联播》，大女儿成长为爱岗敬业、为人师表、受人尊重的高级教师，最小的"尾巴"学有所成、不断深造，已长居太平洋对岸搞科技工程，更没有想到，有朝一日，她的大儿子在蒲纺当数学老师，小女儿在蒲纺当纺织女工。三婶的走，是刘家永远的痛。

那个时候，蒲纺是我的梦乡。记得小时候，跟着大人们扛着长短板凳翻山越岭到 2348 看电影，天晴不怕路远，落雨不怕泥深；迷迷瞪瞪犯着困、摸着黑，行走在山路上，有时候冷不丁一脚差点儿踩着蛇，吓一激灵。白天去玩，能见到厂里的宣传橱窗，花花绿绿的文字图画很吸引人。厂区的广播里总在播着我似懂非懂的信息，放着我会唱不会唱的歌曲。听或者不听，它都在那里响着，我喜欢这样的氛围。蒲纺常常有文艺宣传队表演节目，依稀记得他们在树林子里练唱、练功、背台词，依稀记得他们有人会拉小提琴，依稀记得他们在县里的舞台演过话剧《追报表》。读中学时，偶然从报纸上得知蒲纺活跃着一支文学创作队伍，不少人还经常在省内外报刊上发表散文、诗歌、小说，有一些人成为作家，羡慕不已，慕名给他们的文学社写过一封没有回复的求教信。躬谢蒲纺,这一片郁郁葱葱的山林、山沟、山城,曾经着床过我文学梦的第一粒细胞、第一粒种子。

如今每次从北京回到赤壁,我都要驱车经莲花塘刘家,过陆水湖,到蒲纺转一圈,再在六米桥或者桃花坪的餐馆,吃一顿丰盛的鱼宴。我不认识一人,也无一人认识我,自由自在,无拘无束。这里地貌依然,街景依稀,风物依在,风味依旧,是我的乡愁。这里永远是温馨无边、诗意无限、灵感无数,永远生满泼辣辣的绿荫,在我的心底。

我是应雷敬元先生之约写这段文字的。

雷敬元是我家的亲戚,准确地说是我妈妈家的亲戚。

我妈妈家姓陈,祖上陈东华从福建莆田逃荒而来,清末民初靠炸卖油条发迹,是蒲圻城从前的大户、首富,北门街上开有陈家的元记、亨记、利记、贞记四大商行,后来还开了祥记商行,以陈利记最发达,史载有"陈半城"之说。在重庆、宜昌、汉口、南京、上海等地设有商行、盐行、麻行、茶行、当铺等,长江上有船队。陈氏家族走出过背弃封建家族投身革命的共产党人、革命烈士、先进知识分子、开明绅士,也有顽固的国民党的师长、民国政府的官员、地主豪绅。蒲圻县第一位革命烈士漆昌元,在恽代英、董必武领导下参加革命,创建过县党小组、创办过《莼川日报》,牺牲时年仅 24 岁,他曾是陈家第六房的女婿,夫人"四小姐"叫陈腊生;蒲圻县新中国成立之初的开明县长、民主人士童伯谦是陈家女婿,他是鄂南名医,参加过北伐战争,当时是少校军医,还担任过蒲圻一中校长,因反对国民党政府教育官员而愤然辞职,夫人陈云英是第八房我妈妈的亲堂姐,人称"云姐"、我喊"云姨",活到 101 岁,前些年我还去看望过老人家。第六房家的陈瑞民毕业于武汉大学、黄埔军校,获得过梁士诒奖学金,英国留学后回到上海与进步人士一同办《侨声报》,当年季羡林从德国哥廷根大学回国参加编辑这家报纸时,就住在陈家。陈瑞民的胞弟陈瑞淇,又名陈流沙,先后求学于重庆、上海,从事党领导的出版工作,创作了大量进步诗词,团结和鼓舞了进步学生,专工书法和武术,被称为书法大家和武术大师,中华人民共和国成立后在人民文学出版社、长江文艺出版社工作,担任过湖北省文史馆馆员,晚年还与老友季羡林先生有文字往来,他的书法作品和手写简历还在拍卖。前些年,我在武汉解放大道旁的宿舍楼,拜望过这位年逾九旬的老先生。在那个年代,陈氏家族也有铣削不掉的历史烙印。人称"锦斋八爹"的陈锦斋当过日伪维持会负责人,后来因为总在为乡民说话、不愿给日本人干活被冷落;蒲圻县当年镇压的大豪绅陈玉卿、伪政权四川嘉陵县县长陈宝卿等,都是陈家的人,还有一些移居美国、巴西等。我的外祖父陈凡是陈家第三房的儿子,排行第八,也称"八老爷",曾在国民党空军服役、南京总统府上班、湖北沙洋农场改造。若干年后,唐诗宋词出口成章的外公对我谈起家族中的共产党人,由衷地感叹"他们都是有信仰的人"。

陈家当年与蒲圻县名门望族中的童家、雷家、沈家、马家、舒家等沾亲带故,有很多儿女婚姻关系建立在老一代的姻亲关系上,叫"老亲开亲"。陈家与童家、雷家、马家是世亲,童伯谦和云姨有三男五女,大女儿童颖丽嫁给了马师良,马师良的哥哥马师善当过蒲圻一中的校长;小女儿童曼丽嫁给了雷敬元,雷敬元的父亲雷振声也当过蒲圻一中的校长。从旧时候的大户人家到新社会的书香门第,他们算是门当户对、老亲开亲了。几十年来,童家、雷家、马家与陈家一直走得很近。我妈妈是童曼丽的姨妈,所以说,雷敬元夫妇是我的表哥、表姐。

雷敬元担任过蒲纺的领导,对蒲纺熟悉、有感情、有发言权,又是赤壁的笔杆子,写得一手好文章,退休后夫妻俩在上海与儿子一同生活。今年春节,他跟我家通视频,给我妈妈拜年,并说要编写《蒲纺记忆》,命我写个序。我不敢推脱,在繁忙的工作之余开始浏览资料,慢慢才发现我这个漂泊在外的游子太不熟知家乡了,写这篇作文,倒是勾起我的回忆、增进了我对 2348 的了解。当局者不一定迷,旁观者不一定清,我作为旁观者对 2348 不一定说得准,但肯定是用心在想、用情在写。2348 不仅是蒲纺人的,更是赤壁人的,是在纷繁世界滚滚红尘中辨识和联通乡愁的一道密码。

这篇小文,算是我摁下这道密码前,对家乡一声轻轻地叩门,一个暖暖的问候。

（此文为《蒲纺记忆》一书而作）